Nana Rademacher

IMMER DIESE HERZSCHEIẞE

Bibliografische Information der Deutschen Nationalbibliothek:
Die Deutsche Nationalbibliothek verzeichnet diese Publikation
in der Deutschen Nationalbibliografie. Detaillierte bibliografische Daten
sind im Internet auf www.dnb.d-nb.de abrufbar.

MIX
Papier aus verantwortungsvollen Quellen
FSC® C114500
FSC
www.fsc.org

Originalausgabe

Vermittelt durch die Literaturagentur connACT, Köln
Umschlaggestaltung: FAVORITBUERO, München
unter Verwendung von Bildern von
© Aleshyn_Andrei/Shutterstock;
© Vanzyst/Shutterstock.
Zitate aus »The Lady's Not for Burning« von Christopher Fry
mit freundlicher Genehmigung von Tam Fry. Verwendung der deutschen
Übersetzung »Die Dame ist nicht fürs Feuer« von Hans Feist und
Robert Schnorr mit freundlicher Genehmigung von Vivian Maria Calman
und Christopher Schnorr.
Vielen Dank an die Köchin und Stiftungsgründerin Sarah Wiener
für die freundliche Erlaubnis, sie als Figur in diesen Roman aufzunehmen.

Printed in Germany
ISBN 978-3-473-40137-6
www.ravensburger.de

Nana
Rademacher

Immer diese HERZSCHEIẞE

Ravensburger Buchverlag

Wir sind die einzigen beiden Menschen. Es ist Nacht. Paul und ich haben die nackten Füße im kühlen Sand vergraben und sehen zu, wie helle Sternschnuppen auf das dunkle Meer zustürzen. Als gäbe es hier unten etwas unendlich Kostbares, wofür es sich lohnt zu verbrennen. Gibt es auch. Aber ich trau mich nicht, es mir zu wünschen.

Ich nehm den letzten Schluck Bier und werf die Dose in Richtung Wasser. Ich schlinge die Arme um mich.

»Kalt«, sage ich. »Lass uns gehen.«

Paul zieht die Kapuzenjacke mit dem Totenkopf aus, die ich für ihn geklaut habe, und legt sie mir um die Schultern. An seiner Stelle hätte ich sie verbrannt, aber er trägt sie immer noch. Dann nimmt er auch noch meine Hand, hält sie einfach fest.

Ich werde ganz steif und still und würde am liebsten wieder weglaufen. Aber ich bleibe sitzen und irgendwann schaffe ich es.

»Es tut mir leid«, sage ich. »Wirklich.«

»Schon gut«, sagt er.

Und dann küsst er mich. Helle, salzige Küsse.

1

Der Straubmann hatte mich beim Dealen erwischt. Der Straubmann ist unser Klassenlehrer, und er hat einen Theatertick, aber sonst ist er eigentlich ganz okay – für einen Lehrer. Wenn er ins Klassenzimmer kommt, sagt er nicht *Guten Morgen,* sondern erst immer so Sprüche wie: »Bereit sein ist alles!«

Und wir: »Hä?«

Und er: »Hamlet von Schakesbier.«

Manchmal müssen wir dann zu Hause aufschreiben, was der Satz für uns bedeutet.

Jedenfalls war ich bereit, ihm zu erklären, was wirklich passiert ist. »Stellen Sie sich mal vor, Herr Straubmann, Sie haben drei große Packungen, sagen wir mal Gummibärchen, und dann kommt jemand, den Sie nicht mal kennen, nur so vom Sehen, und fragt, ob er eine Packung haben kann. Da sagen Sie doch auch: Meinetwegen, aber das kostet. Ich meine, warum sollte ich jemandem einfach 'ne Packung Gummibärchen schenken?«

»Sarah, willst du mich für dumm verkaufen?«

Ich schüttelte natürlich den Kopf.

»Wenn es nur Gummibärchen gewesen wären ... Aber, Sarah, was du verkauft hast, waren Drogen.«

»Das waren keine Drogen, das war doch bloß ein bisschen

Gras«, sagte ich. »Und in Colorado ist das legal, damit machen die riesen Geschäfte.«

Keine Ahnung, wo Colorado ist, aber Gropi hatte Gromi das morgens aus der Zeitung vorgelesen. Bis dahin hatte ich echt gedacht, Colorado, das ist diese Lakritz-Gummitierchen-Mischung bei Aldi. Steht ja nicht drauf:

Colorado, eigentlich eine Stadt in Afrika.

Oder was weiß ich wo.

»Und nicht nur das, Sarah, es war ein sehr junger Schüler.«

»Der ist vierzehn! Der raucht, seitdem er laufen kann.«

»Und es war in der Schule, Sarah.«

»Aber in der Pause. Und es war nur ein Joint.«

»Sarah, eine Zigarette mit Rauschgift. Sarah, auf dem Schulgelände ...«

Der sollte endlich aufhören mit diesem Sarah-Sarah-Sarah ... Ich weiß doch, wie ich heiße.

»Also, wenn ich das jetzt richtig verstehe, wär's *vor* der Schule kein Problem gewesen.«

»Rauschgift zu konsumieren und zu verkaufen, ist natürlich überall verboten, aber jetzt muss die Schule Konsequenzen ziehen.« Er strich sich über seine Glatze und schwieg, damit es richtig ungemütlich wurde.

Wir saßen in unserem Klassenzimmer. Der Straubmann hockte kumpelhaft neben mir am Tisch. Macht er immer so. Und ich ärgerte mich, dass ich dem kleinen Penner den Joint verkauft hatte. Der hatte nichts Besseres zu tun, als den gleich auf der Toilette zu rauchen und sich vom Stenzel erwischen zu lassen. Der Stenzel ist unser Hausmeister und sein zweiter Name ist Spaßbremse.

»Willst du mir wenigstens sagen, von wem du das Zeug hast? Das würde die Sache für dich besser machen.«

Blöde Frage. Natürlich wollte ich ihm das nicht sagen. Das war doch wieder so eine typische Erwachsenenfalle. Obwohl's eigentlich nichts gemacht hätte. Mütze war ja sowieso nicht mehr da. Keine Ahnung, wo der hin ist. Ich war deswegen ziemlich sauer auf ihn. Aber es ging ums Prinzip.

Ich sagte dem Straubmann natürlich, dass ich es selbst angepflanzt hab und dass nichts mehr da ist. »Sie müssen sich keine Sorgen machen.«

»Sarah, hör doch bitte auf, mich anzulügen.«

Also, in so einer Situation war Lügen ja wohl das Normalste von der Welt. Aber eigentlich lüge ich sowieso meistens. Ich tu's einfach. Ist eine Art Reflex.

Ich sah aus dem Fenster.

Grauer Himmel, bisschen Schnee.

Und an der nackten Kastanie ein paar vertrocknete Blätter.

Wenn man ein Geheimnis hat, also ein richtiges Geheimnis, das wirklich nur man selbst kennt und das man nie, aber auch niemals jemandem verraten kann, weil man sonst einfach verbrennen und sich in kleinste Ascheteilchen auflösen würde … Wenn man so ein Geheimnis hat, weil etwas Schlimmes passiert ist zum Beispiel, vielleicht ist man ab dann wirklich und für immer allein, und vielleicht kommt da das Lügen her, weil es dann auch schon nichts mehr ausmacht, weil ab da alles eine Lüge ist.

»Sarah-Sarah-Sarah?« Herr Straubmann schnippte mit den Fingern vor meinem Gesicht herum. »Bist du bitte anwesend? Der Fall geht vor die Lehrerkonferenz. Du wirst einen Schulverweis bekommen.«

Wumm! – mein Blick ging von der Kastanie zum Straubmann.

»Eine Woche ist üblich. Außerdem wirst du ein paar Sozialstunden leisten müssen. Ich werde natürlich deine Großeltern informieren.«

»Das können Sie nicht machen, Herr Straubmann! Das bringt die doch ins Grab.«

»Das hättest du dir vorher überlegen sollen, Sarah.«

»Nee, jetzt mal im Ernst, Herr Straubmann!« Langsam bekam ich echt Panik. »Ich mach's nicht wieder, wirklich nicht.«

Was stimmte – kein Mütze, kein Gras. Ich bin da total ungeschickt. Im Kindergarten zu Ostern hab ich's ja noch nicht mal geschafft, Kresse in Eierschalen zu züchten. Und das schafft eigentlich jeder Idiot.

2

Dixi wartete auf dem Schulhof auf mich.

»Alles scheiße!«, rief ich.

Sie hakte sich bei mir unter und wir gingen zu unserer Bank, erst mal eine rauchen.

Ich kenne Dixi noch gar nicht so lange. Erst seit ich in der Achten hängen geblieben und in ihre Klasse gekommen bin, und da hab ich auch den Straubmann gekriegt.

Wir setzten uns auf die Rückenlehne. Dixi zündete zwei Kippen an und gab mir eine. »Okay, schieß los.«

»Wenn ich nicht in so einem dämlichen Theaterstück mitspiele, krieg ich 'nen Schulverweis.«

»War das wieder eine von Straubmanns bekloppten Ideen? Der hat sie doch nicht alle.«

»'n Schulverweis bringt meine Oma um.«

Wir rauchten schweigend vor uns hin.

Nach einer Weile sagte Dixi: »Der hat doch nur diesen Theatertick, weil er sonst nichts Richtiges zu lesen hat.«

Ich legte den Kopf in den Nacken und blies den Rauch nach oben in die kalte Luft. »Was denn Richtiges?«

»Na, so Pornos halt. Hat mein Vater haufenweise. Das braucht der Straubmann. Dann vergisst der den Theaterquatsch.«

Sie nahm meine Hand und küsste sie – auf den Handrücken. Das machten wir oft. Das war unser Zeichen: ewige Liebe und Freundschaft.

Sie grinste. »Verlass dich auf mich. Heute Nacht, wenn meine Eltern schlafen, hol ich dich ab und dann steigen wir ein.«

»In die Schule?«

»Ja, was sonst? Willst du ihm die Hefte als Geschenk einpacken und auf den Schreibtisch legen?«

»Nee …«

»Na also. Wir steigen ein durchs Fenster auf dem Jungsklo …«

»Das immer auf ist, weil's da drin so abartig stinkt?«

»Bingo.«

Es war schon halb zwölf, als ich das Klicken von Steinchen an meinem Fenster hörte. Ich war fast eingeschlafen und brauchte echt, bis ich schnallte, dass Dixi da war.

Ich machte das Fenster auf. »Bin gleich so weit.«

Ich hatte mich angezogen aufs Bett gelegt und musste nur noch in meine schwarzen Chucks schlüpfen. Ich sprang aus dem Fenster.

Dixi trug eigentlich immer nur weiß, aber wie ich hatte sie für die Aktion schwarze Sachen rausgesucht. Jeans und Pullover. Sie hielt eine Stofftasche hoch.

»Pornos, Taschenlampe und Werkzeug. Bin ich gut oder bin ich gut?«

»Du bist die Beste!«

Der einzige Farbfleck an mir war mein blauer Schal mit den Sternen, ohne den ich grad nicht rausging. Dixi hatte ihre langen blonden Haare unter eine schwarze Strickmütze gestopft.

Ich setzte die alte schwarze Pudelmütze von meinem Bruder auf.

Wir sahen aus wie die Typen in Matrix, fehlten nur noch die Sonnenbrillen. Wir froren ziemlich, aber das war egal.

Schon auf dem Weg zur Schule mussten wir wie blöd kichern. Ich glaub, einfach vor Aufregung.

Das offene Fenster vom Jungsklo war viel höher, als ich gedacht hatte, und Dixi war so klein, dass sie da unmöglich hochkam. Sie sprang vorm Fenster auf und ab. Ich machte eine Räuberleiter. Aber wir mussten so lachen, dass sie es nicht mal schaffte, einen Fuß reinzusetzen.

»Aufgeben geht gar nicht«, meinte sie.

Ich weiß nicht, warum uns auf einmal das Lachen verging. Vielleicht, weil es so still war. Es war kein Mensch zu sehen und die Schule war dunkel. Also alles bestens. Nur drüben im Anbau brannte Licht. Da wohnt der Stenzel. Aber der hockte jetzt hoffentlich vorm Fernseher und dachte gar nicht dran, 'ne Kontrollrunde zu drehen.

Ich lief zum Fahrradständer mit drei einsamen Rädern. Eins war nicht angekettet. Das schob ich unters Fenster und hielt es fest. Dixi kletterte auf den Gepäckträger und dann auf den Sattel. Von da aus schaffte sie es leicht aufs Fensterbrett. Sie schmiss den Stoffbeutel in den Raum und sprang hinterher. Ich hörte, wie sie drinnen auf den Boden plumpste. In dem Moment ging beim Stenzel das Licht an der Haustür an. Ich kriegte vor Schreck fast 'nen Herzinfarkt und drückte mich an die Mauer.

Dixi rief von drinnen: »Wo bleibst du?«

Und ich zischte: »Pst!«

»Was denn?«

»Klappe!«

Beim Stenzel ging die Tür auf. Er kam raus, überlegte es sich dann aber anders und verschwand wieder im Haus. Das Licht ging aus.

Mein Herz wummerte wie bekloppt, als ich aufs Rad kletterte. War gar nicht so leicht, weil es ja niemand festhielt. Ich stieg auf den Sattel und musste mich abstoßen, um durchs Fenster zu kommen, da flog das Ding um und knallte auf den Schulhof. Die Klingel schepperte.

»Was machst du denn für 'n Scheiß?«, rief Dixi und kicherte los.

»Pst!«, machte ich wieder.

Wir standen im Dunkeln und lauschten. Alles ruhig.

Nur ein bisschen Mond schien durchs Fenster.

Ich gab Dixi ein Zeichen und wir schlichen den dunklen Flur entlang. Seltsames Gefühl. Unheimlich still und unheimlich dunkel. Wir waren die letzten Menschen auf diesem Planeten. Wir drückten uns an den Wänden entlang, was Quatsch war, aber es fühlte sich sicherer an, und ich dachte, *der Stenzel kommt gleich um die Ecke*, aber alles blieb ruhig. Da waren nur unsere leisen Schritte auf dem grauen Boden. Und unser Gekicher, als wir vor dem Lehrerzimmer standen. Erst da dämmerte mir, dass die Tür bestimmt abgeschlossen war. Ich rüttelte am Knauf.

»Tja, wer keinen Schlüssel hat, braucht so was!« Dixi zog einen Spachtel aus der Tasche, der komisch gebogen war. »Ist ganz einfach, hat Mirkan mir gezeigt.«

Sie versuchte, den Spachtel in den Spalt zwischen Tür und Rahmen zu schieben.

Ich war mir ganz sicher, dass da Geräusche im Haus waren, also machte ich wieder: »Pst!«

Wir standen da und lauschten. Alles ruhig.

»Du bist so ein Schisser!«, sagte Dixi.

»Ich hab keinen Bock, erwischt zu werden, das ist alles«, flüsterte ich.

»Werden wir nicht.« Und in dem Moment sprang die Tür auf. »War nur zugezogen.« Dixi ließ den Spachtel wieder in der Stofftasche verschwinden. Ich machte die Tür hinter uns zu und Dixi holte die Taschenlampe raus.

Als Erstes zog ich die dicken Vorhänge vor das riesige Fenster, damit man von draußen das Licht nicht sah. Bis jetzt war ich nur einmal hier drin gewesen. Wer geht schon ins Lehrerzimmer, wenn er nicht muss. In der Mitte stand ein großer Tisch und an den Wänden waren Regale mit Büchern und abgeschlossene Schränkchen mit Namensschildern.

Dixi tippte an Straubmanns Kasten. »Da sind bestimmt die Fragen für die bekloppte Deutscharbeit morgen drin. Soll ich aufmachen?«

»Wozu? Du schreibst doch eh kein Wort.«

Sie nahm meine Hand und küsste sie. »Stimmt! Du kennst mich einfach zu gut.«

In einem Regal waren die Postfächer von den Lehrern. Dixi holte gerade den Stapel Pornohefte aus ihrem Beutel, als wir einen Schlüssel im Türschloss hörten.

Dixi fluchte und knipste hektisch die Taschenlampe aus.

Ich zog sie blitzschnell hinter den Vorhang, weil mir einfach nichts Besseres einfiel. Wir standen hinter dem dicken Stoff und lauschten. Die Tür ging auf. Da waren Schritte.

Dixi drückte sich flach an die Wand, und ich versuchte, mich auch möglichst dünn zu machen und gleichzeitig darauf zu achten, dass meine Schuhspitzen nicht zu sehen waren. Ich traute mich nicht mal, richtig zu atmen. Das Unheimlichste war, dass kein Licht anging. Wir konnten nichts sehen, wir hörten nur diese Schritte, die langsam durch den Raum schlurften.

Ich kam mir wie ein Schwerverbrecher vor, drückte mich noch enger an die Wand und kniff die Augen zu, als ob das was nützen würde. Das Herz pochte mir dumpf in den Ohren.

Die Tür fiel ins Schloss.

Dixi nahm meine Hand.

Wir kamen aus unserem Versteck. Alles ruhig.

»Hast du was gesehen?«, fragte ich.

Dixi schüttelte den Kopf. »Nichts. Keine Ahnung, wer das war. Ein Alien! Grün und schleimig.« Sie versuchte lustig zu sein, aber an ihrer Stimme merkte man, dass sie genauso Schiss hatte wie ich.

»Lass uns abhauen!«

»Erst noch die steilen Tanten«, sagte sie und legte die Pornos in Straubmanns Fach. »Hab sogar 'ne Schleife drum gemacht.«

Ich wollte nur noch weg und guckte vorsichtig aus der Tür. Kein Mensch da.

Dixi kam und wir schlichen wieder den Gang entlang. Wir waren fast beim Jungsklo, da hörten wir eine tiefe Stimme: »Ist da jemand?« Dann Schritte, und dann: »Ich weiß, dass da jemand ist.«

Mist, das war der Stenzel!

Die letzten Meter zum Klo rannten wir.

»Mach schnell!«, wisperte ich.

Dixi kraxelte aufs Waschbecken und aus dem Fenster.

Ich kletterte hinterher.

Die Klotür ging auf.

Ich sprang, landete auf Knien und Händen.

Und dann rannten wir los.

Wir stoppten erst bei mir vorm Haus.

»Das war knapp«, keuchte ich. »Ich hätte mir fast in die Hose gemacht.«

»Wir sind unschlagbar!«

Meine Hände waren aufgeschürft und brannten. Ich fasste mir an den Hals. »Mein Schal! Scheiße, ich hab den irgendwo verloren.«

Dixi tanzte um mich rum, fand alles superklasse und sang: »Vergiss den Schal, vergiss den Schal, is doch egal …«

War auch egal. Ich hatte keinen Bock, ihn zu suchen. Und eigentlich fand ich auch alles super.

Aber am nächsten Morgen in der Schule war auf einmal gar nichts mehr super.

3

Erst war alles normal. Der Straubmann ließ uns die Deutscharbeit schreiben und wie immer kritzelte Dixi nur irgendeinen Mist. Ich guckte rüber. Sie lächelte mich an und ich lächelte zurück. Mit Dixi konnte man echt jeden Scheiß machen.

Am Ende der Stunde sammelte der Straubmann unsere Hefte ein. Dann ging er an seine Tasche, holte den Stapel Pornos mit der Schleife raus, kam damit zu Dixi und mir und knallte ihn uns auf den Tisch.

Die Jungs an den Tischen neben uns grinsten blöd.

»Aber Herr Straubmann«, sagte Dixi, »solche schlimmen Sachen in der Schule!«

Er tippte auf die Hefte. »Exklusive Lektüre, vielen Dank. Ich habe sie schon durch und gebe sie euch gleich zurück.«

Ein paar von den Jungs grölten und pfiffen.

»Herr Straubmann, zeigen Sie mal!«, rief Mirkan.

»Aber wir haben nichts damit zu tun«, hauchte Dixi.

Der Straubmann lächelte zufrieden. »Ihr wurdet gesehen.«

Stenzel! Bestimmt hatte er mich erkannt, als ich durchs Fenster raus bin.

Der Straubmann guckte mich an. »Erstens, du gehst Montag zur Probe. Zweitens, wenn du das Theaterprojekt fertig hast, schreibst du mir eine Inhaltsangabe dieser wunderbaren Werke.« Er tippte wieder auf die Hefte. »Und drittens ...«

»Aber Herr Straubmann ...«, sagte Dixi.

»Und drittens«, jetzt sah er Dixi an, »schreibst *du* eine Interpretation.« Er lächelte. »Hab ich mich klar ausgedrückt?«

»Aber Herr Straubmann«, versuchte ich es nun auch. Ich wollte echt nicht zu diesem Theatermist.

Es klingelte, aber niemand stand auf. Alle wollten wissen, was hier lief.

Der Straubmann ging zum Schreibtisch. Er klatschte in die Hände. »Auf in die Pause, ihr seid doch sonst nicht so langsam! Nur Sarah bleibt.«

Stuhlbeine schabten, alle fingen an zu reden. Dixi blieb noch in der Tür stehen, doch der Straubmann machte ihr ein Zeichen, dass sie gehen sollte. Und dann waren nur noch er und ich da.

»Ich glaube, der gehört dir.« Er zog meinen blauen Schal mit den Sternen aus der Tasche. »Was meinst du, was deine Großeltern dazu sagen?«

»Aber Herr Straubmann, echt, das können wir doch auch anders regeln!«

4

Wir haben es dann auch anders geregelt. Und darum hingen Dixi und ich jetzt im Römerkastell rum. Wir warteten, damit ich wenigstens zu spät zu meiner Strafarbeit kam, wenn ich schon hinmusste. Um fünf sollte ich da sein, nun war's gleich halb sechs und wurde dunkel. Der Eingang war schräg gegenüber. Ein paar Fahrräder lehnten aneinander und ein Roller stand da. Die waren bestimmt schon alle drin. Neben der Tür hing ein Schild:

Magic 7

Ich konnte jederzeit reingehen, wenn's mir gefiel. Aber pünktlich sein, das kam nun wirklich überhaupt nicht infrage.

Der Straubmann hat mir einen ziemlich miesen Deal angeboten, dachte ich. Aber ich hatte ja keine andere Wahl. Er hat nicht meine Großeltern angerufen, dafür aber meinen Bruder. Der ist die Pest in Dosen und hat natürlich keinen Herzinfarkt bekommen, aber ich dafür total Stress mit ihm, dabei hat der schon viel schlimmere Sachen gemacht, früher. Jetzt ist alles ordentlich und spießig bei dem.

Arbeit, Auto, Wohnung, Fernseher.

Es gab keine Lehrerkonferenz und ich kriegte keinen Schulverweis. Dafür musste ich den ganzen Rest vom Schuljahr für so ein Theaterprojekt arbeiten. Der Straubmann hat es mir dann noch mal genau erklärt. Sein Sohn war der Chef, und dem sollte ich helfen. Einmal die Woche mindestens. Und vor der Aufführung noch öfter.

Jede! Woche!

Ich hatte keine Ahnung, was ich genau tun sollte, und es interessierte mich auch nicht.

Außerdem durfte ich nicht mehr so oft in meiner Currywurstbude arbeiten. Das war die zweite Sache. Nur noch einmal in der Woche. Aber ich fand, das Wochenende zählte nicht, wie sollte ich denn sonst an Geld kommen? Das mit dem Gras verkaufen hatte sich ja erledigt.

Und dann gab es noch eine dritte Sache, aber da dachte ich erst mal nicht drüber nach. Das kam so was von nicht infrage. Ich brauch doch keine Nachhilfe! Und die Sache mit der Pornoinhaltsangabe, das war einfach nur peinlich. Aber das würde ich schon hinkriegen.

Jetzt saßen Dixi und ich auf einem Mäuerchen am Rand von diesem Römerdings. Es war erst Februar, aber nicht mehr so kalt. Ich hatte trotzdem meine verfilzten Wollhandschuhe angezogen.

Dixi steckte sich eine Kippe an und blies den Rauch aus. »Ich muss gleich los. Die anderen sind schon im Bambule ...«

»Hm ...« Ich zog die Handschuhe aus, nahm ihr die Kippe ab und rauchte ein bisschen.

»Kickern.«

»Schon klar.«

»Oder soll ich mit reinkommen?«

»Nee, lass mal.«

Sie hatte ein schlechtes Gewissen, aber das brauchte sie nicht. Mussten ja nicht zwei bestraft werden.

Dixi ließ die Beine baumeln – sie ist wirklich so klein, dass sie mit den Füßen nicht auf den Boden kam. Von hier konnten wir bis zum Neckar gucken. Da unten waren rauschender Verkehr und laute Baustellen, weiße Schwaden aus Schornsteinen und das Münster E-Werk. Da hat mein Opa früher gearbeitet.

Ich fand, die Welt unter uns sah viel echter aus als das ganze Römersteingedöns um uns herum. Als wir klein waren, haben Najim und ich oft hier oben gespielt. Ist nur zehn Minuten zu Fuß von unserm Viertel. Wir mussten durch ein Loch in 'ner Absperrung kriechen, wenn wir reinwollten. Alles war ziemlich verfallen und kein Mensch war hier. Aber seitdem die alles repariert haben, ist es total uncool geworden. Klar, die alten Backsteingebäude sind noch da. Aber eben renoviert. Und in der Mitte ist jetzt ein riesiger Parkplatz mit ganz vielen Oma-Stehlampen, so wie die in unserm Wohnzimmer, nur dass die hier, wenn's dunkel wird, in allen möglichen Farben leuchten und übergroß sind. Das ist Kunst, hatte in der Zeitung gestanden. Und in den Gebäuden gibt's jetzt alles Schicki-Mögliche: eine Schicki-Kneipe und ein Schicki-Restaurant. Und ein Schicki-Zauberkünstler hat eine Bühne in einer Schicki-Halle, die er sich an so ein altes Gebäude drangebaut hat. Filmfirmen gibt's auch. Und eben diese Theatergruppe. Aber besser hier als in der Uni. Der Straubmann hatte nämlich zuerst gesagt, die würden in der Uni üben. Da wär ich sowieso nicht hingegangen. Ich spiel schließlich auch nicht Tennis oder geh Golfen oder mach irgendeinen anderen Mist. Wenn ich mir das nur vorstelle, ich in so 'nem Tennisröckchen oder mit 'nem Golfschläger ... Ich in der Uni, das wär ja, als ob man Senf auf Marmelade schmiert.

»Wollen wir mal Golf spielen gehen?«, fragte ich Dixi. »Wenn's wieder Sommer ist?«

»Klar. Neckarblick?«

»Nee, nicht Minigolf. So echtes Golf.«

Sie schob sich einen Kaugummi in den Mund. »Spinnst du?«

Mein Handy klingelte. Najim. Ich drückte auf Ablehnen.

»Mein Bruder, der Idiot«, sagte ich zu Dixi. »Was will der denn? Der weiß doch, dass ich jetzt Strafarbeit hab.«

Sie machte eine fette rosa Blase und ließ sie platzen. »Vielleicht weiß der, dass du noch nicht drin bist?«

»Woher denn?«

Er rief wieder an. Ich drückte ihn wieder weg.

»Schwänz doch einfach und komm mit Kickern.«

»Geht nicht. Ich komm vielleicht später nach«, sagte ich.

Fast der ganze Schnee war über Nacht geschmolzen. Nur auf dem Platz vor uns gab es noch einen großen grauen Haufen. Als ob jemand die Reste vom Winter genau hier zusammengeschoben hatte.

Dixi sprang von der Mauer und hüpfte mittenrein. Der ganze Dreck blieb an ihrer weißen Jeans kleben.

Das ist es, was ich an ihr mag. Egal, wie toll sie angezogen ist, sie wirft sich mitten in jedes Schlammloch, wenn sie Lust dazu hat.

Dixi hopste wieder neben mich auf die Mauer, nahm mir die Kippe ab, rauchte den letzten Zug und warf den Stummel in den Matsch. Es machte ein kleines zischendes Geräusch.

Und von ihren matschigen Schuhen tropfte das Wasser.

»Oh, oh!« Sie zeigte nach vorn.

Mein Bruder kam in seinem schwarzen Spießer-Peugeot langsam über den Parkplatz gefahren. Direkt auf uns zu. So ein winzig kleines Auto mit Duftbäumchen am Spiegel, und er war auch noch stolz drauf. Die Scheinwerfer blendeten.

Dixi hüpfte vom Mäuerchen. »Ich geh dann mal.«

Sie lief quer durch den Schneematsch und dann über den Parkplatz davon.

Ich blieb erst mal sitzen. Mein Bruder konnte mich kreuzweise.

Er hielt direkt vor mir und ließ das Fenster runter.

Die Stoßstange war nur ein paar Millimeter von meinen Beinen weg.

»Spinnst du, oder was?« Ich versuchte, meine Beine aus dem Spalt zu ziehen, aber es ging nicht. »Fahr zurück, du Penner. Und mach das Licht aus, das blendet!«

»Wieso bist du noch nicht da drin?« Er lehnte sich aus dem Fenster und zeigte in Richtung Eingang. »Dein Lehrer hat mich angerufen!«

»Der Straubmann? Woher weiß der denn, dass ich nicht da bin?«

»Sein Sohn hat ein Handy, stell dir das mal vor! Er hat hinter dir hertelefoniert.«

»Ich denk, der übt Theater.«

Najim fuhr ein Stück zurück und stieg aus. Er hatte nur seinen Taekwondo-Anzug an. Ich sprang von der Mauer.

»Ich hab Unterricht, Sarah. Und echt keinen Bock mehr, ständig den Babysitter für dich zu spielen.«

Er hob seine Hand, und ich hielt schnell meinen Arm vors Gesicht, aber er wollte mich gar nicht schlagen, er packte nur mein Handgelenk und zog mich zum Proberaum.

Er riss die Tür auf. »Soll ich mitkommen?«, drohte er.

Ich schüttelte ihn ab. »Ich geh ja schon.«

»Du entschuldigst dich bei denen, und wenn du fertig bist, rufst du mich an. Verstanden?«

Er schubste mich in den Flur, die Tür fiel hinter mir zu.

»'nen Scheiß werd ich.«

5

Ich stand im Dunkeln und suchte nach dem Lichtschalter.

Neonröhren flackerten sirrend auf.

Da war nur ein langer schmaler Gang, weit und breit kein Proberaum und auch kein Mensch. Ich lief los. Nach einer Weile kamen Türen mit Schildern - Garderobe 1, Garderobe 2 und so weiter, Aufenthaltsraum, Klimaanlage.

Bis eben war es ganz still gewesen, aber jetzt hörte ich ein völlig durchgedrehtes Summen, als hätten sich hier irgendwo so Sektentypen verschanzt.

aaaaaaa

mmmmmmmmmmm

Immer wieder. Die hatten doch 'nen Totalschaden. Und dieser Scheißgang nahm auch kein Ende. Das Licht ging aus, jetzt war es auch noch stockdunkel. Ich tastete die Wand ab, aber ich fand keinen Schalter. Eine Hand an der Mauer, ging ich langsam weiter.

Plötzlich war wieder alles still und ich hörte nur noch meine Schritte auf dem Linoleum.

Dann rief jemand:

Wut

Und eine Frau schrie:

Zuschlagen!

Dazu hatte ich mittlerweile auch ziemlich große Lust. Ich war megasauer auf Najim. Er war doch schuld, dass ich jetzt in diesem mistigen Gang stand. Was mischte der sich eigentlich in meine Angelegenheiten ein?

Ich war vor dem Proberaum angekommen.

Eine Stimme rief:

Angst

Und eine andere schrie:

Überwinden!

Mein Herz klopfte wie wild. Warum das denn? Ich hatte doch keinen Schiss vor so einer blöden Strafarbeit. Und die Typen da drin konnten mich sonst wo. Ich riss die Tür auf. Fünf Augenpaare starrten mich an.

Dachte ich jedenfalls zuerst.

Ich machte die Tür hinter mir zu und blieb erst mal stehen. Es war ziemlich schummrig, nur die Bühne war richtig beleuchtet.

Die starrten mich gar nicht an, die hatten nur alle in meine Richtung geglotzt, aber dann liefen die auf der Bühne rum, blieben wieder stehen und guckten in die Ferne, alle eine Hand wie einen Schirm über den Augen, obwohl da ja gar nichts war außer Dunkelheit.

Ich guckte auch, es war ein riesiger Raum. Da hab ich's erst kapiert. Der Gang war der Hintereingang zu der Halle von diesem Zauberlulli. Die durften bei dem üben.

In der ersten Reihe für die Zuschauer saß einer mit Basecap vor einem Pult mit Lampe. Bestimmt der Sohn vom Straubmann.

Basecap rief:

Mut!

Die Typen auf der Bühne blieben wie angewurzelt stehen und glotzten wieder ins Nichts.

Ein ziemlich hübscher Typ mit Locken rief:

Grün!

Alle sahen den Lockenkopf an.

»Wieso denn Grün?«, fragte so ein Langer. »Das passt doch gar nicht.«

»Natürlich passt das. Wenn mir *Grün* zu *Mut* einfällt, dann sage ich *Grün.* Das ist doch der Witz an dem Spiel.«

Basecap klatschte. »Ist gut jetzt. Wir fangen an. Pit, dein Einsatz. Seite sechs.«

Der Lange fing an zu reden.

Grün passte eigentlich sehr gut zu *Mut,* fand ich.

Ich gab mir einen Ruck, lief am Bühnenrand entlang und stellte mich vor Basecap. »Ich soll hier arbeiten.«

Er warf mir einen Blick zu, Typ tödlich, und zischte: »Ruhe!«

Hatte eh nicht vorgehabt, mehr zu sagen. Ich zog meine Jacke aus, setzte mich neben ihn und guckte mir die Leute an. Die waren alle total normal, glatter Durchschnitt. Und vor denen hatte ich Schiss gehabt? Aber am allerlangweiligsten sah Paul aus.

Mein Paul

Sogar seinen Namen zu schreiben, macht Kratzer in mein Herz. Das ist wie ein zerrissenes Blatt Papier. Man kann Tesa drüberkleben, aber der Riss ist immer noch drunter.

Aber da wusste ich natürlich noch nicht, dass es Paul war, und er war mir so egal wie die anderen auch. Ich müsste seinen Namen eigentlich ganz klein schreiben, so unauffällig war er.

Pauls Arme hingen an ihm runter, als wüsste er gar nicht, dass er welche hat. Blonde kurze Haare, ein bisschen zu dünn, aber die Klamotten waren das Schlimmste:

Stoffhose, Hemd, Pullunder.

Alles irgendwie braun und grau. Niemals hätte ich gedacht,

dass ich mich in so jemanden verlieben könnte. Ich glaube, nicht mal, wenn er nackt gewesen wäre, wär er mir auf der Straße aufgefallen.

Paul hat später gesagt, dass er gleich gesehen hat, dass ich 'ne scharfe Schnitte bin. So hat er's natürlich nicht gesagt, das ist jetzt mal meine Übersetzung. So was würde Paul nie sagen.

Basecap gab mir einen Stapel Papier. »Dein Textbuch.«

Da stand der Titel von dem Stück drauf, und der war schon mal oberbescheuert. Wie kann ein Buch ernsthaft so heißen?

Die Dame ist nicht fürs Feuer

Ich legte das Ding gleich wieder weg.

Auf der Bühne sagte Paul: »Unschuld? Liebes Kind, eh noch die Welt war, wurde Unschuld schon von einem Löwen um die Stadt gejagt und ließ sich's gern gefallen.«

So redete ja wohl kein Mensch. Und das verstand auch kein Mensch.

Basecap rief: »Kurze Pause!«

»Ist Daria endlich da?«, fragte der Lange und legte wieder eine Hand über die Augen. Der konnte uns gegen das Licht nicht richtig sehen.

»Nein«, sagte Basecap.

Die fünf da oben redeten durcheinander. Der Lange tippte auf seinem Handy rum.

»Hast du dich doch noch herbequemt?« Basecap sah mich an. »Weißt du, es gibt hier ein paar Regeln. Und die erste ist Pünktlichkeit. Wer nicht pünktlich ist, fliegt. Im Theater ist Timing alles. Ich mache heute eine Ausnahme. Mein Vater hat gesagt, du bist supergut. Hast Theatererfahrung, kennst das Stück, lässt dir nichts vormachen und hast richtig Lust auf die Arbeit mit uns.«

Ich hab bestimmt nicht besonders klug ausgesehen, wie ich

mit halb offenem Mund dasaß. »Echt? Das hat der Straubmann gesagt?«

Ein bisschen Erfahrung hatte ich ja wirklich. Ich hab mal in einem Stück mitgespielt, als Blume. In der ersten Klasse. Und ich musste sagen: »Ich bin die Sonnenblume. Im August zeige ich mein schönes Gesicht.« Dann hab ich eine Sonnenblume aus Pappe vor mich gehalten. Das war's. Aber ich war megastolz. Es war natürlich kein richtiges Theater, nur die Aula von meiner alten Schule, aber es fühlte sich gut an, vor den ganzen Leuten was aufzuführen.

»Natürlich nicht! Er hat gesagt, du bist notorisch unpünktlich, hast gedealt, und wenn du nicht tust, was ich dir sage, bekommst du doch noch deine Lehrerkonferenz.«

Bevor ich aufstehen und gehen konnte, lächelte er und sagte: »Du wirst das bestimmt gut machen. Auf Pünktlichkeit lege ich allerdings Wert, auch wenn wir alle freiwillig hier sind. Und ich verpfeif dich wirklich, wenn du das nicht hinkriegst, verlass dich drauf.«

Der war ja schlimmer als mein Bruder. Aber was sollte ich machen. Das war eine Eins-a-Erpressung. Hätte ich nicht besser hingekriegt. Also blieb ich sitzen.

Er hielt mir die Hand hin. »Ich bin übrigens Armin.«

Armin erklärte mir, dass ich soufflieren sollte. Das hat aber leider nichts mit Soufflé zu tun, ich kann ein superlockeres Soufflé. Ich musste nur den dämlichen Text von der Feuerdame mitlesen, und wenn die Schauspieler nicht weiterwussten, sollte ich ihnen die ersten Worte vom Satz zuflüstern.

»Die haben doch selber den Text.«

Die hatten wirklich alle Blätter in den Händen und lasen davon ab.

»Aber bald nicht mehr. Gewöhn dich schon mal dran. Und später kommen noch andere Aufgaben dazu. Das besprechen wir dann.« Armin klatschte kurz in die Hände. »Es geht weiter, Leute. Kathi, du fängst an.«

Und Kathi, das war Katharina, aber da war sie noch nicht DIE Katharina, da war sie nur irgendeine Katharina.

Irgendeine Katharina

Irgendein Paul

Ich weiß nicht warum, doch dieser Armin erinnerte mich ziemlich an den Straubmann. Nur dass er viel besser aussah. Er hatte zwar auch schon Glatze und deswegen bestimmt die Basecap auf, dafür aber 'nen Vollbart und 'ne super Figur. Holzfällerhemd, zerschlissene Jeans und Turnschuhe. Nicht schlecht. Vielleicht so zwanzig. Älter jedenfalls als die meisten auf der Bühne.

Ich versuchte, ein bisschen mit Armin zu flirten, guckte ihn von der Seite an. Er guckte zurück und sagte: »Seite sieben.«

Ich blätterte in diesem Textbuch hin und her. Erst fand ich die richtige Stelle nicht, und dann dauerte es, bis ich begriffen hatte, dass jeder von denen mehrere Rollen auf einmal spielte, und dann regte ich mich auf, weil der Text so bekloppt war.

»Der Kaplan stimmt seine G-Saite nach den Glocken. Es muss Zeit für die Vesper sein. Zeit für irgend etwas.«

Ich fand, es war Zeit aufzuhören mit diesem Quatsch.

Aber am meisten regte ich mich über den langen Typ auf, der Pit hieß, und der, immer wenn diese Kathi dran war, guckte, als hätte er eine Fliege verschluckt. Der sah sie an, als wär sie eine schleimige Kröte. Und er sagte so Sachen wie: »Katharina, an deinem Sprachduktus hört man, dass du die Textbuchalität überhaupt nicht erfasst hast.« Oder so was Ähnliches. Was übersetzt wohl heißen sollte: Du blickst es einfach nicht. »Es geht schließlich um eine sprachliche Handlung, die einen bestimmten Zweck erfüllt, und so wie du sprichst, ist der Zweck NICHT erfüllt.«

Basecap sagte zwar: »Pit, lass uns hinterher über die Textbuchalität sprechen.« Und die anderen murrten auch ein bisschen rum, als Pit noch weitermotzte. Aber so richtig machte keiner den Mund auf. Am meisten stank mir, dass diese Kathikatharina nicht einen Mucks sagte und immer leiser sprach. Das sah ja ein Blinder mit Krückstock, dass die total eingeschüchtert war von diesem Pit. Ich meine, das ganze Ding hier brachte es echt überhaupt nicht, aber die Sache mit Pit nervte mich wirklich mordsmäßig.

Als er dann noch sagte: »Du bist zu verkrampft, Katharina«, reichte es mir. Ich hatte mir zwar fest vorgenommen, bei dieser Veranstaltung allerhöchstens Hallo und Tschüss zu sagen, aber wenn ich mich aufrege, kann ich meine Klappe einfach nicht halten. Nie.

Ich stellte mich direkt vor die Bühne. »Ey, Alter, mach dich mal locker. Katharina reißt grad zwar echt niemand vom Hocker, aber das ist ja wohl kein Wunder, wenn sie sich die ganze Zeit deinen Scheiß anhören muss. Und wir übrigens auch. Und du spielst, mal ganz nebenbei gesagt, als hättest du einen riesen Stock im Arsch, und bloß weil nicht alle gleich dein Textbuch-Dingsda schnallen, ist das noch lange kein Grund, sie fertigzumachen. Klar?«

Ich setzte mich wieder. »So, von mir aus können wir weitermachen.«

Armin guckte mich an. »Ich bin aber schon noch der Regisseur, oder?«

»Na klar«, sagte ich großzügig.

Nun sah Katharina aus, als hätte *sie* die Fliege verschluckt.

Dabei hatte ich doch bloß die Wahrheit gesagt. Ich sah, dass Paul sich das Lachen verkneifen musste, was ihn das erste Mal richtig nett aussehen ließ, und die anderen beiden auf der Bühne grinsten auch vor sich hin. Der mit den dunklen Locken hielt kurz beide Daumen hoch hinter Pits Rücken. Der stand da wie in Stein gehauen. Dann kam aber doch wieder Bewegung in ihn, er sprang von der Bühne und baute sich vor mir auf. »Also erstens: Wer bist du überhaupt? Und zweitens: Ich muss mir so was nicht bieten lassen ...«

Armin stand auf. »Pit, lass sein.«

Aber der redete einfach weiter: »... und drittens heißt das Tex-tu-a-li-tät, klar? Textualität!«

In dem Moment wurde die Tür aufgerissen, durch die ich auch reingekommen war. Eine Frau lief auf uns zu, ruderte mit den Armen, als würde sie in einem tiefen See ertrinken, und rief: »Es tut mir so leid, es ist furchtbar, wirklich, ach Armin, es kommt nicht wieder vor!« In einer Hand hielt sie ihren Mantel und wedelte ihn hin und her. Wie eine Friedensfahne, bloß in Schwarz.

»Daria!«, riefen Pit und Armin gleichzeitig.

Die war total außer Atem. Und ich glotzte sie nur an.

Dunkle Haut, rot leuchtende Lippen und Armreifen, die klimperten wie ein ganzes Glockenspiel. Und irgendwas Kleidartiges hatte sie an über ihrer Körbchengröße D, mindestens. Braune Haare bis zum Po. Ich war sofort neidisch, meine gehen gerade mal bis zur Mitte von meinem Rücken. Aber dafür fällt die Farbe auf, die glänzt wie Kupfer. Mein Bruder hat früher immer dran gezogen und gesagt, dass ich roste.

Alle starrten Daria an, dabei sahen sie die bestimmt nicht zum ersten Mal. Aber die Tante war auch echt 'ne Erscheinung.

Armin hielt noch mal seine Rede zur Pünktlichkeit. Und dann

kamen die anderen von der Bühne und er stellte mich als seine Assistentin vor. Was sich so was von blöd anhörte.

Pit und ich hatten uns ja schon bekannt gemacht. Er trug eine braune Strickjacke mit so runden Lederdingern auf den Ellbogen. So eine hat mein Opa auch.

»Und das ist Kathi, für die du dich eben so wortreich eingesetzt hast«, sagte Armin. »Sie spielt zwei der drei Frauenrollen.«

Die sprachlose Katharina hatte Pauls Haare, nur in lang, und hätte seine Schwester sein können in Sachen Ich-mach-mich-unsichtbar. Sie lächelte mich an. Die sollte echt nicht glauben, dass ich sie mochte. Ich kann's bloß nicht leiden, wenn jemand sich nicht wehren kann. Nur deswegen hatte ich was gesagt.

Paul legte den Kopf schräg und sagte: »Hallo.«

Armin klopfte ihm auf die Schulter. »Das ist unser Schlaukopf.«

Es gab dann noch zwei ganz okay wirkende Jungs. Nicht viel älter als ich. Daniel mit Beanie. Was ich nicht gut leiden kann. Nur Mütze darf so eine Mütze tragen. Aber die hier war wenigstens nicht schwarz, sondern grün und hing ihm wie ein gefüllter Sack von der Rübe. Später stellte sich raus, dass er seine blonden Dreadlocks druntergestopft hatte. Er schüttelte mir die Hand und meinte, dass er froh ist, dass ich da bin, weil er sich keinen Text merken kann und er keine Ahnung hat, wie das bei der Aufführung werden soll.

Mit mir musste er jedenfalls nicht rechnen. Ich würd mir die bestimmt nicht angucken.

Dann war da noch Selim, der Hübsche mit den Locken. Er klopfte mir auf den Rücken und flüsterte: »Das war super!«

Der würde Dixi gefallen.

Und Paul sagte ganz leise hinter mir: »Stimmt.«

Ich drehte mich zu ihm um und sagte auch leise: »Übrigens, du bist der Beste von den ganzen Typen hier. Bei dir wirkt dieser saublöde Text wie echt. Als ob du wirklich fühlst, was der Soldat fühlt.«

Paul wurde ein bisschen rot und guckte auf den Boden. Ich konnte richtig sehen, wie ihm heiß wurde. Und dann sah er mich an, er strahlte richtig: »Echt?«

»Klar echt. Ich erzähl doch keinen Scheiß.«

Nach dem kleinen Krach ging's ganz in Ordnung weiter. Der Text war zwar insgesamt immer noch langweilig, aber Daria brüllte alle anderen an die Wand, was lustig war. Sie spielte eine Hexe, die zwar eigentlich keine Hexe war, aber die Leute im Stück sagten, dass sie eine Hexe ist, was blöd für sie war, weil sie deswegen verbrannt werden sollte.

Mein Opa hat früher mal gesagt, die Müller von oben ist eine alte Hexe. Da war ich sechs oder so. Eine Zeit lang bin ich immer erst aus der Tür, wenn ich sicher war, dass die Hexe nicht auch im Hausflur rumlief. Weil mein Opa auch noch gesagt hatte, die frisst kleine Kinder. Da konnte meine Oma noch so oft sagen: »Dein Opa meint das nicht so. Das ist bloß, weil Frau Müller uns bei der Hausverwaltung angeschwärzt hat wegen dem Beet im Garten.«

Frau Müller ist gestorben und das Beet ist noch da. Ich will jetzt nicht sagen, dass manche Sachen eben doch gut ausgehen, aber gewissermaßen ist es ja schon so.

Daria fuchtelte wild herum und redete so laut, dass man sie bestimmt bis in die hinterste Reihe verstand, falls da jemals jemand sitzen würde. Ich konnte mir echt nicht vorstellen, dass Leute sich freiwillig diesen Schwachsinn anhören wollten. Daria räusperte sich megaoft und sagte dauernd: »Entschuldigt, Kinder, ich fang noch mal an.« Dabei hatte sie gar nichts falsch gemacht.

»Sarah.« Armin stieß mich an: »Willst du nicht noch mal so eine Brandrede halten? Daria macht mich fertig.«

Ich schüttelte den Kopf. »Mir gefällt's.«

»Los, du bist meine Assistentin.«

Da musste ich lachen und ärgerte mich gleichzeitig, weil ich nicht vorgehabt hatte, die Veranstaltung hier auch nur einigermaßen nett zu finden.

Pit ließ Katharina in Ruhe. Stattdessen maulte er jetzt Daria an wegen Textgedöns und Sprachhandlung, aber die hörte gar nicht zu und brüllte ihre Sätze weiter. Paul fehlte plötzlich eine Seite von seinem Text. Selim quatschte mit Daniel.

Und Armin war einfach echt sexy.

Und dann war's aus und wir standen alle draußen auf dem Platz vorm Eingang und Armin fragte: »Wer kommt noch mit auf ein Bier?« Er zeigte rüber zur Schicki-Bar, die ich in hundert Jahren nicht betreten würde.

»Ach, das ist ja fast wie in der Toskana mit den Züpressen!«, rief Daria.

Ich glaub, die konnte gar nicht normal laut reden.

Da standen halt so eine Reihe Tannenbäume in Töpfen um die Terrasse rum. Schicki beleuchtet. Das meinte sie wohl. Drei Leute standen vor der Tür und rauchten unter 'nem Heizpilz.

Paul neben mir fragte: »Kommst du auch?«

Ich erklärte denen, dass der Schuppen echt das Letzte ist. »Und wer da reingeht und für ein Bier vier fünfzig hinlegt, ist einfach nur blöd.« Ich guckte Armin an. »Ich geh jetzt noch Kickern im Bambule. Ist nicht weit.«

Armin sagte: »Warum nicht? Was ist mit euch?«

Von mir aus musste niemand von den anderen mitkommen. Aber Paul nickte. Selim und Daniel fanden's auch gut.

Hätt ich bloß die Klappe gehalten. Aber erst denken und dann den Mund aufmachen ist echt nicht meine Stärke.

Wenigstens winkte Daria ab. »Nach der Probe habe ich immer solche Kopfschmerzen.«

Wen wundert's bei dem Geschrei.

Pit sagte auch: »Nein, danke.«

Und Katharina schüttelte ihren blonden Pferdeschwanz: »Heute nicht.«

Warum hörte die eigentlich nicht auf, mich anzustarren?

Pit griff nach Katharinas Fahrradlenker. »Komm, wir trinken noch was bei mir. Wir packen dein Rad ins Auto.«

Ihr Blick taumelte ein bisschen in der Botanik rum und landete auf ihren Stiefeln. Dann sah sie Pit an und schob seine Hand vom Lenker. »Ich hab noch was vor.«

»Dann eben nicht«, sagte er.

»Bis nächste Woche.« Die sah mich schon wieder so komisch an, als sie ihr Rad an mir vorbeischob.

»Hab ich 'nen Popel im Gesicht, oder was?«

Sie blieb stehen. Und stand und stand und stand. In der Zeit hätt ich 'nen Rührkuchen mit Guss backen können.

»Du hast so eine hübsche Nase«, sagte sie schließlich.

Hätte sie gesagt hübsche Augen, Ohren, Mund oder so, wär ich ihr an die Gurgel gegangen. Aber die Sache ist, ich hab wirklich eine sehr hübsche Nase. Sie ist nicht zu breit, nicht zu klein oder zu lang. Sie ist genau richtig. Wenn es so was gibt, könnte ich glatt Nasenmodel werden.

»Okay«, sagte ich nur, weil ich einfach überrascht war.

Jetzt starrten mich alle an.

»Stimmt«, sagte Armin. »Das ist wirklich mal eine hübsche Nase.«

Pit rollte die Augen Richtung Katharina. War mir da schon klar, dass die beiden was miteinander hatten, aber genau hat sie mir das erst viel später erzählt.

Sie rief: »Tschüss«, und weg war sie.

Daria fuchtelte mit den Armen und laberte Armin voll.

Paul redete mit Daniel und Selim.

»Was denn jetzt?«, fragte ich in die Runde. »Geh'n wir? Mir wird kalt.«

»Klar«, sagte Paul, »muss nur meinen Roller holen.«

Pit drehte sich um und lief zum Parkplatz.

»Warte!« Daria rannte hinter ihm her. »Du musst mich nach Hause bringen, ich komm hier sonst nicht weg. Tschüss, Kinder.«

Ich ging neben Armin. Paul tuckerte auf seinem Roller hinter uns her, seinen Helm am Lenker. Selim und Daniel schoben ihre Räder. Alle redeten nur übers Theater. Armin erzählte mir, dass es in dem Stück eigentlich elf Rollen gibt, aber er mit Absicht nur sechs Schauspieler dabeihatte, und wie er das alles so machen wollte, mit der Bühne und den Kostümen und so. Und irgendwas mit Video. »Das wird ein teurer Spaß, aber wir haben einen Sponsor, der hoffentlich richtig Geld rauslässt.«

Das Gerede auf dem Weg war sturzlangweilig. Dixi, Energy und die anderen würden bestimmt denken, ich hätte 'ne Vollklatsche, so Typen anzuschleppen.

6

»Hallööö!« Dixi sprang in meine Arme und schlang ihre Beine um meine Hüfte. Ich wirbelte sie im Kreis herum, und wir schrien vor Freude, als hätten wir uns fünf Jahre nicht gesehen.

Dann sah sie die anderen, die hinter mir reinkamen.

»Wer sind *die* denn?«

Es war ziemlich viel los an dem Abend, alle Tische besetzt. Und an der Theke standen auch 'ne Menge Leute rum. Nur der Stammtisch war noch leer.

Mein Opa sagt immer, Angriff ist die beste Verteidigung. Also stellte ich mich vor die Theatertypen und hielt mich an Dixis Arm fest. »Das Bambule hat zwei Räume«, erklärte ich so feierlich wie der Museumsführer, als wir mal mit der Klasse das Neue Schloss in der Stadt besichtigt haben. »Hier vorn sind die Theke und die Musikbox und der Spielautomat. Hinten ist der Raum mit den Kickern und den Billardtischen, und da gehen wir jetzt hin. Ach ja, und das hier ist meine Freundin Dixi.«

Bevor jemand was sagen konnte, nahm ich Dixis Hand und zog sie mit mir. Sie kicherte. »Sind das die vom Theater?«

Ich nickte. Die ganze Aktion war mir total unangenehm.

»Der Kleine mit den Locken ist ja so niedlich. Darf ich den haben?«

»Klar, deswegen hab ich den ja mitgebracht. Aber Hände weg von dem mit der Basecap.«

Hinten fand ich's schon immer gemütlicher als vorne. Da gibt's Stehtische mit Barhockern, ein uraltes Sofa und zwei ausgeleierte braune Sessel. War fast nichts los. Vier Harley-Typen spielten an einem der Billardtische. Die waren oft da.

In einem Sessel saß Nasser, Tabea auf seinem Schoß. Die beiden sind unzertrennlich. Ich hab die fast noch nie einzeln gesehen. Nasser ist eigentlich sehr hübsch, aber grad voller Pickel. Tabea ist das total egal, die himmelt ihn an und er sie. Manchmal nennen wir sie Katze, weil sie so klein und niedlich ist.

Energy und Ahmed waren am Kickern. Ahmed ist mehr so der moppelige Typ, sieht immer schlecht gelaunt aus. Und Energy ist eben Energy.

Ich stellte alle vor. Also, ich zeigte auf die Leute und sagte einfach einmal alle Namen. Alle murmelten nur leise Hallo oder hoben die Hand. Ahmed guckte nicht mal vom Kicker hoch.

Die Stimmung fühlte sich an wie minus 20 Grad.

Armin sagte: »Ich hol mir mal was zu trinken.«

Selim und Daniel liefen ihm hinterher.

Paul stellte sich an den Kicker und guckte Ahmed und Energy zu.

Dixi zog mich aufs Sofa. »Erzähl! Wer ist denn jetzt dieser Selim? Hat der eine Freundin?«

Ich flüsterte zurück: »Woher soll ich das denn wissen? Ich kenn den doch erst seit drei Stunden.«

Ihre Augen blitzten. »Den krieg ich rum.«

Eigentlich war Dixi mit Mirkan zusammen. Aber das ging schon eine ganze Weile hin und her. Gerade waren sie wohl auseinander. Es war nie ganz klar, was Sache war. Jedenfalls war Mirkan nicht da. Gut für ihn. Dixi schmiss sich ganz schön an Selim ran. Als er ohne Armin und Daniel zurückkam, sprang sie auf und erklärte ihm, wie besonders das Bambule ist. Und fragte, ob er schon die alte Musikbox gesehen hat. Sie nahm ihn einfach an die Hand und zog ihn mit sich. Sie tat, als wär sie hier die Königin und das Bambule ihr Schloss. Dabei ist eigentlich Energy der König, oder besser gesagt Helga, die seine Mutter ist und die Besitzerin. Also, sie ist die Königin und Energy eigentlich arm dran, wegen dem neuen Mann seiner Mutter.

Energys Vater hat das Bambule mit Helga zusammen geschmissen, bis er gestorben ist. Das war schon mal eine blöde Sache. Der hat wirklich geraucht wie ein Schlot und dann irgendwann: wumm! - Lungenkrebs. Helga musste auf einmal alles allein machen und das hat sie nicht richtig hingekriegt, darum musste ein neuer Mann her. Das ist jetzt mal meine Idee von der Angelegenheit, aber Dixi denkt das auch. Helga hat dann Hans kennengelernt, und obwohl man auf den ersten Blick gesehen hat, dass der kein guter Mensch ist und ein Säufer, hat sie ihn genommen. Zuerst hat er sich noch zusammengerissen und ordentlich mitgearbeitet, aber als sie dann verheiratet waren, war's vorbei. Seitdem schnauzt er Energy ständig an, hängt an der Theke mit seinen Kumpels rum und ist selbst sein bester Kunde. Helga macht also im Grunde wieder alles allein, nur muss sie sich jetzt auch noch um ihren Mann kümmern. Hätte sie mal besser Eddie aus der Küche genommen. Der hat sich nämlich um Energy gekümmert, als sie ständig im Krankenhaus war, und ihr alles Mögliche abgenommen. Und das macht er sogar immer noch, jedenfalls wenn Hans nicht da ist. Aber nein, es musste dieser Vollhorst sein. Da fass ich mir doch an den Kopf. Wie bei meiner Mutter, nur Idioten. Da hast du den richtigen Typ direkt vor der Nase und nimmst 'nen anderen. Wie soll man das bitte verstehen?

Drei Dinge sind ja wohl völlig klar:

1. **Sich niemals richtig verlieben (gibt nur Ärger)**
2. **Niemals heiraten (gibt nur Ärger)**
3. **Niemals Kinder bekommen (gibt nur Ärger)**

Immerhin hat Energy wegen Helgas schlechtem Gewissen meistens einen Haufen Chips für den Kicker und die Billardtische in den Taschen und wir können umsonst spielen. Wenn Hans meckert, weil wir keinen Umsatz machen, sagt Helga: »Besser die hängen hier rum als auf der Straße.«

Wobei sie sagen müsste: *Besser hier als unter der Brücke*, aber sie kann schließlich nicht wissen, wo wir uns sonst treffen.

Hans sieht das jedenfalls anders. Wenn er ausnahmsweise mal allein arbeitet, so ein-, zweimal die Woche, schmeißt er uns raus. Aber heute war Helga-Abend, also alles gut. Ich hatte beim Reinkommen gleich gesehen, dass sie hinter der Theke stand.

Das Bambule ist eigentlich keine Kneipe, wo Jugendliche rumhängen, also außer uns. Helga sagt immer: »Zu mir kommen die Einsamen, die Witwer und Rentner.«

Das stimmt so nun auch nicht. Die Harleys sind auch meistens da und eben Leute aus dem Viertel. Aber eher Ältere, die ewig über einem Bier hängen und Karten spielen.

Niemand würde denken, dass Helga Energys Mutter ist, bis auf die braunen Haare vielleicht, aber die hat ja auch fast jeder. Sie ist richtig dick und rund, und er ist der magerste Mensch, den ich kenne. Dünn wie ein Spargel und kleiner als ich, obwohl wir fast gleich alt sind. Im Schwimmbad sieht es immer so aus, als würden seine riesigen Badeshorts mit ihm rumlaufen, nicht umgekehrt. Ich bin seit der Achten mit ihm in einer Klasse. Er kann überhaupt nicht still sitzen, rutscht ständig auf dem Stuhl rum, klopft mit dem Fuß, tippelt mit den Fingern. Außerdem hat er diese fransige Frisur, und alle paar Sekunden ruckt er mit dem Kopf, damit ihm die Haare nicht ins Gesicht hängen. Alle nennen ihn Energy, sogar die Lehrer.

Für mich ist er ein bisschen wie ein kleiner Bruder. Wir hatten da nämlich diesen einen Abend zusammen im Bambule: Küchen-Eddie, Energy, ich und Mirkan, Energys bester Freund. Der, mit dem Dixi jetzt zusammen ist - oder auch nicht. Aber zuerst war er mal mein Freund. Energys Papa war gerade gestorben und die Kneipe wegen Trauer geschlossen. Helga weinte die ganze Zeit zu Hause, und darum hatte Eddie Energy abgeholt und uns angerufen, wir sollten ins Bambule kommen. Wir aßen die schrecklichen Schnitzel, die Eddie macht, und hörten Lieder aus der Musikbox. So ein Ding hab ich noch nirgendwo anders gesehen. »Der Kommissar« von einem Falco, »Send mi an Angel«, »Teim after Teim«, eine Superschnulze. Songs von Elvis Presley, den Beatles, so was eben. Uralte Sachen, kannte ich alles nicht. Es war viel besser als das kitschige Radiozeug, das Helga meistens spielte.

Normalerweise trinkt Eddie nicht, aber an dem Abend nahm er vier Schnapsgläser und eine Flasche Tequila und wir gingen vor die Tür. Über uns glitzerten die Sterne und drinnen lief »Teim after Teim«. Eddie schenkte uns allen Tequila ein. Wir hoben die Gläser zum Himmel, nur Energy nicht.

Eddie sagte: »Auf dich, Karl, gute Reise!« Karl war natürlich Energys toter Vater.

Wir tranken alle, doch Energy kippte seinen Schnaps auf den

Boden, und dann fing er an, *Scheiße* zu schreien. Immer wieder. »Scheiße, Scheiße, Scheiße, Scheiße …« Er hörte gar nicht mehr auf damit, sprang durch die Gegend und schrie.

Eddie ließ ihn einfach machen und trank mit mir noch einen Tequila. Mir war schwindelig und mein Hals brannte, und dann fühlte ich, wie sich Mirkans Hand um meine Hüfte schob. Ich legte meinen Kopf an seine Schulter, damit er wusste, dass es okay war.

Energy schrie: »Scheiße, Scheiße, Scheiße …«, Eddie guckte in den Himmel und ich küsste Mirkan.

Es ging allerdings nicht lang mit uns. Aber es war ein besonderer Abend.

Danach fing die Bambule-Zeit überhaupt erst richtig an.

Ich find's gemütlich dort. Der Gastraum ist ganz aus Holz, sogar die Wände und die Decke. Helga stellt immer frische Blumen auf die Tische, das vergisst sie nie. Und als sie es in der Trauerzeit nicht konnte, hat Eddie es eben gemacht und den Laden geschmissen.

Es gibt auch was zu essen, allerdings nur ziemlich schreckliches Zeug. Eddie steht wie gesagt in der Küche, ist aber kein richtiger Koch. Der kauft fertige Sachen und schmeißt sie in die Pfanne. Schnitzel, Pommes, Kartoffelsalat aus dem Großmarkt.

Die vier Harleys an den beiden Billardtischen grölten. Vorne ging die Musikbox an. Eine Frauenstimme sang: »Er gehört zu mir wie mein Name an der Tür. Und ich weiß, er bleibt hier …«

Armin kam mit 'nem Bier und 'ner Portion Pommes. Er stellte sich an einen Stehtisch und guckte wie ich Ahmed und Energy zu. Die beiden sagten kein Wort, die waren megaernsthaft bei der Sache, weil sie beobachtet wurden. Nur die Bälle klackerten.

Ich stellte mich neben Armin. Er zwinkerte mir zu, lächelte und zeigte auf die Jungs: »Die beiden sind ja richtig gut!«

Paul fragte mich, ob ich auch was trinken wollte. Wollte ich natürlich. Bier. Ich ging ihm hinterher.

Der Stammtisch war jetzt voll besetzt. Das war wirklich der Rentner- und Witwertisch. Alle da waren über siebzig. Eddie brachte ihnen Schnitzel und Kartoffelsalat. Die aßen fast jeden Abend hier. Wunderte mich echt, dass die das bis jetzt überlebt hatten.

Dixi stand an der Musikbox und winkte mir hektisch zu. »Eben hat er noch mit mir hier gestanden und wir haben uns über Musik unterhalten, und dann geht er zur Theke und plötzlich ... schau dir das an.«

Selim küsste ausgiebig Daniel, bis Helga zwei Cola vor sie hinstellte. Hätt ich jetzt auch nicht mit gerechnet. Aber Dixi noch viel weniger. Sie steht nur auf Türken. Die sehen nämlich immer super aus, sagt sie, und sind nie schwul. So viel dazu. Mir ist's gleich. Knutschen ist doch für jeden gut, egal mit wem. So seh ich das.

»Hab ich dir doch gesagt, dass Türken auch schwul sein können. Aber macht ja nichts. Du hast doch Mirkan.«

Dixi guckte mich mit ihren großen Kulleraugen an: »Die sind doch gar nicht schwul. Die knutschen bloß, um mich anzumachen. Aber so leicht kriegt der mich nicht rum.«

Ich schüttelte nur den Kopf. Dazu fiel mir echt nichts mehr ein. Dixi und ihre schrägen Ansichten waren manchmal nicht leicht auszuhalten.

Paul kam mit meinem Bier. Er trank Cola wie Selim und Daniel. Hatten die alle ein Alkoholproblem, oder was?

»Mir gefällt's hier«, sagte Paul. »Ist ein bisschen wie ein großes Wohnzimmer.«

Aber eigentlich sah er nicht so aus, als ob er es wirklich ernst meinte. Eher so, als wollte er unbedingt was Nettes sagen.

Selim und Daniel kamen angeschlurft und wir gingen alle rüber.

Tabea und Nasser hatten sich noch nicht einen Millimeter vom Sessel wegbewegt. Aber immerhin knutschten sie ausnahmsweise mal nicht.

Armin guckte den Harleys immer noch beim Billardspielen zu. Selim, Daniel und Paul quetschten sich zusammen aufs Sofa.

Ahmed und Energy hatten grade ihr Spiel fertig und keinen Bock mehr weiterzumachen. Ich vermute, die hatten vor allem keinen Bock auf Armin und die anderen.

Der Abend war echt scheiße.

»Wer sind denn die Typen überhaupt?«, fragte Ahmed muffig, als ich Energy nach 'nem Chip für 'ne neue Runde fragte.

»Is doch egal. Hab ich vorhin kennengelernt. Die wollen gegen euch spielen«, sagte ich.

»Die sind vom Theater«, sagte Dixi. »Sarah hat da jetzt 'ne ganz große Rolle.«

Ich warf ihr einen bösen Blick zu. »Stimmt doch gar nicht.«

Sie küsste meinen Handrücken. »Spaaaß!«

»Die gefallen mir nicht«, sagte Ahmed.

Ich erzählte, dass Armin zu den besten Tischfußballern überhaupt gehört. Ich fand, er sah so aus, als ob das stimmen könnte. Ich guckte zu ihm rüber. Er hatte sein Hemd aufgekrempelt, man sah seine muskulösen Unterarme mit den Adern drauf. Wie eine Landkarte mit Flüssen. Supersexy.

»Er sagt, dass er noch nie verloren hat.«

Ahmed zog die Augenbrauen hoch: »Das will ich sehen.«

Na also. Jungs und Wettkampf geht immer.

Ich rief Armin zu, dass es losging. Eigentlich wollte ich mit ihm spielen, aber irgendwie war mir mittlerweile klar, dass es um WIR gegen DIE ging. Armin winkte Daniel zu sich, ich ging auf Ahmeds Seite. Paul stellte sich hinter die eine Torseite, Selim hinter die andere.

Kickern ist wie das Leben.

Es ist schnell und lustig, aber man muss immer aufpassen, dass man keine reinbekommt.

Dixi war beleidigt, weil sie nicht mitspielen durfte. Sie kann überhaupt nicht verlieren. Dummerweise ist sie auch noch richtig schlecht. Sie will immer mit mir spielen oder mit Ahmed, denn wir sind die besten und reißen sie mit raus. Dazu haben wir aber nicht dauernd Lust. Dixi kurbelt bloß wie wild hin und her, wenn die Kugel in ihre Richtung rollt, oder packt die Stangen, die von der anderen Seite kommen. Es macht keinen Spaß mit ihr.

Sie scheuchte Nasser aus dem Sessel hoch, kuschelte sich an Tabea und kicherte mit ihr rum, um mich eifersüchtig zu machen. Das ist eine ihrer Maschen. Ich beachte sie einfach nicht, wenn sie ihre Schmollphase hat, und darum drückte ich jetzt auch nicht ihr, sondern Energy mein Bier in die Hand. »Hier, *breit sein ist alles*. Hat der Straubmann doch gesagt.«

Er klappte die Hacken zusammen wie beim Militär. »Allzeit breit!« Er musste nur aufpassen, dass Helga ihn nicht erwischte. Bier war für ihn im Bambule verboten.

Energy kann wirklich witzig sein. Allerdings nur so einmal im Jahr. Ansonsten lebt der auf 'nem anderen Stern.

Er warf einen Chip ein und elf Bälle fielen in die Rinne. Regel: Wer zuerst sechs Tore hat, gewinnt. Kurbeln ist verboten, und von hinten Tore machen wird nicht gern gesehen, ist mir aber wurscht.

Also: Armin und Daniel gegen Ahmed und mich – hinten. Ich spiel meistens hinten. Ich will den Torwart im Griff haben und schaffe es locker, mir mit meiner Verteidigerreihe die Kugel so vorzulegen, dass ich sie mit 'nem richtigen Rums aus dem Handgelenk ins gegnerische Tor knallen kann. Das klappte heute gleich dreimal hintereinander. Ahmed und ich klatschten uns ab. Energy hüpfte wild hin und her. Und beim vierten Tor ließ sich sogar Nasser zu einem Schrei hinreißen. Das erste Spiel gewannen wir ganz entspannt mit nur einem Gegentor.

Aber beim nächsten fing etwas an schiefzugehen. Es stand plötzlich nur noch fünf zu vier für uns. Armin donnerte den Ball nach vorn, Daniel übernahm und schoss auf mein Tor. Ich hielt das Ding, schob es Ahmed hin, er gab an mich zurück und ich kickte das Teil rein. Gewonnen! Dixi und Tabea jubelten uns zu.

Armin wollte sofort noch mal, diesmal mit Paul. Ich mit Energy. Der ist so eine Art Geheimwaffe. Zwar nicht so richtig gut, aber irre schnell. Am besten ist er allein. Niemand kann so zwischen den Drehstangen hin und her wechseln wie er.

Zuerst sah's wieder super für uns aus. Aber dann rief Selim plötzlich: »Ruuuund!« Daniel brüllte: »Ähm, Kopf!« Paul: »Ball!« Armin: »Tor!« Und in dem Moment donnerte er mir das Ding tatsächlich rein. Das Gleiche machten die noch mal mit: »Fuuuß!« – »Ball!« – »Sieg!« – »Tor!« Und das Ding war wieder drin.

Fiese Ablenkung. Die Runde ging an sie.

Energy wurde noch hektischer als sonst und *zack* hatten die wieder gewonnen.

Na gut, das Leben und Kickern sind eben doch nicht immer lustig.

»Der Gewinner schmeißt 'ne Runde!«, rief ich. Wenigstens sollten sie für ihr Glück zahlen.

Mach aus allem das Beste, Sternchen.

Hat Mütze mal zu mir gesagt.

Energy hatte sofort keine Lust mehr – das war immer so, wenn er verlor. Wie bei Dixi. Was das angeht, könnten die beiden Geschwister sein. Aber wenigstens schmollen sie nie lange. Armin holte mit Paul zusammen tatsächlich eine Runde Bier und Cola.

Immerhin, nach dem Kickern waren alle ein bisschen lockerer geworden. Ahmed und Selim unterhielten sich auf Türkisch. Daniel stand daneben, guckte erst gelangweilt durch die Gegend und setzte sich dann neben Paul aufs Sofa. Ich redete ein bisschen mit Armin. Aber sonst blieben unsere beiden Gruppen getrennt. Wie Essig und Öl. Man kann versuchen, es zu mischen, aber es will einfach nicht richtig zusammenkommen.

Armin erzählte mir, dass seine Eltern früher einen Kicker zu Hause hatten und dass er schon gespielt hat, als er noch ganz klein war. Sein Vater hatte ihm dafür extra einen Hocker besorgt. Da fiel mir wieder ein, dass Armin ja der Sohn vom Straubmann war. Hatte ich schon fast vergessen.

Er sagte, dass er Literatur studiert und dass er Theater liebt. Und ich erzählte ihm, dass ich als Kind immer zum Zirkus wollte. Stimmte zwar nicht, klang aber gut und ein bisschen ähnlich wie Theater, fand ich.

Und dann wollte Nasser auf einmal spielen. Das kommt alle tausend Jahre vor, er spielt lieber Billard. Vielleicht wollte er, weil Dixi immer noch mit Tabea im Sessel saß und er nicht richtig an sie rankonnte. Selim fragte Ahmed, ob er mit ihm spielen wollte, und die beiden stellten sich an einer Seite vom Kicker auf. Nasser fragte mich, aber ich hatte keine Lust, Energy auch nicht. Aber dann ging Paul einfach zu Nasser und warf Chips ein. Er wollte ihn nicht allein stehen lassen. Und das ist es, was ich an Paul mag. Er will immer, dass es allen gut geht.

Die Bälle kullerten ein.

Ich redete weiter mit Armin, diesmal über die Fußballbundesliga, da kenne ich mich aus, weil mein Opa jedes Wochenende die Tabelle runterbetet wie meine Oma ihren Rosenkranz. Plötzlich hörte ich dieses bestimmte Geräusch, das die Stangen machen, wenn man verbotenerweise kurbelt. Selim war das, und er lachte, die beiden lagen ziemlich zurück.

Ahmed haute Selim auf den Rücken: »Ey, bist du schwul, oder was?«

Ich hielt kurz die Luft an. Das sagen die Jungs ständig, ist ja ganz normal, aber eben nicht, wenn derjenige wirklich schwul ist und auch noch antwortet: »Ja, was dagegen?«

Erst wurde Ahmed still und dann redete er plötzlich ganz schnell auf Selim ein - es klang wie ein Maschinengewehr und hörte sich gefährlich an. Selim redete genauso schnell auf Türkisch zurück. Sie fingen an, sich zu schubsen, und ich dachte: *Scheiße, das geht jetzt richtig schief, die prügeln sich hier gleich.*

Armin stellte sein Bier ab und machte einen Schritt auf die beiden zu.

Aber bevor er was machen konnte, sagte Selim wieder was, immer noch auf Türkisch. Ahmed spuckte ihm vor die Füße.

»Ahmed, spinnst du jetzt völlig?«, rief ich. »Lass ihn in Ruhe.«

Die Harleys guckten auch schon zu uns rüber. »Alles okay?«, rief einer.

Ahmed schubste Selim so heftig, dass er auf den Boden flog. Daniel und Paul liefen zu ihm. Armin stellte sich sofort vor Ahmed. Der sah Armin an, und vielleicht half es, dass Armin älter und größer und breiter war als Ahmed, oder vielleicht waren es auch die Harleys, die näher kamen und ihn davon abhielten, auch noch auf Armin loszugehen. Jedenfalls schnappte sich Ahmed einfach seine Jacke und stürmte aus dem Bambule.

Selim stand schon wieder und schlug mit der Faust auf den Kicker.

Die Harleys zogen ab und spielten weiter. Nasser rannte Ahmed hinterher und natürlich ging Tabea auch sofort.

Daniel wollte wissen, was los war, und Selim sagte: »Nichts, er hat mich beleidigt und ich hab ihn zurückbeleidigt. Und du hast mir nicht geholfen.«

»Es war alles auf Türkisch!«

»Natürlich auf Türkisch, wie denn sonst?«

Es war klar, dass die beiden jetzt auch noch Stress miteinander bekamen.

Die Stimmung war komplett im Arsch und keiner hatte mehr Lust auf Kneipe, also gingen wir auch.

Daniel und Selim stritten draußen weiter rum über Türkisch oder nicht Türkisch, setzten sich auf ihre Räder und fuhren weg, ohne sich zu verabschieden.

Armin sah mich an und meinte: »War doch trotzdem nett. Lustiger Laden. Bis nächste Woche.« Dann fuhr er auch.

Na toll. Sein Abgang ärgerte mich am meisten. Ich hatte mir das Ganze ein bisschen anders vorgestellt. Keine Ahnung, wie genau. Dass wir uns für irgendwann verabreden, Telefonnummern austauschen. So was eben ... Küssen musste ja nicht gleich sein, aber ich hätte auch nichts dagegen gehabt.

Blieben nur noch Paul, Dixi und ich. Energy war sofort bei Eddie in der Küche verschwunden, wie meistens, wenn sein Stiefvater nicht da war und wir nichts weiter vorhatten.

Paul setzte sich auf seinen Roller, machte aber keine Anstalten loszufahren.

Ich sagte Tschüss und wollte gerade mit Dixi loslaufen, da kam Mirkan auf seinem Roller angefahren und hielt vor uns. Dixi fiel ihm gleich um den Hals, erzählte ihm, dass alle schon weg waren, und stieg hinten auf. Sie guckte mich an. »Macht dir doch nichts, wenn ich mit Mirkan fahr, oder? Der da kann dich ja bringen.« Sie zeigte auf Paul.

Als die beiden weg waren, meinte Paul: »Das wäre mir ein Vergnügen. Aber du hast keinen Helm.«

»Was bist du denn für 'n Spießer? Das sind doch nur 'n paar Meter.«

Er schloss seinen Roller wieder ab und sah mich paulernsthaft an. »Schon möglich, dass ich ein Spießer bin. Aber ich möchte nicht, dass dir was passiert. Ich bring dich zu Fuß nach Hause.«

»Na super. Zu Fuß kann ich auch allein gehen«, maulte ich.

»Nein, es ist spät und dunkel. Ich bring dich.«

»Ist das jetzt 'ne Anmache, oder was?«

Paul schüttelte den Kopf und wurde wieder ein bisschen rot.

»Na gut, wenn du's nicht lassen kannst«, sagte ich. »Aber glaub bloß nicht, dass ich was von dir will.«

Ich weiß nicht, warum ich so fies zu Paul war. Vielleicht war er mir einfach zu nett. Ich bin das nicht gewöhnt. Niemand hatte mich bis jetzt nach Hause gebracht, weil es dunkel war und mir was passieren könnte. Und ich hatte auch immer noch richtig schlechte Laune wegen eben.

Wir liefen schweigend nebeneinanderher. Aber das war gar nicht unangenehm. Langsam beruhigte ich mich wieder.

Paul blieb stehen und fragte: »Hörst du das? Schön, oder?«

Ich nickte.

Da war nur der Wind in der Tanne vor uns. Und dann das Rauschen der Stadt und ein bellender Hund. Ein paar Schneeflocken fielen. Für einen winzig kleinen Moment hatte ich mein Lieblingsgefühl. Mittendrin in allem zu sein und gleichzeitig ganz weit weg. Niemand weiß, wo ich bin, alles ist friedlich und still.

Es war, als ob die Welt lauschte.

...

...

...

Und dann war es auch schon wieder vorbei.

7

Das war am Montag, und am Freitag lagen die Blumen vor der Tür. Aber in der Zeit dazwischen hatte sich die Woche vorgenommen, ein richtiges Arschloch zu sein. Es fing an mit dem schlimmen Streit mit meinem Opa. Aber er war schuld. Oder der Straubmann. Jedenfalls nicht ich. Ich war den ganzen Tag unterwegs, und als ich nach Hause kam, warteten Gromi und Gropi schon auf mich.

Der Straubmann hatte nämlich doch mit denen telefoniert. Obwohl er versprochen hatte, dass er nichts sagt. War nicht das erste Mal, dass ein Lehrer bei uns anrief. Einmal ist auch so eine Jugendamtstante aufgetaucht. Wegen dem Schwänzen. Die hat meinen Großeltern gesagt, dass sie sogar einen Bußgeldbefehl oder so was bekommen können, wenn ich nicht in die Schule gehe. Und über das Sorgerecht müsste man dann auch noch mal reden. Glaub ich nicht. Bis jetzt ist noch nie was passiert.

Der Straubmann hatte meinen Großeltern jetzt jedenfalls erzählt, dass ich die Prüfungen am Ende vom Schuljahr nicht schaffe, wenn nicht was geschieht, und zwar schnell. Wenigstens hat er nichts vom Gras gesagt.

Und deshalb meinte er, ich soll bei so einem Projekt mitmachen, *Tandem*, ganz neu. Genau das Richtige für mich. Besser als

Nachhilfe. Nachhilfe plus, sozusagen. Gromi war total aus dem Häuschen, weil *der Herr Lehrer sich so nett kümmert*.

Mein Opa meinte, dass ich da eine große Chance bekomme, weil die Schule so wichtig ist.

Und dann passierte es.

Ich: »Ich hab aber keinen Bock auf Schule.«

Gropi: »Du bist genau wie deine Mutter. Der Apfel fällt nicht weit vom Stamm.«

Ich: »Ich bin nicht wie meine Mutter, ich bin höchstens wie deine Tochter.«

Gromi betete einen Rosenkranz nach dem anderen.

Ich fühlte mich wie eine riesige, dicke Schlange und zischte: »Dein Scheiß-Jesus hilft dir jetzt auch nicht weiter. Warum hast du überhaupt so eine Scheiß-Tochter gekriegt.«

Meine Oma zuckte zusammen, als hätte ich sie geschlagen.

Mein Opa stand ganz blass und steif da und sagte: »Halt den Mund, Sarah.«

Scheiß-Tochter, Scheiß-Enkeltochter, so ist das eben.

Gromi fing ganz leise an zu weinen. Das war nicht zum Aushalten.

»Du entschuldigst dich sofort«, sagte Gropi.

»Einen Scheiß tu ich. Du hast mir gar nichts zu sagen.«

Und dann bin ich raus und ewig weggeblieben, weil es so wehtat. Mit Dixi und 'ner Flasche Bacardi und 'nem Liter Cola. Wir saßen unter der Neckarbrücke, wie immer, wenn uns nichts anderes einfiel, eingepackt in dicke Jacken, unsere Strickmützen auf dem Kopf. Wir redeten über alles Mögliche, nur damit es nicht still wurde und ich nicht nachdenken musste.

Am nächsten Morgen dröhnte mein Kopf. Als ich in die Küche kam, saß Gropi hinter seiner Zeitung. Meine Oma hatte mir ein Marmeladenbrot geschmiert und einen heißen Kakao hingestellt, wie früher. Das machte alles noch schlimmer.

Ich setzte mich hin, obwohl ich sonst höchstens im Stehen frühstücke, wenn überhaupt, und sie guckte mich einfach an. Mein schlechtes Gewissen klopfte an mein Herz und ich sagte: »Okay, gut, ich probier's aus.«

Zwei Tage später war schon der Brief da. Erziehungshilfe Hallschlag.

Projekt: Tandem – Studenten helfen Schülern

Was ist das denn für 'n Mist? Da kotz ich doch.

»Es liegt auch eine Broschüre bei, da wird das Projekt beschrieben«, sagte Gropi. »... Fähigkeiten und Talente stärken. Tandem begleitet auf dem Weg in den Beruf.«

Ich guckte mir das alles gar nicht erst an. War ja an meine Großeltern.

Und dann war Freitag, und die Woche hörte auf, fies zu sein.

Aber nur kurz.

Die Blumen lagen auf dem Tisch, als ich zum Frühstück kam. Keine normalen Blumen aus dem Laden. Ich mag keine normalen Blumen. Es waren Winterblumen. Meine Oma kannte die ganzen Namen. Schneeglöckchen, Veilchen, Goldstern. Gropi hatte sie in einem Korb auf der Fußmatte gefunden, als er die Zeitung holte. Es lag ein Zettel dabei.

Freu mich auf die nächste Probe!

Von Armin!

Natürlich musste Gromi fragen, von wem denn die hübschen Blumen sind. Warum, bitte schön, haben Erwachsene keine Ahnung, wann sie einfach mal die Klappe halten sollen? Kann mir das mal einer sagen?

Ich schwebte durch den Tag und hatte dieses gute Gefühl im Bauch wegen den Blumen, denn ich hatte vorher noch nie welche gekriegt. Aber dann schnappte mich der Straubmann nach der großen Pause und meinte, dass Armin eine Blinddarmentzündung hat und die nächste Probe wahrscheinlich verschoben wird oder sogar ausfällt.

Meine Laune sackte gleich mal zehn Etagen in den Keller. Und das hatte der heute Morgen noch nicht gewusst, als er die Blumen gebracht hatte? Konnte ich aber schlecht seinem Vater sagen. Andererseits, hätte er schreiben sollen: *Freu mich auf die nächste Probe, wird aber verschoben wegen Blinddarm?*

Dann musste der Straubmann natürlich auch noch sagen, dass das eine super Chance für mich ist, diese Projektsache.

Wenigstens hab ich noch dran gedacht, dem Straubmann meine Handynummer für Armin zu geben, damit der mir das nächste Mal selbst Bescheid sagen konnte. Mir war klar, dass er mir sofort eine Nachricht schreibt, sobald er die Nummer hat.

Aber dann kam den ganzen Nachmittag nichts. Alle fünf Minuten guckte ich auf mein Handy. Gut, konnte ja sein, dass es ihm so schlecht ging, dass er nicht mal mehr tippen konnte. Und ich Vollhorst hatte den Straubmann nicht nach Armins Nummer gefragt, weil ich mir so sicher war, dass er sich melden würde. Oder vielleicht hatte der Straubmann ihm die Nummer ja auch noch gar nicht gegeben. Wie auch immer, nun saß ich also da, mit der schlechtesten Laune der Welt. Am Küchentisch. Gropi deckte das Geschirr. Gromi strickte. Ich hackte eine Zwiebel in kleinste Stückchen. Das Messer krachte aufs Brett.

Gromi bekam nicht mit, dass meine Laune im Keller war, und strahlte mich an. »Wegen dem Projekt. Die junge Dame kommt morgen mal vorbei. Sie heißt Frau Weber.«

Ich: »Na und?«

Gromi: »Sie studiert Jura.«

Ausgerechnet. Jura, da lernt man was über Gesetze und Rechte. Danke, ich kenn meine Rechte. Ich hab nämlich keine.

Kein Geld, keine Rechte!

Also mach ich, was ich will. Was stört mich mein schlechtes Gewissen von gestern?

Ich: »Wann kommt die denn genau? Nur damit ich dann auch sicher da bin.«

Gromi: »Oh, das weiß ich im Moment nicht mehr.«

Ihr war gleich klar, dass ich gefragt hatte, um sicher *nicht* da zu sein. Aber weil sie so alt ist und sich nichts mehr merken kann, musste ich nur zum Kalender gehen. Der liegt direkt im Flur neben dem Telefon. 13 Uhr. Die hatten's ja alle wirklich gigantisch eilig. Ich rief sofort Dixi an und verabredete mich gleich mal für morgen – 13 Uhr. Wir redeten noch ein bisschen und überlegten, ob wir weggehen sollten, aber eigentlich hatten wir keine richtige Lust. Dixi wollte noch zu Mirkan rüber, ich hängte mich vor den Fernseher. Gropi setzte sich dazu und wir guckten einen James Bond. Gromi strickte wie immer. Bis dahin war mein Leben noch schön.

8

Am nächsten Morgen war ich richtig früh wach. Keine Ahnung, wann ich das letzte Mal am Samstag vor Mittag aufgestanden bin.

Ich wollte grad los, da hörte ich Gropi laut singen: »And it burns, burns, burns, the ring of fire, the ring of fire.«

Da wusste ich, dass es was Scharfes zu essen gibt, was ich genauso liebe wie er, und ich wollte nur mal kurz gucken, was er da macht. Bei Gulasch wär ich gegangen, aber er schnippelte Speck und sagte zwischen *I went down, down, down* und *burns, burns, burns*: »Ich mach deine Lieblingssoße! Und karamellisierten Porree als Beilage.«

Mieser Trick, aber ich dachte, ich schaff's trotzdem noch abzuhauen, bevor die Nachhilfe-Tusse kommt. Dixi konnte ruhig ein bisschen warten. Die hat's auch nicht so mit der Pünktlichkeit und kann genau wie ich ohne Probleme mal eben 'ne Stunde zu spät kommen.

Gropi hatte die Schürze mit der Feuer speienden Chilischote um, die ich ihm zu Weihnachten geschenkt hatte. Er sang und drehte sich dabei ein paarmal um die eigene Achse.

Mein Opa ist ein Freak.

Äußerlich vielleicht nicht, da sieht er aus wie ein ganz normaler Opa mit grauen Haaren und einer ziemlich großen Nase, aber innen brennt er für Johnny Cash und scharfes Gulasch.

Wenn er kocht, dann spielt er seine Johnny-Cash-CD und singt mit, so gut er kann, und zieht dabei einen Mundwinkel nach oben - wie Johnny eben. (Gropi war mal in Amerika, als Schiffsjunge. Davon redet er heute noch.)

Als wir klein waren, haben mein Bruder und ich Luftgitarre dazu gespielt. Aber Najim, der miese Verräter, hat sich ja vom Acker gemacht und mich in unserm Altenheim alleingelassen.

Beim Kochen setzt was bei mir aus. Ich finde das extrem chillig, da wird's in meinem Kopf ganz still.

Also stellte ich mich neben meinen Opa und schnippelte rote Peperoni, was das Zeug hielt. Die Tante sollte es ruhig scharf kriegen. Und Gropi sang mit bei *I walk the lein.*

Um eins klarzustellen: Ich steh überhaupt nicht auf Country. Ich hör's nur, wenn ich mit meinem Opa in der Küche bin.

Meine Oma rief aus dem Badezimmer: »Hans, ich bin fertig. Hilfst du mir bitte?«

Als er weg war, trank ich sein Bier aus, ließ die Flasche unter der Eckbank verschwinden und machte 'ne neue auf. Die musste ich dann natürlich so weit leer trinken, dass er nichts mitkriegte. Als er zurückkam, warf ich die Schoten in die Tomatensoße. Gromi schlurfte ins Wohnzimmer. Sie hat Wasser in den Beinen und kann schlecht gehen.

Gropi sagte: »Zwei Stangen Porree wären gut. Die schwenken wir in ein bisschen Butter und Zucker.«

»Nee, keinen Bock«, sagte ich.

»Gegen einen Schluck Bier.«

Ich nahm die Flasche vom Tisch und trank.

»Genug!« Gropi nahm mir die Flasche aus der Hand. »Los jetzt!«

Meine Großeltern haben im Hinterhof ein Beet. Das Beet, das die tote Müller von oben weghaben wollte. Mit Kräutern, Bohnen, Porree, ein paar Kartoffeln. Man muss ganz um den Block laufen. Als ich klein war, bin ich einfach durchs Küchenfenster geklettert, aber jetzt steht die Fensterbank voller Töpfe mit Kräutern. Also ging ich außen rum. Als ich zurückkam, machte Gropi die Wohnungstür hinter mir zu: »Ab ins Wohnzimmer, der Besuch ist da.«

Er blieb vor der Tür stehen. Ich verdrehte die Augen, zuckte mit den Schultern und ging rein. Die blöden Porreestangen drückte ich ihm in die Hand.

13 Uhr. Punkt 13 Uhr. Die Standuhr schlug einmal. Megapünktlich. Wie uncool ist das denn?

Gropi war mir hinterhergekommen und stand in der Wohnzimmertür: »Setzen Sie sich doch, Frau Weber.«

Meine Oma lächelte vorsichtig. Ich glaub, manchmal hat sie Angst vor mir. Und mir fiel fast die Kinnlade runter. Frau Weber war Katharina aus der Theatergruppe.

Die Katharina.

Das war doch alles ein mieses, eingefädeltes Spiel. Von Anfang an geplant.

Katharina strahlte und streckte mir die Hand entgegen. »Wir kennen uns ja schon.«

Ich sagte: »Wollt ihr mich verarschen? Tschüss auch, ich geh jetzt.«

Das war mir echt zu blöd, und das Fenster stand offen.

»Sarah!«, sagte Gropi. »Hör auf damit.«

Ich machte schon ein paar Schritte rückwärts, aber dann war's mir doch zu albern, vor der Tusse aus dem Fenster zu springen.

Gropi schenkte Mineralwasser in die Gläser auf dem Couchtisch und setzte sich in seinen ausgebeulten Sessel.

Katharina aufs Sofa.

Sogar meine Großeltern hatten über alles Bescheid gewusst. So war's doch.

Die drei starrten mich an.

Ich starrte Katharina an. Blaue Bluse! Graue Stoffhose! Schwarze Ballerinas mit Schleifchen! Der dünne blonde Pferdeschwanz! Goldkettchen mit Schlüsselanhänger! (Okay, die Kette war gut.)

Sie sagte: »Es geht bei diesem Projekt nicht direkt um Nachhilfe, sondern darum, dass wir was miteinander machen. Wie eben Theaterspielen ... Wir schauen, ob wir gemeinsam herausfinden können, was für einen Beruf du dir vorstellen kannst. Und später kann ich dir auch bei Bewerbungen helfen ... Natürlich lernen wir auch mal zusammen.«

Ich ließ mich direkt neben sie plumpsen. Fünf Zentimeter Abstand zwischen uns.

»Du willst also deine Sozialbilanz mit mir aufpimpen? Oder machst du das alles wegen meiner hübschen Nase?«

Ich war echt sauer – das hatte die doch schon gewusst, als wir uns in der Probe getroffen hatten.

»Sarah!«, rief Gromi. Wie immer schaute sie zu ihrem Herrgott. Der hängt bei uns in jedem Zimmer. Aber geholfen hat der ihr wirklich noch nie.

»Is ja schon gut«, sagte ich. »Oh, schicker Anhänger. Der Schlüssel zu deinem Herzen?«

Die Standuhr tickte. Katharina schwieg. Ihr Blick flog einmal durchs ganze Zimmer und landete auf ihren Schleifchen-Ballerinas, dann sah sie mich wieder an.

»Der Schlüssel zur Zukunft.« Sie rückte näher. Kein Zentimeter Abstand mehr zwischen uns. »Ich möchte dir etwas vorschlagen.« Ihre Nasenspitze berührte fast meine. »Wenn du nach einem halben Jahr mit mir dein altes Leben zurückhaben möchtest, bekommst du die Kette und ich verschwinde. Dann machst du mit deiner Zukunft, was du willst.«

»Nee, anders«, sagte ich. »Wenn du in einem halben Jahr dein neues Leben mit mir nicht cooler findest als dein altes, darfst du deine Kette behalten.«

9

Warum konnte ich nicht einfach meine Klappe halten? Ich hatte doch gar keine Lust, der Tante mein Leben zu zeigen. Nur bekam sie dann blöderweise doch ziemlich schnell was davon mit.

Aber vorher kam endlich eine Nachricht von Armin. Am Montag in Geschichte. Allerdings war sie »an alle«. Er war immer noch krank und die Probe wurde auf Mittwoch verschoben. Ich wollte schon lostippen, aber dann schrieb ich doch nicht zurück. Ich war mir nicht mehr sicher, ob die Blumen wirklich von Armin waren. Dabei bin ich echt gut darin zu glauben, was ich glauben will.

Wir saßen auf unserer Bank unter der Kastanie, auf der Rückenlehne. Dixi und ich. Die letzte Stunde war schon lange vorbei, aber wir hatten keine Lust, nach Hause zu gehen. Ich guckte in die grauen Äste vor dem grauen Himmel.

Es wehte ein ganz leichter Wind und die letzten trockenen Blätter raschelten an den Zweigen.

»Schau mal«, sagte ich, »wie kleine Hände, die winken.«

»Hast du gekifft, oder was?«, fragte Dixi.

»Nee, aber is doch wirklich schön.«

Dixi zündete sich 'ne Kippe an. »Die Blumen sind bestimmt von Armin, das ist alles Taktik. Wie bei Selim, als er Daniel geküsst hat. Am besten, du gibst dem meine Adresse, dann kann der mir auch mal Blumen vorbeibringen.«

»Ich dachte, du bist wieder mit Mirkan zusammen?«

»Jaaa, schooon ...« Und dann kam wie immer das ganze Gelaber, was mit Mirkan alles nicht stimmt. Hatte ich schon tausendmal gehört. Ich nickte und nickte und dachte über alles Mögliche nach.

Zum Schluss nahm sie meine Hand und küsste den Handrücken. »So super, dass du wegen mir hängen geblieben bist. Du bist die beste Freundin der Welt.«

Ich war natürlich nicht extra wegen Dixi hängen geblieben. Wenn man oft genug schwänzt und schlechte Noten schreibt, kann man sogar in der Werkrealschule sitzen bleiben. Aber sie kennenzulernen, das war das Beste daran gewesen.

Dixi strahlte mich an. Wenn sie gute Laune hatte, war sie auch die beste Freundin der Welt.

Es hat an einem Abend vorm Jugendhaus angefangen. Bis dahin hatten wir uns morgens in der Schule zwar Hallo gesagt, aber sonst nichts. 'ne Band hatte gespielt, und ich schloss grad mein Fahrrad auf und wollte nach Hause fahren, da machten mich zwei Tussen von der Seite an. Die eine meinte, ich hätte sie angerempelt und mich nicht entschuldigt. Stimmte gar nicht, die wollten einfach Ärger. Es ging ein bisschen hin und her, und dann stand plötzlich Dixi neben mir. Ich hatte gar nicht mitgekriegt, dass sie auch auf dem Konzert gewesen war.

Sie sagte ganz ruhig: »Wollt ihr Ärger? Könnt ihr haben!«

Da merkte ich, dass Dixi überhaupt nicht ruhig war. Ihre Stimme schon, aber ihr Körper vibrierte fast, so wütend war sie.

Sie guckte mich an. »Ich hab sowieso noch ’ne Rechnung mit den Schlampen offen.«

Die Tussen guckten sie an. »Willst du wieder ’ne Klatsche, oder was?«

»Diesmal sind wir zu zweit«, sagte Dixi leise. »Ihr könnt’s euch überlegen.«

Die eine Tusse machte einen Schritt vor und Dixi machte dasselbe.

Ich stellte mich neben sie.

Die Luft flirrte zwischen uns wie an einem heißen Sommerabend. Keiner bewegte sich, und in diesen paar Sekunden fiel die Entscheidung.

Dixi und ich machten einen Schritt vor und die beiden Tussen machten einen zurück. Und noch einen und noch einen und dann rannten sie. Im Weglaufen riefen sie: »Arschschlampen, Nutten, Hackfressen ...«

Und wir riefen: »Das nächste Mal seid ihr fällig!«, und rannten ihnen noch ein paar Schritte hinterher. Dann lachten wir, einfach so, weil die Anspannung weg war, oder vor Erleichterung.

Dixi grölte: »Wir sind unschlagbar!«

Seitdem gehörten wir zusammen.

Ich fand alles an Dixi cool: Sie war cool angezogen, sie guckte cool, sie rauchte cool. Das einzige Problem ist, dass sie so jung aussieht, dabei ist sie fast zwei Jahre älter als ich.

Dixi ist schon zweimal sitzen geblieben. Sie will mal im Callcenter arbeiten. Da braucht man keinen Abschluss. Sie ist echt klein, darum trägt sie Plateaus oder High Heels, auch in der Schule und sogar im Winter. Sie sieht immer aus, als würde sie gleich auf ’ne Party gehen. Meistens trägt sie Weiß und Silber. Ihre Haare sind blond und gehen ihr fast bis zum Po. Sie sagt: »Das macht die

Jungs verrückt. Außen bin ich ein weißer Engel, aber meine Seele ist schwarz.«

Weiß oder schwarz, es war jedenfalls schwer für sie, an den Türstehern vom Playhouse vorbeizukommen. Deswegen war sie ’ne Zeit lang mit dem einen zusammen, obwohl der ziemlich blöd war. Aber seitdem kam sie rein. Und ich auch. Beste Freundinnen kommen immer mit rein. Das ist Gesetz.

Dixi hat ewig in einem von den Daimler-Hochhäusern mitten im Hallschlag gewohnt, aber irgendwann ist sie im Block bei uns gegenüber eingezogen, vierter Stock. Genialer Zufall. Seitdem gaben wir uns abends mit Taschenlampen immer Zeichen. Zuerst hatten wir's mit Nachrichten übers Handy versucht, aber es konnte Stunden dauern, bis da was durchkam. Ihr Haus ist ein einziges Funkloch.

Mit den Lampen fanden wir's dann aber auch ganz cool. Wir blinkten dreimal kurz für »Gute Nacht«. Zweimal kurz, zweimal lang hieß: »Wollen wir noch rausgehen?« Und so weiter.

Spät noch rauszugehen war bei mir einfacher, weil ich leicht aus meinem Fenster steigen kann. Bei ihr kam's immer drauf an: Wenn ihr Vater total betrunken war und auf dem Sofa schnarchte, ging's am besten. Dann merkte der gar nichts mehr. Wenn er aber nur ein bisschen betrunken war, konnte es sein, dass es Ärger gab.

Warum hängen die immer nur auf Sofas rum, die Erwachsenen, immer in der Wohnung?

Als wär das Sofa die ganze Welt.

Dixis Mutter sagte nie was. Von der aus konnte sie machen, was sie wollte.

Dixi sprang von der Bank und schnippte ihre Zigarette weg. »Wollen wir was unternehmen?«, fragte sie. »Ich könnt gut mal wieder was zum Anziehen brauchen. Mir egal was. T-Shirt oder so. Weißt schon ...«

Weißt schon hieß, Dixi wollte klauen gehen, und dazu brauchte sie mich. Allein lässt sie nur Kleinkram mitgehen, Lippenstift, Nagellack und so Zeug, oder mal was zu saufen. Aber Klamotten klauen ist schwieriger, da hängen immer die Piepser dran, manchmal auch ganz versteckt. Also hab ich was erfunden: Ich klau nicht die Sachen, die's zu kaufen gibt, sondern die Sachen, die die Leute anhaben. Oder dann eben nicht mehr anhaben, weil sie einsam und allein in den Umkleiden hängen, wenn sich die Frauen draußen vorm Spiegel angucken. Garantiert piepserfrei. Logisch, oder?

Aber man muss geschickt sein und genau wissen, wie man's macht. Außerdem braucht man Geduld und Glück. Geht auch nicht in jedem Laden. Aber es gibt genug Möglichkeiten.

Ich weiß nicht warum, aber Dixi kann das nicht allein, dabei ist es ja eigentlich nicht so schwer. Also muss ich immer mit, wenn sie was Neues haben will und kein Geld hat, sich was zu kaufen. Überhaupt will sie nie was allein machen.

»Komm, das ist immer total lustig.«

»Nee, das ist heut nicht lustig. Lass uns was anderes machen. Brücke oder so. Was trinken.«

Aber sie war ganz hibbelig, wollte einfach den Kick. Das ist fast das Beste daran, das Rumgucken und Abchecken und das Kribbeln, wenn man ein Opfer gefunden hat. Trotzdem hatte ich diesmal einfach kein gutes Gefühl. Es war nicht der Tag dafür. Doch Dixi war mein Bauchgefühl egal. Sie war einfach nicht davon abzubringen.

Wir hätten wenigstens in die Innenstadt fahren sollen, da ist mehr los, man kann besser abhauen. Aber Dixi meinte Cannstatt. Sie hatte keine Lust auf groß rumfahren, also gingen wir ins Carré.

»Was brauchst du denn?«, fragte Dixi. Sie hüpfte aufgeregt um mich rum. »Ich hab diesen total stylischen lila Nagellack gesehen mit Glitzer. Der würde dir suuuper stehen.«

An so einen hatte ich auch schon gedacht zu meinem lila Top.

Wir machten es wie immer. Ich hatte es ziemlich drauf, ganz schnell und unauffällig die Sicherungen von den Sachen abzuknibbeln, die wir wollten, und klebte sie dann irgendwo hin. Die Sachen ließ ich danach erst mal im Regal liegen für den Fall, dass ich doch aufgefallen war, und ein bisschen später kam Dixi und sammelte ein.

Dixis Mascara und den lila Nagellack für mich erledigten wir gleich als Erstes in einem Drogeriemarkt. Als wir gerade rauslaufen wollten, blieb Dixi vor dem Süßigkeiten-Regal stehen. »Sind das nicht die Dinger, die deine Oma immer isst?« Sie nahm eine Packung Cognac-Pralinen in die Hand.

»Die klau ich ihr aber nur zu Weihnachten oder zum Geburtstag.«

Sie kicherte. »Wie viel braucht mal wohl davon, um betrunken zu werden?«

Weil's gerade perfekt passte, schnappte ich einfach zwei Packungen und steckte sie in meine Tasche.

Nichts passierte, als wir rausliefen. Kein Alarm, niemand kam hinterher. Wir waren einfach die Besten. Unschlagbar!

Mein Bauchgefühl stimmte wohl doch nicht so hundertprozentig. Lief alles perfekt bis jetzt.

Und dann entdeckte Dixi die Schuhe. Silberne Ballerinas an den kleinen Füßen einer kleinen Frau. Wir gingen ihr langsam hinterher.

»Du trägst doch gar keine flachen Schuhe«, sagte ich.

»Die sind aber super. Ich mach eben mal einen anderen Typ aus mir.«

Wir schoben uns näher ran.

»Die sind doch noch ziemlich neu, oder? Sonst will ich nicht.«

Ich nickte. Mir gefiel dieses Paillettenzeugs zwar nicht besonders, aber die Schuhe würden gut zu Dixi passen. Und die Größe konnte stimmen.

Dixi nahm meine Hand und zog mich vorwärts, und da war es, das Jagdfieber.

Wir hatten Glück, die Lady war tatsächlich zum Klamottenshoppen da.

Sie betrat einen Laden, suchte sich ein paar Hosen aus und ging in die Umkleide. Wir schnappten uns auch irgendwas und besetzten die Kabine direkt neben ihr. Natürlich machten wir ziemlichen Wirbel, gingen raus und rein, holten noch mehr Klamotten, um alles ein bisschen durcheinanderzubringen.

Die Frau kam mit 'ner neuen Hose und barfuß raus und stellte sich vor den Spiegel im Verkaufsraum. Dixi war schon fast in ihrer Kabine, da kam die Lady zurück. »Hey, da bin ich drin!«

»Oh!«, flötetet Dixi. »Hab mich wohl vertan. Ich such meine Freundin.«

»Hier!«, rief ich aus unserer Kabine.

Dixi kam zu mir rein. »Gleich noch mal, ja? Die hat noch drei Hosen.«

»Nee, wir haben's verkackt. Wir suchen uns ein neues Opfer.«

Sie kreuzte die Arme vor der Brust und sah mich von unten

mit ihrem süßesten Dixi-Honigblick an. »Büütte. Ich muss unbedingt die Ballerinas haben.«

Ich küsste ihre Hand. »Okay.«

Es dauerte eine Weile, dann kam die Frau mit der nächsten Hose raus. Wieder ab vor den Spiegel.

Ich hängte eine Jacke zurück an den Ständer und stellte mich der Tante in den Weg, damit sie die Kabinen nicht mehr so gut sehen konnte.

Und dann passierte es: Dixi griff unter dem Vorhang durch (Wie oft hatte ich ihr das schon gesagt! Man muss immer reingehen in die Kabine), nahm die Schuhe, versuchte sie in ihre Tasche zu stopfen, drehte sich aber fast im selben Moment rum, um abzuhauen, war gerade an der Lady vorbei, da schrie die total hysterisch: »Die hat meine Schuhe!«

Ich meine, das waren doch nur ein paar olle Ballerinas, da muss man doch nicht gleich ausflippen. Und im selben Moment fingen Dixi und ich an zu rennen. Raus aus dem Laden, die Rolltreppe runter Richtung Ausgang. Die Leute sprangen zur Seite. Und es hörte sich an, als wäre eine Horde Büffel hinter uns her. Ich sah mich kurz um, es waren nur zwei Securitytypen. Aber das reichte, um mich noch schneller laufen zu lassen. Scheiße, Scheiße, Scheiße ...

Vor mir rannte Dixi, der Ausgang lag direkt vor uns, und da sah ich sie: Katharina. *Die* Katharina. Sie kam mit einer Frau ins Carré geschlendert und erkannte mich auch sofort. Alles ging total schnell: Katharina und die Frau machten uns Platz – Dixi lief zuerst zwischen ihnen durch, dann ich. Jemand brüllte. Ich sah mich um, Katharina und die Frau hopsten hin und her, als würden sie nicht wissen, wo sie hinsollten, und die Securitys kamen nicht gleich vorbei. Dann schlossen sich die Schiebetüren und ich raste

Dixi hinterher die Straße runter und um drei Ecken. Wir wurden erst langsamer, als wir in der Fußgängerzone waren, doch auch dann liefen wir noch ein Stück und bogen in eine kleine Straße. Erst da sahen wir uns wieder um: Niemand war mehr hinter uns.

Ich lehnte mich an eine Hauswand, meine Beine waren wie Pudding. Dixi hockte vor mir und keuchte.

Mein Herz schlug wie bescheuert.

Dixi hatte von Katharina nichts mitbekommen, und ich hatte echt keine Lust, was zu erzählen. Meine Sozialtante hat sich den Securitytypen in den Weg gestellt? Wie blöd klang das denn. Was mischte die sich überhaupt ein? Bedanken würde ich mich jedenfalls nicht, da konnte die lang drauf warten. Musste ich auch nicht, schließlich hatte ich ihr mit Pit geholfen. Wir waren quitt. Und außerdem hätten Dixi und ich das auch allein geschafft.

Ich schubste Dixi an. »Hätten wir doch, oder?«, fragte ich.

Sie verlor das Gleichgewicht und fiel auf den Hintern. »Bist du blöd?«

»Nee, *du* bist blöd«, maulte ich. Wie konnte man sich so dumm anstellen. »Nie wieder geh ich mit dir einkaufen.«

Wir sahen uns an und mussten plötzlich beide lachen. Wir kriegten uns gar nicht mehr ein, nahmen uns an die Hand, rannten zu mir nach Hause und riefen die ganze Zeit: »Die hat meine Schuhe, die hat meine Schuhe!«

Meine Großeltern waren beim Arzt. Wir hatten also unsere Ruhe, setzten uns aufs Sofa und guckten **Sturm der Liebe.**

Das ist so richtig schön schlecht. Aber ich hätt nichts dagegen, auf dem Fürstenhof mal mitzukochen.

Auf dem Schoß hatten wir unsere Pralinenpackungen. Jede eine. War schließlich ein Wettbewerb.

»Wer zuerst betrunken ist, hat gewonnen«, rief Dixi. »Eins, zwei, drei, los!«

Unsere Augen klebten am Bildschirm und unsere Finger griffen in die Schachteln. Aber schon bei Nummer drei klebte mir auch der ganze Mund zu. Ich wusste gar nicht, was das für ein schreckliches Zeug war. Im Mund wurden die Dinger zu pappsüßer Schmiere.

»Schmeckt ja eklig. Das krieg ich nicht runter.« Ich machte den Deckel wieder drauf.

Dixi stopfte sich trotzdem eine Praline nach der anderen in den Mund.

»Immer noch nicht betrunken«, sagte sie und nahm sich die letzte. »Gib mal deine Packung.«

»Nee, die kriegt Gromi.«

Stattdessen holte ich den Schnaps aus der Standuhr, den hatte Gropi da vor mir versteckt. Zu viel durften wir also nicht trinken, damit's nicht auffiel. Wir setzten uns in meinem Zimmer aufs Bett und hörten noch ein bisschen eMMaM. Hatten wir vor ein paar Wochen erst entdeckt. Sie war einfach megacool angezogen und sang mal Deutsch und mal Englisch. Es klang wütend und laut und manchmal zart, als würde Wind durch einen Sommerwald wehen. Wir tranken ein paar Schlucke und sangen mit.

Als wir beide noch mal ansetzten, war die Flasche ganz schön leer. Ich musste sie später mit Wasser wieder auffüllen. Aber vorher nahmen wir noch einen Schluck.

Als Dixi weg war, deckte ich in allerbester Schnapsstimmung den Abendbrottisch.

Gromi und Gropi freuten sich total, dass sie sich gleich hinsetzen konnten.

Die Packung Pralinen legte ich meiner Oma auf den Teller. »Mein Mädchen!«, sagte sie. »Aber ich hab noch gar nicht Geburtstag. Du sollst doch nicht so viel Geld für mich ausgeben.«

»Mach ich doch gerne.«

Und als wir fertig waren mit dem Essen, holte sie gleich eine Bohne raus. Sie guckte ein bisschen seltsam, weil ja drei fehlten.

»Hast du die gegessen?«, fragte Gropi. »Sachen mit Alkohol sind noch nichts für dich.«

Mein Kopf war so schön wattig.

Ich lächelte ein bisschen vor mich hin und erzählte den beiden, dass das ein Sonderangebot gewesen wär. Die waren in der Fabrik nicht richtig gefüllt worden.

»Dann waren die ja nicht so teuer«, sagte Gromi. »Da bin ich aber froh.«

Später am Abend holte sie ihren Geldbeutel und drückte mir fünf Ein-Euro-Stücke in die Hand. »Für was Schönes.«

Nachts stand ich noch mal auf. Wir haben eine Blechdose im Küchenschrank fürs Haushaltsgeld.

Fünf Münzen klapperten in die Dose.

10

Es regnete. Dicke fette Tropfen. Ich saß unter meinem Schirm auf dem Mäuerchen im Kastell, ganz am Ende, an der Schicki-Kneipe, halb hinter so einem Schicki-Tannenbaum. Diesmal ohne Dixi. Und überpünktlich.

Mir war kalt, aber daran war jetzt nichts mehr zu ändern. Hotpants, Strumpfhose, die Beine in kurzen roten Gummistiefeln, 'ne kurze Jacke. Sexy, aber nicht *zu* sexy. Ich hatte mir nämlich gedacht, dass Armin bestimmt als Erster kommen würde. Er hatte ja den Schlüssel für die Zauberlulli-Halle und den Pünktlichkeitstick. Ich stellte mir vor, wenn er gerade die Tür aufschloss, würde ich hingehen, irgendwas Lustiges sagen und dann ...

... und dann kam das Auto.

Mit so einer Tusse drin und neben ihr Armin. Er beugte sich zu ihr und küsste sie. Stieg aus, spannte einen Schirm auf, ging zur Fahrertür. Sie ließ das Fenster runter und sie küssten sich wieder.

Nehmt euch ein Zimmer!

Sie weg. Er zur Lulli-Tür rein.

Der Vollhorst Pit parkte sein Auto, lief mit Daria im Schlepptau unter 'nem Riesenregenschirm. Selim und Daniel kamen auf Rädern in gelben Regenjacken. Daniel schüttelte seine Dreadlocks wie ein Hund, der aus dem Wasser kam. Paul auf dem Roller war auch im Regenzeug. Er guckte sich um, bevor er reinging, als ob er was suchen würde. Ich rückte noch ein bisschen weiter hinter das Tannendings. Paul verschwand in der Tür.

Der Platz war wieder leer und still.

Nur der Regen gurgelte in der Schicki-Dachrinne.

Katharina fehlte noch. Aber mir war klar, dass die heute nicht mehr kommen würde. Frau Superpünktlich.

Ich sprang von der Mauer und machte mich auf den Weg nach Hause. Konnte ja niemand beweisen, dass ich die Armin-Nachricht bekommen hatte. Und Fernsehen war an so einem Regentag sowieso das Beste. Ich konnte ja nicht mal unter die Brücke bei dem Pisswetter. Und ins Bambule wollte ich auch nicht. Mittwoch war immer Hans-Tag.

Mein Handy klingelte. Najim. Ich drückte ihn weg.

Ein paar Sekunden später kam eine Nachricht.

DU HAST JETZT PROBE, WENN DU NICHT SOFORT HINGEHST, KOMM ICH UND SCHLEIF DICH DAHIN!!!!!!!!!!!!!!!

Ich stand eine Weile da und überlegte. Hatte ich Bock auf Ärger mit meinem Bruder? Konnte mir jetzt schon vorstellen, wie der bei uns vor der Tür stand und mich anschrie. Auf Dixi und ihre schlimmen Eltern hatte ich auch keine Lust. Dann lieber Theater.

Ich drehte wieder um und lief zurück. Bevor ich reinging, schrieb ich noch zurück:

DU KANNST MICH MAL!

Ich wartete, bis die Neonröhren im Gang angesprungen waren. Gegenüber der ersten Tür hing eine graue Metalltafel. Da waren mit Magneten Zeitungsartikel über diesen Zauberlulli drangehängt. An der Seite hing an einem Band ein schwarzer Stift und jemand hatte groß an den Rand von der Tafel geschrieben:

Suchen Sie einen Sinn im Leben, machen Sie Yoga!

Was war das denn für ein Quatsch?

Dann hörte ich auch schon das Brummen, die machten wieder **aaaaaaa** und **mmmmmmmmmmm**.

Ich drückte mich durch den Türspalt, guckte erst mal nach Armin. Sein Platz war leer. Er war mit den anderen auf der Bühne. Ich ging langsam an der ersten Reihe entlang und setzte mich.

»Wir starten mit einem Wortspiel«, sagte Armin. Er drehte sich um. »Sarah, wie immer pünktlich auf die Sekunde, prima, komm rauf!«

»Wieso das denn, ich denk, ich soll den Text vorsagen?«

»Am Anfang machen wir immer ein paar Aufwärmübungen. Alle zusammen.«

Pit sah aus, als hätte er in eine besonders saure Zitrone gebissen. Der hatte überhaupt keine Lust dazu. Da waren wir uns ausnahmsweise mal einig.

Daniel winkte mir zu. Paul guckte mich an und dann auf den Boden. Selim kam an den Bühnenrand und streckte mir eine Hand entgegen. »Komm schon!« Er zog mich hoch.

Bei Selim konnte ich nicht Nein sagen. Wegen Ahmed und schwul. Außerdem, so ein dämliches Spiel würd ich ja wohl grad noch hinkriegen.

Ich war froh, dass Katharina nicht da war. Hätte nicht gewusst, was ich sagen sollte nach der Carré-Sache vorgestern. Plötzlich dachte ich: *Vielleicht kommt die doch noch*, und fragte Armin. Ich war total erleichtert, sie hatte für heute abgesagt.

Zwischendurch guckte ich immer mal wieder zur Tür. Aber nicht wegen Katharina, sondern wegen meinem Bruder. Der würde es noch bringen, hier reinzuschneien und zu gucken, ob ich auch wirklich da bin. Aber dann machten wir so megaschräge Sachen, dass ich an gar nichts mehr dachte. Wir mussten uns auf den Boden setzen und atmen: durch ein Nasenloch aus und ein und dann durch das andere aus und ein.

Wir legten uns hin und mussten »innerlich lächeln« und nur ein winziges bisschen die Mundwinkel hochziehen, ohne dass es jemand sehen konnte. Danach machten wir noch ein paar andere Übungen, mussten uns seltsam verdrehen und so Sachen.

Daria rief: »Wie bei mir im Yoga!«

Als wir alle wieder standen, sagte Armin: »So, und wer jetzt noch schlechte Laune hat, kann gehen.«

Er guckte in die Runde. Aber obwohl Pit immer noch wie ein gigantischer Stimmungskiller aussah, machte er keine Anstalten zu verschwinden.

Ich dagegen drehte mich auf dem Absatz um. So ein Angebot konnte ich doch nicht ablehnen. Auch wenn diese bekloppten Übungen meine Laune wirklich verbessert hatten.

Armin stand neben mir. »Du nicht, Sarah. Wenn du dich erinnerst, wir haben eine Abmachung.«

Er sagte das nicht sehr laut, aber alle hatten plötzlich Elefantenohren und starrten uns an.

»Was denn?«, fragte ich: »Das wusstet ihr nicht? Ich bin hier, damit das Stück kein totaler Reinfall wird. Ohne mich kriegt ihr doch nichts auf die Reihe.«

Alle lachten. Bis auf Pit.

Das Spiel war einfach. Armin sagte irgendein Wort. Alle anderen sollten dann ganz schnell das Wort sagen, das ihnen dazu einfiel. Man musste nur raushauen, was einem gerade als Erstes in den Kopf kam. Das war ja nun echt kein Problem. Armin zeigte nach jeder Runde auf jemanden und mit dessen Wort ging's dann weiter.

Armin: **Sommer**

Ich: **Freiheit**

Pit: **VERBRENNUNG**

Paul: **Wasser**

Selim: **BLAUUUU**

Daniel: »...«

Daria: »Mirfälltnichtseinmirfälltnichtsein.«

Pit: »Wieso denn Blau? Du immer mit deinen Farben.«

Armin: »Kannst du ein bisschen lauter, Paul?«

Selim: »Du bist immer so negativ. Wieso denn nicht Farben?«

Daniel: »Ähm, Frage.«

Armin: »Jetzt nicht. Tempo, Tempo! Sarah, bitte, hopp!«

Ich: **Freiheit**

Selim: **Liiiiebe**

Pit: TÄUSCHUNG

Daniel: **Ähm, Bett!**

Armin zeigte auf Selim.

Selim: **Liiiebe**

Ich: **Herzscheiße**

Paul: **Sehnsucht**

Daniel: Äääh, Selim!

Daria: »Nichtsoschnellnichtsoschnell.«

Selim warf seinem Freund einen Kuss zu.

Daria: »Ich muss doch erst nachdenken.«

Pit: »Was soll denn Herzscheiße sein?«

Ich: »Was geht dich das an?«

Armin: »Daria, nicht denken, einfach sagen, was du im Kopf hast. Klar?«

Daria: »Ich hab aber nichts im Kopf.«

Armin zeigte auf Paul.

Paul: **Sehnsucht**

Ich: **Meer**

Pit: **GEFÄNGNIS**

Armin zeigte auf Daria. Wir warteten und warteten.

»Mir fällt einfach nichts ein zu Sehnsucht«, sagte sie.

Und Pit fragte: »Was hast du eigentlich gegen meine Wörter?«

»Wieso?«, fragte Armin.

»Ich war nicht dran.«

»Wenn du dich dann besser fühlst, machen wir eine letzte Runde.«

»Lass mal, keine Almosen.«

Aber Armin sagte schon für Pit: **Gefängnis**

Ich: **Schule**

Selim: **Famiiiiilie**

Daniel: **Hmm, Stäbe!**

Daria: »Mir fällt zu Sehnsucht Leben ein.«

Pit: »Wir sind jetzt bei Gefängnis, Daria.«

Paul: »Das passt doch aber auch.«

Armin: »Allerletzte Runde. Daria, bitte.«

Daria: Leeeeebeeen

Selim: **Luuustig**

Paul: **Ungerecht**

Ich: **Winterblumen**

Hallo? *Winterblumen?* Hatte mir jemand ins Hirn geschissen, oder was?

Vor dem nächsten Spiel erklärte Armin Theaterregeln: »Ihr müsst zuhören, ihr müsst euch richtig reinwerfen, ihr müsst überzeugt sein von dem, was ihr sagt. Ihr müsst einfach etwas behaupten. Und ihr müsst immer Ja sagen!«

»Versteh ich nicht«, sagte Daria, und die anderen meinten, sie auch nicht.

»Stellt euch vor, ihr seid Verkäufer in einem Fahrradladen. Jemand kommt rein und will einen Elefanten. Ihr wisst natürlich, dass ihr keinen habt, aber ihr sagt erst mal: ›Ach so, Sie wollen einen Elefanten, ja was denn für einen? Einen grauen mit langen Ohren, der bewegt sich gut im Wald, oder eher einen kleinen dunklen, die sind sehr wendig.‹ Und der Kunde sagt: ›So ein grauer mit langen Ohren wär schon prima.‹ Und ihr: ›Dann geh ich mal im Lager gucken, was so da ist.‹ Ihr kommt zurück und sagt: ›Tut mir leid, die grauen großen mit den langen Ohren sind grad aus, aber ich hab Ihnen hier ein tolles Mountainbike mitgebracht. Das ist auch super für den Wald und frisst viel weniger.‹ Und wenn ihr Glück habt, kauft er euch das Ding ab. Habt ihr verstanden? Auf der Bühne kann es jederzeit passieren, dass ihr improvisieren müsst. Sagt Ja zu jeder Situation.«

Machte der Typ Witze? So machte ich das schon mein ganzes Leben. Ich bin eine Eins-a-Behaupterin.

»Ich denke, wir haben einen Text«, sagte Pit, »wozu sollen wir bitte improvisieren können?«

»Damit ihr reagieren könnt, wenn was Ungewöhnliches passiert. Text vergessen, Zwischenrufe aus dem Publikum, alles schon vorgekommen. Wir wollen hier lebendiges Theater machen und kein steifes Zeug abliefern.«

»Genau!«, rief Selim und die anderen klatschten ein bisschen. Pit natürlich nicht.

Wir spielten stille Post. Nicht gelogen. Wie im Kindergarten. Wir setzten uns in einen Minikreis. Als Nächstes würden die noch 'nen Topf rausholen und draufhauen. Anders war nur, dass diejenigen, die nicht flüsterten oder zuhörten, einfach laut durcheinanderreden sollten. Natürlich kam der Satz am Ende nie richtig raus.

Dann kam's. Paul beugte sich zu mir und flüsterte: »Du bist so schön. Ich möchte dich gerne kennenlernen.«

Mir blieb echt die Spucke weg. Das war doch nie im Leben der Anfangssatz. Aber hatte Daniel das schon Selim zugeflüstert, als die beiden vor ihm dran waren, oder sagte Paul das jetzt zu mir?

Und ausgerechnet ich war die Letzte in der Reihe und musste den Satz laut sagen.

Stille. Alle sahen mich an.

Armin fragte: »Und?«

»Suchen Sie einen Sinn im Leben, machen Sie Yoga.« Was anderes Blödes fiel mir einfach so schnell nicht ein.

Pit motzte sofort los: »Das kann überhaupt nicht sein. Ich hab gesagt: ›Drei dicke, dumme Damen donnern durch das dicke, doofe Dorf.‹ Und in deinem Satz ist ja noch nicht mal ein einziges Wort mit D drin. Den hast du dir doch ausgedacht.«

Alle redeten durcheinander und jeder sagte, was er gehört hatte und dass der dicke Damensatz wirklich zu doof war.

Ich war immer noch ganz baff. Aber zum ersten Mal sah ich Paul wirklich an – wenn der Satz von ihm kam, war er ganz schön frech, und das gefiel mir. Aber ich war mir überhaupt nicht sicher. Selim grinste auch so vor sich hin.

Wir machten kurz Pause. Alle hatten Hunger, aber nur Daniel

hatte einen angebissenen Schokoriegel dabei, den wollte dann auch niemand.

Selim setzte sich neben mich und legte gleich los: »Vielen Dank, dass du mich verteidigt hast neulich. Das war nicht selbstverständlich, ist schließlich ein Freund von dir. Ist so eine Sache mit dem Schwulsein. Bei vielen Türken kommt das immer noch nicht gut an. Aber ich will mich nicht verstecken. Das muss ich schon zu Hause. Meine Eltern wissen zwar Bescheid, aber ich darf Daniel nicht mitbringen.«

Und dann wollte er mir noch seine Familienverhältnisse von Adam und Eva an erzählen. Sein Vater war Wissenschaftler. Und ich wunderte mich, weil ich nicht wusste, dass Türken so was sein können. Obwohl das ja andererseits auch wieder völlig normal ist, jeder kann ja eigentlich alles sein. Nur bei uns im Viertel eben nicht.

Armin fragte, ob wir langsam fertig sind, dann könnten wir nämlich weitermachen. Er war nicht gut drauf heute und hielt sich immer wieder den Bauch.

Ich sollte auf der Bühne bleiben, weil Katharina nicht da war, und ihren Text vorlesen. Ich stotterte mir einen ab, weil man so was gar nicht richtig sagen konnte. Meine Laune ging schon wieder mordsmäßig in den Keller, so viel konnte ich überhaupt nicht durch ein Nasenloch atmen und in mich reinlächeln.

»James Bond ist spannender«, murrte ich.

»Wie bitte?«, fragte Armin.

»Da ist ja sogar James Bond spannender als der Mist hier, hab ich gesagt.«

Armin: »Das ist eine Komödie.«

Ich: »Ist aber nicht lustig.«

Armin: »Es ist eine tragische Komödie.«

Ich: »Und so redet auch kein Mensch!«

»Was soll die Diskussion jetzt?«, fragte Pit. »Soll die Soufflöse bestimmen, ob das ein gutes Stück ist?«

»Mach dich mal locker, Alter.«

»Also, Pit«, sagte Armin, »hör auf Sarah, mach dich locker.« Und von mir wollte er, dass ich die Sätze einfach sagte, wie es mir passte.

Kein Problem. Also sagte ich nicht: »Nein, Niklas. Das ist nicht wahr. Ich soll doch Humphreys Frau werden.« Sondern: »Halt die Klappe, du Penner. Stimmt doch gar nicht. Ich werd Humphrey heiraten, klar?«

Aber die Alizon, die ich spielen musste, war eigentlich schon in einen anderen verknallt. War mir da schon klar, dass das mit Humphrey nichts wird. Die Tante ging mir auf die Nerven mit ihrer affigen Art. Daria durfte die Hexe spielen, die war viel cooler. Die sollte zwar verbrannt werden, aber irgendwie war sie trotzdem gechillt.

Wir hörten ziemlich bald auf mit der Probe, weil Armin Schmerzen hatte. Es hatte aufgehört zu regnen, aber der Himmel war schwarz und schwer und hing fast bis auf unsere Köpfe. Ich fror jetzt so richtig in meiner Strumpfhose und den Gummistiefeln.

Diesmal wollte niemand mehr ein Bier trinken gehen. Armins Tusse wartete schon im Auto auf ihn. Pit und Daria konnten auch nicht schnell genug wegkommen.

Daria rief: »Meine Stimme! Ich werde mich noch erkälten.«

Selim und Daniel fuhren auf ihren Rädern weg. Und *zack* standen nur noch Paul und ich da. Schon wieder. Es fühlte sich diesmal seltsam an. Mein Herz klopfte ein bisschen und ich hatte keine Ahnung, warum.

Ob das Herz mehr weiß als der Kopf?

»Kann ich dich nach Hause bringen?«

»Wieso das denn?«

Paul zuckte mit den Schultern und lächelte. »Weil's schon fast Nacht ist?«

»Es ist grad mal halb sieben ...«

»Okay. Dann ...« Er drückte mir seine Regenhose in die Hand. »Du frierst. Ich hoffe, das reicht, aber ich kann dir schlecht meine Hose geben.«

»Ist auch besser so. Die ist scheußlich.« Ich hatte das gar nicht laut sagen wollen, aber da war's mir schon rausgerutscht.

Paul guckte an sich runter. »Echt, findest du?«

Er sah gar nicht beleidigt aus, guckte nur ein paarmal auf seine Hose, als ob er das erste Mal sehen würde, was er da anhatte.

»Na ja, schon. 'ne Jeans wär jedenfalls cooler zu dem Hemd.« Ich zog die Regenhose an, weil mir wirklich kalt war. Sie passte sogar fast. Paul war gar nicht viel größer als ich und auch nicht viel kräftiger.

Wir gingen Richtung Ausgang Kastell, aber nach dem Tor machte er keine Anstalten loszufahren, sondern schob seinen Roller einfach weiter neben mir her. Ich wollte wissen, warum Daria immer so brüllte. Er sagte, dass sie Gesang studiert und eigentlich zur Oper will.

»Und warum spielt sie dann Theater? Außerdem passt die Rolle gar nicht zu ihr. Sie sollte besser Humphrey spielen.«

Paul lachte. So hab ich noch nie einen Jungen lachen sehen. Es schüttelte ihn richtig. Ich musste mitlachen, dabei war's ja gar nicht komisch. Es machte einfach Spaß zu lachen. Es war fast wie mit Dixi.

»Stimmt, das wär perfekt«, sagte er. »Daria will das mit dem Theater nur mal ausprobieren. Armin und sie kennen sich irgendwoher. Aber eigentlich liebt sie klassische Musik ... Und du? Was für Musik magst du so?«

»Auf jeden Fall keine Oper. Ist doch Schrott.« Im Musikunterricht hatten wir mal so was gehört. Es war einfach grauenhaft. Die Jungs hatten noch tagelang in der Pause rumgejodelt wie die Sänger auf der CD.

»Ich mag auch Worte lieber«, sagte Paul. »Ich sammle alte Bücher.«

Und darum will er mal Literatur studieren, weil er Gedichte schon immer mochte und besser verstehen will warum.

Ich kannte niemanden, der alte Bücher mochte und Lürik, wie Paul dazu sagte. Außer dem Straubmann vielleicht, aber der zählte nicht, der war schließlich Lehrer.

Wir waren bei mir zu Hause angekommen. Paul stellte seinen Roller ab.

»Kapier ich nicht, wieso muss ich verstehen, warum ich was mag?«

Er wippte auf der Bordsteinkante. »Weil es dann noch schöner wird?«

Was ja so nicht stimmte. Mir schmecken Nudeln doch auch nicht besser, bloß weil ich weiß, dass Grieß und Wasser drin sind, oder?

»Magst du denn Gedichte?«

»Keine Ahnung. Ich kenn keine, glaub ich.«

»Wollen wir noch ein Spiel spielen? Geht auch ganz schnell. Und macht Spaß. Ist ein Rechenspiel.«

»Von mir aus.« Mathe kann ich eigentlich ganz gut.

Er fischte aus seinem Rucksack Zettel und Stift und setzte

sich auf die Bordsteinkante. »Ich brauch erst mal die Vorwahl von deiner Handynummer.«

Er rechnete die Zahlen zusammen. »Gut. Und jetzt die ersten vier Zahlen von deiner Hauptnummer.«

Er rechnete wieder.

»Lass mich mal raten. Und jetzt noch die restlichen Zahlen?«

»Jaaaaa …?« Er legte den Kopf schief und schaute zu mir hoch. Da sahen wir uns das erste Mal richtig in die Augen. Seine waren blau, strahlend blau mit einem schwarzen Rand drum herum. Wie ein tiefer See mit einem dunklen Ufer.

Mit meinem Magen stimmte plötzlich was nicht. »Ich geh dann mal rein.«

»Okay.« Paul stand auf, setzte sich auf seinen Roller, spielte an seinem Helm. »Haben dir die Blumen gefallen?«

Eigentlich wollte ich Nein sagen, was zwar nicht stimmte, aber er sollte nicht merken, dass ich ihn irgendwie mochte, weil, ich wollte ihn ja überhaupt nicht mögen. Ich wollte niemanden mögen, der seltsame graue Stoffhosen trug und alte Bücher toll fand. Er war so anders als alle, die ich kannte. Aber dann guckte Paul so verzweifelt auf seinen Sattel, als ob da die Antwort stehen würde, und darum sagte ich: »Vielleicht …« Und das war die beste Antwort, die ich in dem Moment geben konnte.

Er nickte und startete den Roller.

Und dann rief ich noch »7425« hinter ihm her. Ich wusste aber nicht, ob er mich gehört hatte.

Mein Opa fing mich an der Wohnungstür ab. Frau Weber hatte angerufen. Sie wollte sich noch mal melden.

»Schön für sie.«

Ich schälte mich aus Pauls Regenhose, schnappte mir eine

Tüte Chips, wickelte mich auf dem Sofa in eine Wolldecke und zappte mich so durch die Programme, als das Telefon klingelte.

Gropi ging ran. »Guten Abend, Frau Weber.«

Ich machte den Ton lauter und brüllte. »Bin nicht da!«

Nach ein paar Minuten kam mein Opa ins Wohnzimmer. »Morgen um drei kommt Frau Weber für dich. Sie will dann erst kurz mit uns sprechen.«

»Ist doch prima. Ich bin sowieso nicht da.«

Ich konnte mir denken, was die wollte. Mir entweder eine Strafpredigt halten oder mich bei meinen Großeltern verpetzen oder beides. Die konnte mich mal.

»Doch, Sarah, du bist da.«

»…«

»Und Najim hat vorhin auch angerufen. Du sollst dich bei ihm melden.«

Sollte *der* doch vorbeikommen, wenn er was wollte. Wenn der überhaupt noch wusste, wo wir wohnen.

11

Beim Frühstück guckte Gromi in die Kaffeedose und freute sich. »Da ist ja mehr drin, als ich dachte. Mein Mädchen, davon kaufst du heute zwei von den guten Würstchen für Vati und dich.«

Manchmal macht sie mich echt fertig. Ich steckte das Geld in die Hosentasche.

In Mathe kam eine Nachricht von einer Nummer, die ich nicht kannte.

> SEHNSUCHTSMEER RAUSCHT DEM STRAND ENTGEGEN. HELLES LEBEN TROCKNET WIE SALZWASSER AUF DER HAUT. KEIN BOOT SO SCHWARZ WIE MEINS IN DER DUNKLEN NACHT.

Ich wusste nicht, ob ich das so richtig gut oder so richtig bescheuert finden sollte. Ich wusste noch nicht mal, dass so was ein Gedicht ist. Wollte der jetzt klugscheißen, oder was? Aber ich musste ziemlich oft an blaue Augen und dunkle Ufer denken.

Wasser ist das Schönste, was es gibt. Ich wär so gern mal am Meer.

Nach der Schule saß ich mit Dixi auf unserer Bank. Die Wolken von gestern waren wie weggefegt. Ich sah durch die Äste in den blauen Himmel.

Die Blätter an der Kastanie hingen ganz still.

»Von wem war die Nachricht in Mathe? Du bist eine schlechte Freundin. Du musst mir alles sagen.«

Ich küsste ihre Hand. »Klar doch. War nur mein Bruder. Ich soll mich melden.«

Sie guckte so seltsam, als ob sie mir nicht richtig glauben würde. Aber sie sagte nur: »Wollen wir was unternehmen?«

»Nee, bin doch mit dieser Nachhilfe-Tante verabredet.«

Der Termin war zwar vor 'ner halben Stunde, aber die würde schon warten. Oder eben nicht.

»Wenn sie weg ist, ruf ich dich an.«

»Schule ist schlimm und dann auch noch Nachhilfe. Ist doch Schwachsinn. Nachhilfe bringt nichts«, sagte Dixi.

Ich hatte ihr nicht so genau erzählt, was die Sache mit Katharina sollte. Wusste ich ja selbst nicht richtig. Und auch nicht, dass sie uns im Carré wahrscheinlich gerettet hatte. Manchmal dachte ich, ich hätte mir das alles sowieso nur eingebildet. Aber ein Blick auf Dixis Füße genügte und alles war klar. Die Pailletten auf den frisch geklauten Schuhen funkelten in der Sonne.

»Bisschen klein. Aber die dehnen sich schon noch«, meinte Dixi. »Die sind so cool.« Es war das erste Mal, dass sie keine Plateaus trug. »Machen mich niedlich. Neue Masche. Hast du Selim eigentlich meine Adresse gegeben?«

»Klar, die Blumen werden bestimmt jeden Moment geliefert«, sagte ich und guckte hoch. »Mist!«

Katharina stellte ihr Fahrrad am Schultor ab.

»Is sie das etwa?«, fragte Dixi.

»Hm.« Ich schnippte die Kippe weg.

»Wie sieht *die* denn aus?«

»Langweilig«, sagte ich.

»Peinlich!«, sagte Dixi.

Offener Daunenmantel, drunter blaue Bluse, schwarze Hose, gefütterte Schleifchen-Ballerinas. Katharina kam auf uns zu. Tasche in der Hand.

»Hallo«, sagte sie.

»Hallo«, sagte ich. »Das ist Dixi.«

»Hallöle«, sagte Dixi.

»Ungewöhnlicher Name«, sagte Katharina.

Dixi und ich grinsten nur.

Die Tante machte keine Anstalten, wieder zu gehen, und irgendwas musste ich ja sagen. Irgendwie konnte ich einfach nicht mehr so gemein sein, wie ich gern wollte. »Wir hatten da mal so 'ne Nacht. Erst Tanzen, dann am Neckar, und morgens waren wir sturzbetrunken.«

»Nur ihr beide?«, fragte Katharina.

»Nee, die Jungs waren auch dabei«, sagte Dixi.

»Und da war plötzlich 'ne Baustelle mit 'nem Dixi-Klo«, sagte ich. »Sie wollte nur mal pinkeln, aber dann ist sie eingeschlafen. Nix mehr zu machen. Ich hab sie am nächsten Morgen abgeholt. Seitdem heißt sie Dixi.«

»Du hast mich gar nicht abgeholt. Mirkan ist zurückgekommen und hat mich nach Hause gebracht.«

»Echt?« Ich küsste ihre Hand. »Kommt nich wieder vor.«

Katharinas Blick irrte durch die Gegend, landete auf ihren Schleifchen-Schuhen. Dann sah sie Dixi an. »Da hast du aber ziemlich Glück gehabt. Hätte ja auch eins von den Toi-Toi-Klos sein können.«

Ich musste lachen. Aber dann sah ich Dixis Gesicht und machte schnell einen Hustenanfall draus.

Dixi sprang von der Bank. »Ochsenfrosch!« Sie zog ab.

»Hey!«, rief ich ihr hinterher, aber sie drehte sich nicht mehr um.

Beleidigt eben. Ich blieb sitzen. Morgen war bestimmt alles wieder in Ordnung.

Katharina setzte sich neben mich auf die Lehne, wo eben noch Dixi gesessen hatte.

»Schon irgendwie seltsam, oder?«, sagte sie. »Eigentlich mag man die Schule nicht und trifft sich trotzdem auf dem Pausenhof. Das war jedenfalls bei uns so. Da dachte ich, vielleicht machst du's ja genauso.«

»...«

»Warum hast du dich eigentlich zum Tandem-Projekt angemeldet, wenn du gar keine Lust drauf hast?«, fragte sie.

»Hab ich doch gar nicht. Haben die andern für mich gemacht«, sagte ich. »Und? Hat's Spaß gemacht?«

»Was? Auf dich zu warten?«

»Mich zu verpetzen.«

»Seh ich etwa wie 'ne Petze aus?«

Ich zuckte mit den Schultern.

»Dann wär das ja geklärt«, sagte sie. »Und was ist mit unserer Wette? Zeig mir doch was aus deinem Leben.«

»Vergiss es. Du passt da nicht rein.«

Die sollte ihren Sozialtick an jemand anderem ausleben.

Mit Armin wär das was anderes gewesen. Bei dem hätt ich 'ne Ausnahme gemacht.

»Na gut«, sagte Katharina. »Du hast gewonnen. Wollen wir die Sache wenigstens anständig zu Ende bringen?«

Ich zuckte wieder mit den Schultern. Wie ein beleidigtes Kleinkind. Aber na und? Ich konnte nicht anders.

»Lass uns doch irgendwo eine heiße Schokolade trinken gehen«, sagte sie.

»Steht das in deinen Anweisungen? Wie schließt man mit Minderbemittelten Freundschaft, oder so? Also, aus meiner Sicht klappt das besser mit Bier.«

Wir kauften zwei Flaschen und gingen damit runter zum Neckar, auch wenn Katharina mich ziemlich komisch ansah, als ich vorschlug, draußen zu sitzen.

Wir liefen ein Stück den Fluss rauf oder runter, so genau weiß ich nie, in welche Richtung das wie heißt, jedenfalls nach rechts bis zu meiner Bucht. Aus dem Gebüsch zog ich das Stück Wellblech und die beiden Stüroporstücke, die ich im Winter immer benutze. Ich machte die Biere mit meinem Feuerzeug auf. Die waren zwar nur alkoholfrei, aber besser als nichts.

»Ist echt toll hier.« Katharina trank einen Schluck und lächelte vor sich hin. Dann redete sie einfach los, obwohl man mir bestimmt ansah, dass ich keinen Bock auf eine Unterhaltung hatte. »Ich hab ewig nicht mehr an einem Fluss gesessen. Früher sind meine Eltern und ich in den Ferien an den Rhein gefahren, zum Campen. Bis auf die Mücken fand ich's ziemlich klasse.«

»...«

»Ich hab heute noch überall Narben von den aufgekratzten Stichen.«

Ich starrte weiter in den Fluss.

»Schwimmen hab ich da auch gelernt. Aber nicht im Fluss, sondern im Freibad. Mein Vater hat mich einfach ins Becken geworfen und gerufen: ›Schwimm!‹ Ich wär fast ertrunken. Danach hab ich einen Schwimmkurs gemacht, das hat meine Mutter durchgesetzt.«

Wie mies, dachte ich. Und warum redete die eigentlich nicht über die Sache im Carré? War die so gechillt oder tat sie nur so?

»... da am Rhein hab ich mein allererstes Bier getrunken – und den ersten Jungen geküsst, Martin.«

»Martin, der Megaküsser, sieh mal an.«

»Was soll das denn jetzt heißen?«

»Na, wenn du dich heute noch an ihn erinnerst, muss er ja wohl ein Megaküsser gewesen sein.«

»Na ja, Küssen fand ich auf jeden Fall besser als Bier trinken. Wie war denn dein erster Kuss?«

»Keine Ahnung. Erinner mich nicht mehr«, log ich. »Wie ging's weiter?«

»Was ging weiter?«

»Na, mit Mega-Martin.«

»Nichts ging weiter. Ich lag im Zelt und mir war schwindelig und schlecht vom Bier. Am nächsten Tag sind wir abgereist. Und das war's. Aber Fluss und Bier, und in meinem Kopf ist sofort wieder die Erinnerung an Martin und das Kribbeln im ganzen Körper.« Sie nahm einen Schluck aus der Flasche. »Schmeckt gar nicht mal so schlecht.«

»Aber nix gegen ein echtes. Das hier ist doch Plörre.«

»Keine Ahnung. Mein erstes Bier war auch mein letztes. Ich trink keinen Alkohol.«

»Wie, du trinkst keinen Alkohol?« Die war echt nicht von diesem Planeten. Ich kannte niemanden, der keinen Alkohol trank. Stimmt nicht, mein Bruder war auch so einer, aber erst seit Kurzem. Früher war er der Erste, der am Wochenende mit seinen Kumpels gesoffen hat. Aber er wollte kein Alkoholiker werden, hat er irgendwann gemeint. Vielleicht war Katharina ja auch mal fast Alkoholikerin und wollte es nicht zugeben.

»Man wird dann so diesig im Kopf und kann nicht mehr klar denken, das mag ich nicht.« Sie zuckte mit den Schultern.

»Aber das ist doch der Witz dabei! Erst ist es lustig und dann weiß man nicht, was alles passieren wird und woran man sich am nächsten Tag noch erinnert.«

Der Vorteil von 'nem Fluss ist, dass man 'ne ganze Weile einfach draufschauen kann und nicht reden muss, ohne dass es blöd wird. Wir nuckelten an unseren Flaschen.

»Danke übrigens«, sagte ich. »Wegen neulich.«

»Gern geschehen.«

Und das war's. Sie war also sogar ziemlich gechillt.

Ich sah mir die kleinen Wellen an. »Ist doch seltsam. Man kann jede einzelne Welle sehen. Wie kleine Berge, die schaukeln. Aber zählen kann man sie nicht.«

Katharina nickte. »Wie Wolken.«

Wir schauten in den Himmel, und als hätten sie zugehört, schoben sich exakt über uns zwei dicke weiße Wattebausche ineinander.

»Bist du eigentlich mit diesem Pit zusammen?«, fragte ich.

Sie schüttelte den Kopf. »Nicht wirklich. Nein, eigentlich gar nicht.«

Offensichtlich wollte sie nicht drüber reden. Kein Wunder. Der Typ war der totale Loser.

»Und du? Hast du einen Freund?«

»Mal den, mal den. Kommt drauf an, auf wen ich Lust hab.«

»Und auf wen hast du grad Lust?«

»Ha, vergiss es. Der letzte war Energy. Aber das war vorbei, bevor's richtig angefangen hat.«

»Der heißt Energy?«

Ich nickte. »Weil er wie so ein Spielzeug ist, das man aufziehen kann und das dann wie wild losrattert. So ist der, auch beim Küssen. Du glaubst es nicht. Er hat gefragt, ob wir knutschen können. Einfach so. Wir kennen uns schon ewig. Ich dachte, kann ja nicht schaden. Und schon hatte er mich an die Wand gedrückt und seine Zunge in meinem Mund wie irre im Kreis um meine gedreht. So was hab ich echt noch nie erlebt. Ich hab fast keine Luft mehr gekriegt. Irgendwann fragt er, ob's so gut ist. Ich: 's geht so. Er: Okay, ich kann's auch anders. Und dann steckt er mir wieder seine Zunge in den Mund und dreht sie anders rum.«

Ich streckte die Zunge raus und drehte sie wie Energy total bescheuert im Kreis.

Katharina lachte. Sie hielt sich richtig den Bauch und machte immer so kleine Grunzlaute.

»Das war nicht lustig«, sagte ich, aber ihr Lachen war so ansteckend, dass ich mitlachen musste.

»Doch«, presste sie zwischen zwei Grunzern raus. »Das ist todkomisch.« Sie krümmte sich. »Puh, wo kann man denn hier mal pinkeln?«

Ich zeigte hinter mich. »Einfach über den Pfad rüber in die Büsche.«

Sie zog ab. Ihre Tasche ließ sie da. So eine große aus Leder mit geflochtenen Riemen. Sie lag auf dem Wellblech wie ein totes Tier mit aufgeschlitztem Bauch, weit offen. Ich konnte gar nicht anders als reinzugucken.

Drin waren eine Bürste und so ein Uralt-Handy wie meins. Dann gab's noch zwei Bücher, ein Schminktäschchen, Geldbeutel und ein schwarzes dickes Heft. Eine Seite guckte raus. Ich zupfte dran. Es war ein ausgerissenes Blatt, mit großen Buchstaben beschrieben. Irgendwann musste es total zusammengeknüllt und wieder glatt gestrichen worden sein.

ICH HASSE MEINEN VATER! ER IST EIN MONSTER! EINES TAGES BRING ICH IHN NOCH UM.

Ich hörte ein Geräusch und stopfte das Blatt schnell in meine Manteltasche. »Wenn du beim Kickern letztes Mal dabei gewesen wärst, hättest du ihn kennengelernt. Energy, mein ich.«

Katharina setzte sich wieder neben mich. »Es müsste Küsskurse geben«, sagte sie.

»Küssunterricht in der Schule. Das wär's doch.«

»Küssausweise. Wenn man bestanden hat.«

»Und den muss man vorzeigen, bevor man jemanden das erste Mal küsst.«

Sie kniff die Augen zusammen. »Und ohne Küssausweis kein Sex.«

Wir guckten wieder eine Weile auf den Fluss. Diesmal war es anders. Netter. Nur dieser Zettel brannte ein bisschen in meiner Tasche. Ich hatte den ja gar nicht einstecken wollen.

»Warum magst du eigentlich Schule nicht?«, fragte Katharina.

»Keine Ahnung.« Dabei war die Antwort leicht:

1. **Ich hasse es, früh aufzustehen.**
2. **Ich mag's nicht, wenn jemand über mich bestimmt.**
3. **Schule ist langweilig.**
4. **Wo ist der Sinn? Jemand wie ich hat sowieso keine Chance.**

»Und du?«

»Man muss eben zur Schule gehen und fertig. Aber ich bin froh, dass es rum ist. Jetzt kann ich endlich studieren. Und ich will ins Ausland, mindestens ein Semester. Was willst du denn mal machen?«

»Weiß nicht. Hartz IV und Schwarzarbeit, denk ich.«

Ein Motorboot fuhr vorbei mit zwei Typen drauf. Sie winkten uns zu. Wir winkten zurück.

»Und warum machst du dann das bescheuerte Projekt mit?«, fragte ich. »Das ist ja wieder was mit Schule.«

Sie überlegte eine Weile. »Da gibt es eine Menge Gründe.«

Ich konnte sehen, dass sie's nicht sagen wollte. »Du willst armen Menschen mit einem schweren Los helfen und ihnen ganz, ganz viel Gutes tun.«

»Das stimmt schon.«

»Ich hätt da 'ne Idee. Du gibst mir einfach jeden Monat von deinem Geld was ab. Dann ist dir geholfen und mir auch.«

»Wenn du wüsstest. Meine Eltern geben mir nur das Allernötigste.«

»Na klar, sieht man dir an.«

Sie lächelte ein bisschen gezwungen. »Mein Vater ist mit Geld ziemlich speziell. Ich bin natürlich dankbar ...«

Dankbar? Ich dachte, die hasst ihren Vater. »Aber du kannst doch in 'ner Kneipe oder so Geld dazuverdienen.«

»Es ist kompliziert. Mein Vater meint, ich muss lernen, mit dem auszukommen, was ich habe. Wenn ich arbeiten gehen würde, dann würde ich von ihm nichts mehr bekommen. Das ist seine Bedingung. Entweder, oder.«

»Was ist das denn für ein Arsch? Dann mach's doch heimlich. Wo ist denn das Problem?«

Sie zuckte mit den Schultern. »Irgendwann verdiene ich genug, und das ist dann mein eigenes Geld. Darum will ich das Studium auch richtig gut abschließen. Und du? Eine Ausbildung wäre doch schon besser als Hartz IV. Deine Oma hat mir erzählt, dass du gerne kochst.«

»Nudeln in 'nen Topf werfen kann doch wohl jeder. Außerdem ist was zu mögen noch lange kein Grund. Ich mag auch Sex, aber deswegen werd ich ja nicht gleich Prostituierte, oder?«

Katharina musste lachen. Sie machte wieder diese kleinen Grunzlaute. Sie sah ganz anders aus, wenn sie lachte, viel netter und hübscher.

»Eigentlich kein Wunder, dass du keinen Freund hast«, sagte ich, »aber schade.«

»Wie kommst du denn jetzt *da*rauf?«

»Na, du bist grundsätzlich ganz gechillt. Aber so wie du dich anziehst ... Und deine Haaaare ... Das ist der totale Abturner. So bekommst du nie 'nen Typen ab. Glücklicherweise kann man 'ne Frisur ja ändern. Ich helf dir auch dabei, wenn du willst. Ehrensache.«

Wir guckten ein bisschen auf den Fluss. Ich dachte schon, Katharina wär beleidigt. Aber plötzlich schüttelte sie den Kopf, lachte und sagte: »Du bist ganz schön direkt.«

12

Am nächsten Tag schwänzte ich die Schule. Mir war einfach nicht danach, und weil wir kein Deutsch hatten, kriegte der Straubmann es ja nicht mit. Ich ging in meiner Currywurstbude arbeiten, und abends versuchte ich, Dixi anzurufen, aber ihre Mutter sagte, dass sie nicht da ist, obwohl Licht in ihrem Zimmer brannte. Und auf meine Taschenlampenzeichen reagierte sie auch nicht. War die echt noch beleidigt? Bloß weil ich über den Toi-Toi-Witz von Kathi gelacht hatte?

Am Tag danach war sie immer noch sauer, als ich mich in der ersten Stunde neben sie setzte. Sie guckte mich gar nicht richtig an.

»Alles in Ordnung?«, fragte ich.

»Klar«, sagte sie leicht dahin. Aber weil sie meine Hand nicht küsste, wusste ich, dass gar nichts in Ordnung war. Keine Ahnung, was mit ihr nicht stimmte.

Wir hatten Englisch und die Bonhöfer verteilte ein Aufgabenblatt. Dixi meldete sich. »Frau Bonhöfer, was heißt noch mal *yes?«*

»Das ist jetzt nicht dein Ernst, Sonja.« (So heißt Dixi nämlich richtig.)

»Ich weiß es grad nicht mehr.«

Die Hälfte der Klasse lachte.

»Ja«, flüsterte ich ihr zu.

»Was ja?«, raunzte sie mich an.

»Sag's für uns alle, Sarah.«

»Yes heißt ja.«

»Und *worst?«,* fragte Dixi.

»Bist du blöd, oder was?«, meckerte Ali. »Das heißt Wurst.«

Die Bonhöfer wurde ganz klein hinter ihrem Tisch. Sie sah mich an, aber ich konnte ihr schließlich nicht alles vorsagen. Und als ob sie sich jetzt erst wieder daran erinnerte, fragte sie plötzlich, warum ich eigentlich gestern nicht in Englisch gewesen war.

»Wegen einer Allergie.«

Als sie wissen wollte, wegen was für einer, sagte ich: »Gegen Fremdsprachen. Da bekomm ich Ausschlag.«

Das war zwar nicht besonders witzig, aber alle lachten, bis auf Dixi, dabei hatte ich das extra für sie gesagt. Normalerweise hätte sie auch gelacht und alles wäre wieder in Ordnung gewesen, aber es war anscheinend nichts mehr wie normalerweise.

Die Bonhöfer meinte, sie würde mit dem Straubmann reden, und das ging natürlich gar nicht. Also bin ich gleich hin, als es klingelte, und hab ihr erzählt, dass ich wegen dem Straubmann in so einer Theater-AG bin und dass ich dafür zu Proben gehen muss, manchmal auch in der Schulzeit. So wie gestern. Die Nummer, dass meine Oma krank ist, hatte ich schon zu oft gebracht, das glaubte sogar die Bonhöfer nicht mehr. Und was Besseres fiel mir auf die Schnelle nicht ein. Konnte natürlich sein, dass die mit dem Straubmann drüber redete und es dann doch rauskommen würde. Aber erst mal war die Sache mit dem Schwänzen vom Tisch.

Die Sache mit Dixi aber nicht. Ab da fing's nämlich an, dass zwischen uns alles schieflief.

Dummerweise hatten Mirkan und Energy das mit dem Theater mitbekommen. Das war natürlich nicht so geplant. In der Pause verarschten sie mich.

Energy sagte: »Uuuuh, Theater …«

»Und? Was dagegen?«, fragte ich.

Mirkan lachte total blöd. »Alter, Sarah wird berühmt. Isch komm zum Probe.«

»Wenn schon *zur* Probe, Alter«, sagte ich.

Dixi sah mich an, ihre Augen waren ganz hart. Sie sagte leise: »Geh doch Gymnasium, Alter.«

Ich drehte mich um und ließ sie stehen. War mir doch egal, was die alle dachten. Auf dem Klo rauchte ich erst mal eine. Es brauchte ewig, bis ein Streichholz zündete. Ich war so sauer, dass meine Finger zitterten.

Als ich mich in der nächsten Stunde wieder hinsetzte, sagte Dixi noch: »Du hast dich gestern nicht mal gemeldet.«

»Wohl. Deine Mutter hat gesagt, du bist nicht da.«

»War ich aber. Du hättest ja rüberkommen können.«

Das war mir echt zu blöd, und danach redeten wir einfach nicht mehr miteinander. Wir saßen im Unterricht und taten beide so, als wären wir Luft. Nur aus den Augenwinkeln guckte ich rüber. Ich konnte sehen, dass es ihr genauso wehtat wie mir. Aber vielleicht stimmte das auch nicht. Weil es noch schlimmer wurde. Das heißt, erst wurde wieder alles fast gut.

In den nächsten Tagen hatte ich ein paarmal mein Handy in der Hand, aber ich legte es wieder weg. An einem Abend dachte ich,

ich würde ein Taschenlampenzeichen sehen, aber als ich am Fenster stand, blieb drüben alles dunkel. Ich packte meine Lampe weg. Es war sowieso total albern.

Und weil ich sonst auf nichts Lust hatte, ging ich eben nach der Schule in meiner Currywurstbude arbeiten. Hardy war total froh, dass ich Zeit hatte. Alle anderen waren krank oder konnten nicht. Ab und zu guckte ich auch aufs Handy, weil ich wissen wollte, ob Paul vielleicht noch mal schrieb. Aber es passierte nichts. Und eigentlich war ich ja auch dran. Mir fiel bloß nichts Gutes ein, und Gedichte konnte ich eben nicht.

Und dann war Samstag. Am Wochenende machten wir immer was zusammen. Dixi und ich. Ich konnte mir ein Wochenende ohne sie gar nicht mehr vorstellen. Draußen war's grau und kalt. Ich hing den ganzen Tag rum, bis es anfing, dunkel zu werden. Und das war wahrscheinlich das Beste an dem Scheißtag, ihn nicht mehr zu sehen. Dabei war's grad mal fünf. Ich hatte keine Lust auf die Jungs, keine Lust aufs Bambule, keine Lust auf Najim. Früher wär ich zu ihm gegangen und wir hätten 'ne DVD reingeschoben und 'ne Pizza bestellt. Aber jetzt war er ständig sauer auf mich.

Ich lag in meinem Zimmer auf dem Fußboden rum, hörte Musik, dachte an Dixi und überlegte, was ich machen sollte.

Es nervte mich, ich wollte nicht dauernd an sie denken. Aber ich konnte nicht damit aufhören.

Mein Magen knurrte irre laut, doch ich hatte nicht mal Lust aufzustehen und mir was zu essen zu machen. Halb unterm Bett lag das Textbuch von der Feuerdame rum und ich fing an zu lesen. Interessierte mich ja eigentlich nicht. Aber es war vielleicht besser, bei der nächsten Probe den Durchblick zu haben – diese Theaterfuzzis hatten ihn jedenfalls nicht. Außer Paul und Armin vielleicht.

Wenn man mich fragen würde, worum's in dem Stück eigentlich geht, würd ich persönlich sagen, es geht um blöde Missverständnisse. Die hören sich alle nicht richtig zu. Der eine versteht den anderen nicht und umgekehrt, oder sie wollen sich nicht verstehen. Alles geht durcheinander, und das soll dann lustig sein. Vielleicht war das ja auch bei Dixi und mir so, nur dass es nicht lustig war.

Und vielleicht ist es wirklich so, dass:

1. **Im Grunde das ganze Leben aus Missverständnissen besteht. Und dass:**
2. **Man dem anderen nie RICHTIG zuhört. Und**
3. **der andere einem auch nie RICHTIG zuhört.**

Wenn ich so 'n Zeug denke, ist klar, dass ich echt schlechte Laune habe.

Es geht auch um Liebe in dem Stück, würd ich sagen, das gefiel mir, aber mir gefiel nicht, dass ich so oft an Paul denken musste. Immer wenn ich seinen Text las, hörte ich seine Stimme, wie er es sagen würde. So paulernsthaft und gleichzeitig paulleicht, als ob alles echt wär und nicht bloß ein Theaterstück. Ich dachte an die Winterblumen, die er für mich gepflückt hatte. Und dann dachte ich wieder an Dixi.

Wenn man ständig an jemanden denkt, vielleicht merkt derjenige das dann, und er denkt auch an einen und es passiert etwas Besonderes. Ich war jedenfalls ungefähr bei der Hälfte, als es klingelte. Und 'ne Minute später stand Dixi da und strahlte mich an, als wär nie was gewesen. Das hatte sie noch nie gemacht, nach 'nem Streit zu mir zu kommen.

Leider funktioniert das wohl nicht immer mit »an jemanden

denken«, sonst wär zum Beispiel Mütze schon längst wieder da. Oder auch andere Leute aus meinem Leben wie meine Mutter.

Dixi stellte sich breitbeinig über mich, zog mir das Textbuch aus der Hand und pfefferte es in die Ecke. »Ich hab grad mit Mirkan Schluss gemacht und jetzt hab ich Hunger! Komm, wir gehen in deine Ketchup-Bude und danach ...« Sie hielt ihren Rucksack hoch. »Trinken! Is Wochenende!«

Ich sprang auf und küsste Dixis Hand und sie küsste meine.

»Mit Mirkan ist echt Schluss«, sagte sie. »Diesmal endgültig.«

Und weil ich gut bin im Mir-was-Vormachen, dachte ich, dass es nur so seltsam zwischen uns gewesen war, weil sie Stress mit Mirkan hatte. Wir kuschelten uns auf mein Bett und hörten so ein Trennungslied von eMMaM. Die Tante war echt die Coolste von allen. Wir sangen mit und stellten uns vor, wie lustig es wäre, überall Konzerte zu geben und Fans zu haben. Dixi küsste meine Hand. »Ich bin dein Fan.«

»Und ich deiner!«

Wir gingen total aufgedreht zu meiner Currywurstbude, und weil ich in letzter Zeit so viel gearbeitet hatte, war Hardy voll großzügig und hatte nichts dagegen, dass wir auch Energy und Nasser und Tabea anriefen. Mirkan natürlich nicht, das ging erst mal nicht, und Ahmed kam auch nicht. Energy tänzelte vor mir auf und ab und meinte: »Ich soll dir von Ahmed sagen, er redet nicht mehr mit dir wegen schwul.«

»Kannst ihm sagen, ich rede nicht mehr mit ihm wegen blöd.«

»Okay!«

Dixi scheuchte Energy weg. »Zieh ab, Alter. Wir ham Mädchengespräch.«

Energy sah ganz geknickt aus. Aber wie immer, wenn Dixi ihm was sagte, machte er es und wartete draußen auf die anderen.

Ich war so froh, dass zwischen mir und Dixi wieder alles okay war, dass ich mich nicht mal über Ahmed ärgerte. Wir saßen nebeneinander und erzählten, was die letzten Tage so los war, und beschlossen, dass wir später auf jeden Fall noch was ohne die Jungs machen wollten.

In dem Moment rief Kathi an. Sie fragte, ob ich Lust hätte, was zu unternehmen. Bevor ich antworten konnte, nahm Dixi mir das Telefon weg und hielt es sich ans Ohr. Sie rief: »Schlechte Verbindung!«, und legte auf.

»Spinnst du?«, sagte ich, und gleichzeitig musste ich lachen, weil Dixi einfach so unmöglich war.

Ich machte das Telefon aus.

Energy kam wieder rein. Dann stieß Nasser die Glastür so mit Karacho auf, dass sie an die Wand donnerte, und, oh Wunder, er hatte mal nicht Tabea dabei, aber dafür einen Freund, den wir noch nicht kannten. Kutay. Älter als wir. Schmales Gesicht und schwarze, gegelte Haare. Nix für mich. Dixis Augen blitzten. Klar wollte sie den haben. Von mir aus. Aber nicht heute. Der Abend gehörte uns. Ich sah sie streng an und sie nickte.

Hardy machte uns fünf doppelte Currywürste (aus Hühnerfleisch wegen Islam – er dachte immer dran, wenn Nasser oder Mirkan oder Ahmed dabei waren) und eine Riesenportion Pommes. Wir durften uns auch noch Bier und Cola aus dem Kühlschrank holen.

Hardy haute Nasser auf die Schulter: »Bist immer gern gesehen, aber mach die Tür vorsichtig auf! Klar? Ich hab nur die eine.«

Ich streichelte Hardy über seine Glatze: »Ganz ruhig. Nichts passiert.« Er musste lachen.

Hardy ist nicht größer als ich und kugelrund und hat immer gute Laune. Ich weiß noch nicht mal, ob er eine Familie hat oder wie alt er ist. Nur, dass er zu allen nett ist. Manchmal haut er auf seinen dicken Bauch und sagt: »Alles Currywurst«, und lacht sich halbtot, als ob er einen ganz tollen Witz gemacht hätte.

Wir redeten eine Weile hin und her. Dixi flüsterte: »Ich will nur mal probieren, wie der im Küssen ist. Büütte. Danach machen wir auch noch was allein.«

Ich nickte, obwohl's mir nicht so richtig passte und ich schon dachte, das war's mit unserem Abend.

Wir gingen alle zusammen unter die Brücke.

Unter der Brücke war's immer gut.

Kutay holte eine Flasche Jägermeister aus seiner Bomberjacke und ließ sie rumgehen. Er hatte auch noch zwei Flaschen Bier dabei. Eine davon hielt er Dixi hin.

Wir tranken uns warm. Wir rauchten ein bisschen. Dixi stieß mit ihrer Bierflasche an die von Kutay: »Wenn du die auf ex trinkst, küss ich dich.«

Energy und Nasser starrten ihn an. Er guckte cool, rauchte in Ruhe zu Ende, schnippte die Kippe weg, setzte seine Flasche an und zog sie in einem Zug leer.

Mich nervte die Sache schon wieder. Es war doch immer das Gleiche.

Dixi setzte sich auf seinen Schoß und die beiden fingen an zu knutschen und hörten gar nicht mehr auf. Sie machten dabei Geräusche, als wären sie am Ertrinken.

Energy wollte ins Bambule. Ich konnte sehen, dass er auch keinen Bock mehr hatte, Dixi und Kutay beim Knutschen zuzugucken. Er ging mit Nasser los. Ich wartete noch ein bisschen. Aber die hörten echt nicht auf. Die merkten gar nichts.

»Bambule!«, rief ich Dixi ins Ohr.

Dixi reagierte nicht, aber als ich schon ein Stück auf der Brücke war, kamen die beiden doch noch die Treppe hoch. Energy und Nasser waren nicht mehr zu sehen.

»Geh nach Hause. Jetzt ist Mädchenabend!« Dixi kicherte zwar, doch da war noch ein anderer Ton in ihrer Stimme. »Lass los.«

Ich drehte mich um. Kutay versuchte, sie an sich zu ziehen, aber Dixi wehrte sich. Ich raste hin, packte ihn von hinten und zischte. »Lass sie sofort los!«

Kutay fluchte, stieß mich weg, versuchte Dixi wieder zu küssen. Dann ließ er sie doch los und ging schnell weg. Der war stinksauer. Nach ein paar Metern drehte er sich noch mal um. »Wir sehen uns noch!«

Dixi und ich riefen hinter ihm her. »Oh, da haben wir aber Angst!«

Wir nahmen uns an die Hand und liefen mitten auf der Straße weiter, bis ein Auto uns weghupte.

Dixi schrie: »Wichser!«, und ich wusste nicht, ob sie Kutay oder den Autofahrer meinte, und sie wusste es wahrscheinlich auch nicht.

Wir blieben stehen und konnten vor Lachen nicht weiter.

»Du bist so bescheuert. Wieso machst du den erst an und schickst ihn dann weg?«

»Ist doch Mädchenabend! Da kommt kein Typ dazwischen. Der ist morgen auch noch da oder übermorgen. Wenn ich will, krieg ich jeden. Ich spiel mit den Jungs, wie ich will.«

Sie griff in ihre Tasche. »Ich hab noch den Sekt!«

Ich schnappte die Flasche, ließ den Korken ploppen und trank. Der Schaum sprudelte mir aus dem Mund.

Dixi nahm die Flasche und trank auch.

Wir standen auf der Brücke, guckten ins Wasser und tranken und waren wieder zusammen, nur wir beide.

Und Dixi sagte es auch: »Nur wir beide!«

Wir standen da und redeten und redeten und lachten und tranken noch mehr.

Es war einfach ein richtig gutes Gefühl. Die Welt umarmte uns mit warmen, weichen Flügeln.

Ich fühlte mich plötzlich, als würde ich mich immer weiter und weiter ausdehnen wie ein riesiger Luftballon. Es musste sofort was passieren, damit ich nicht platzte. Ich kletterte auf die Brüstung und balancierte auf dem Geländer. Unter mir der schwarze Fluss. Die Stadt funkelte mit Tausenden Lichtern.

»Los, du auch!«, rief ich.

Aus den Augenwinkeln sah ich, wie Dixi auf das Geländer kletterte, nur auf der anderen Seite.

»Ich hab Schiss!«, schrie sie. Aber ihre Stimme klang nicht wie Schiss, sondern wie Spaß.

Als sie oben war, rannte sie ganz schnell auf dem Geländer entlang und ihre Arme ruderten wie wild. Dann war sie auf meiner Höhe und schrie:

Wuuuuuuuuuuuuuhuuuu

Und ich schrie auch:

Wuuuuuuuuuuuuuuuhu

Ein Auto fuhr vorbei und hupte, bis es von der Brücke runter war.

Dixi kreischte: »Ich falle! Hilf mir!«

Ich sprang vom Geländer auf die Straße und raste zu ihr. Sie schwankte und lachte und ließ sich in meine Arme fallen.

Wir nahmen uns an die Hand und liefen mitten auf der Straße zurück in unser Viertel.

»Ich will Spaß, ich will Spaß!«, rief Dixi und schwenkte immer noch die Sektflasche.

»Ich bin das Universum!«, schrie ich.

Wir rannten immer weiter und brüllten rum, damit uns die ganze Stadt hören konnte und wusste, dass wir wieder zusammen waren. Wenn ein Auto gekommen wäre, wären wir nicht ausgewichen. Wir waren nämlich unsterblich. Aber es kam leider kein Auto.

Als wir nicht mehr rennen konnten, gingen wir langsam auf dem Bürgersteig weiter.

»Komm!«, sagte Dixi.

»Wo willst du hin?«

»Wirst schon sehen!«

Ich ließ mich von ihr mitziehen. Bis zu unserer Schule.

»Was wollen wir denn hier? Das ist doch voll scheiße.«

Dixi grinste: »Wieso, ist das letzte Mal, Abschied und so.«

Wir kletterten über den Zaun und setzten uns auf die Rückenlehne von unserer Bank.

»Ich geh«, sagte sie langsam, »ab sofort nicht mehr zur Schule. Ich hab nachgedacht. Nie wieder. Und du auch nicht. Ab jetzt sind wir frei!«

Wir stellten uns vor, wie wir ausschlafen würden. Jeden Morgen. »Wie ewig Ferien zu haben.«

Und dann würden wir immer in die Stadt gehen, Klamotten besorgen und jeden Abend feiern.

Ich lachte. »Is ja nur noch dieses Schuljahr. Und dann aber wirklich.«

»Außerdem hörst du ab sofort mit diesem Theaterscheiß auf. Das bringt's doch nicht. Und von diesem Spießer Paul lässt du auch besser die Finger.«

»Was laberst du denn?«

»Der ist doch langweilig.«

»Woher willst du das wissen? Außerdem ist doch gar nichts mit Paul.«

Wir teilten uns den letzten Sekt. Dixi hielt den Flaschenhals zwischen den Fingern. »Ich mein's ernst. Ab sofort gehen wir nicht mehr in die Schule. Nie wieder.« Sie schrie: »Wir sind freiiiii ...«

»Quatsch«, sagte ich. »Wo willst du denn hin die ganze Zeit?«

»Arbeiten und Kohle verdienen, natürlich.«

»Wo denn?«

»Du in deiner Ketchup-Bude und ich beim Daimler. Kutay arbeitet beim Daimler. Der hilft mir.«

»Nach der Sache eben?«

»Na und? Irgendwas klappt schon.«

»Du bist ja noch nicht mal achtzehn. Du kriegst keine normale Arbeit.«

»Wie uncool bist du denn?«

»Kannst ja zu Hause rumhängen. Bei deinem Alten.«

»Und? Was hast du gegen meinen Alten?«

»Nix. Nur dass er wie 'n Toter auf 'm Sofa rumliegt.«

»Wer ist hier tot? Deine Großeltern sind echte Zombies.«

»Halt die Klappe!«

Und dann sagte sie: »Wenigstens weiß ich, wo mein Alter ist. Und 'ne Mutter hab ich auch.«

Ich sprang von der Bank und rannte zum Zaun. »Das war's. Such dir 'ne neue Freundin, Ochsenfrosch.« Hinter mir klirrte was. Das war die Sektflasche.

»Schönes Leben noch!«, schrie Dixi.

Zu Hause legte ich mich aufs Bett. Ich konnte ewig nicht einschlafen und starrte einfach im Dunkeln an die Decke. Ich war stinksauer. Und gleichzeitig dachte ich: *Es ist wie in dem Theaterstück. Alles ist durcheinander. Nur vermutlich geht das Stück gut aus und die Sache mit mir und Dixi nicht. Weil, das Leben ist nicht so.*

13

Als ich am nächsten Morgen aufwachte, hatte ich das Gefühl, ich hätte mich geprügelt. Alles tat weh.

Nur dass die blauen Flecken innen waren
und nicht auf der Haut.

Dixi meldete sich nicht und ich mich natürlich auch nicht.

Wie immer, wenn ich nicht weiterwusste, setzte ich mich an den Neckar, obwohl es nieselte und ziemlich kalt war.

In meiner Manteltasche fand ich den Zettel von Kathi wieder. Ich stopfte ihn zurück. Eigentlich wollte ich nichts von ihr dabeihaben, aber irgendwie konnte ich ihn auch nicht wegschmeißen.

Am Fluss sitzen bei dem grauen Wetter machte mich ganz melankolisch, und ich fragte mich, wie viel man am Ende des Lebens wohl in den Taschen hat von Sachen, die man nie haben wollte. Wie zum Beispiel den Streit mit Dixi. Ich dachte eine ganze Weile darüber nach, wer eigentlich angefangen hatte mit dem Mist, und kam nicht drauf. Also schrieb ich Dixi, dass es mir leidtut und wir ja beide schuld sind. Und dass ich sie vermisse.

Dann rief ich tatsächlich Kathi an. Einfach weil ich sonst auf niemanden Lust hatte und ich mich ein bisschen ablenken wollte. Aber der fiel nichts Blöderes ein, als mich zu fragen, wie's in der

Schule läuft. Und Zeit hatte sie auch keine. Also ging ich nach Hause.

Ich guckte den ganzen Abend immer wieder aufs Handy, aber es kam keine Antwort. Bei Dixi im Zimmer brannte Licht, um elf ging es wie meistens aus.

Und das war das Scheißwochenende!

14

Am Montag verschlief ich. Gropi war mit Gromi beim Arzt. Ich dachte: *Ist schon nach neun, lohnt sich sowieso nicht mehr.* Wir hatten zwar Deutsch, aber ich konnte da einfach nicht hingehen. Ich wollte Dixi nicht sehen. Dafür blieb ich im Bett liegen und las das Stück zu Ende – morgen war wieder Probe. War ja mehr oder weniger auch wie Schule. Armin hatte getextet und gefragt, ob es bei allen ab jetzt auch immer dienstags gehen würde. Von mir aus. Ich hatte so oder so keine Lust, ob's nun Dienstag oder Montag war. Aber wie die Geschichte ausging, wollte ich schon wissen.

Natürlich gut. Hatt ich's doch gewusst.

Der Soldat, also Paul, der die Welt ganz schlimm findet, verliebt sich in die Hexe Jennet, die das Leben ganz toll findet, und sie verliebt sich auch. Die beiden passen also eigentlich gar nicht so richtig zusammen. Was aber nichts macht. Denn irgendwie passen sie ja doch. Wie zum Beispiel Karamelleis mit Salz oder Himbeersahne mit einer Prise Pfeffer. Ich dachte wieder, dass Daria nicht die Richtige war für die Rolle und für Paul sowieso nicht. Sie war ja auch viel älter. Das fand ich allein schon komisch, auch wenn es ja alles nicht echt war.

Ich packte das Textbuch weg. Meine Großeltern konnten jeden Moment zurück sein. Besser, ich verschwand.

Und dann machte ich doch noch einen letzten Versuch und schrieb Dixi, dass ich in die Stadt fahre und sie ja auch kommen kann. Wenn sie sich jetzt nicht meldete, war's das eben. Mir doch egal.

Ich setzte mich in die Bahn. Es ging ewig nicht los. Irgendso 'n Behindi-Autofahrer stand auf den Schienen und kriegte die Kiste nicht wieder an. Einen winzigen Moment dachte ich echt, das wär Kathi, weil die Tante genauso blonde Haare hatte, aber dann war's ein Typ mit Pferdeschwanz.

Kathi. Voll spießig war die, aber dann sagte sie so was wie »pinkeln« und ging einfach in die Büsche.

Eigentlich fand ich sie ganz okay – was mich nervte. Ich wollte sie ja nicht nett finden. Ich kann's nicht leiden, wenn Leute Gutes tun wollen. Das macht mich wütend, dieser Sozialmist. Aber ich bin sowieso immer auf alles wütend. Also nicht immer, aber meistens. Ich weiß auch nicht warum. Ich bin wütend, weil mein verrotteter Bruder so ein Langweiler geworden ist, ich bin wütend auf die Schule, ich bin wütend auf die ganze Welt, und auf mich ... und auf meine Großeltern bin ich auch wütend, weil sie alt sind, weil, ich weiß nicht, wütend eben ... aber dankbar bin ich eigentlich auch, weil mein Opa mich immer beschützt hat, auf eine gute Art.

Ich hauchte die kalte Scheibe an und malte einen Baum. Einmal hatte Gropi mich von 'ner Linde runtergeholt. Da war ich fünf und bin mit meiner Puppe raufgeklettert. Sie hieß Baci wie meine Freundin. Die stand unten und rief: »Höher, höher!« Als ich oben war und das erste Mal runterguckte, bekam ich Angst und fing an zu heulen. Baci ist zu meiner Oma gerannt, und die hat meinen Opa angerufen. Er ist gekommen, obwohl er Schicht hatte.

Ich weiß noch das Gefühl, wie ich mich an den Stamm gedrückt hab, in einer Hand hielt ich Baci am Arm fest, und mein Opa rief von unten: »Lass die Puppe los!«

»Nein«, heulte ich, »die tut sich weh!«

»Ich fang sie auf.«

Ich ließ los und schrie, als ob ich selbst fallen würde.

»Ich hab sie!«, rief Gropi. »Und jetzt holen wir dich. Wenn du Angst hast, guckst du in den Himmel.«

»Ich hab keine Angst«, brüllte ich und guckte in den Himmel.

Als er bei mir war, legte ich meine Arme um seinen Hals und stieg auf seinen Rücken.

Zurück zu Hause rief jemand von Gropis Arbeit an und sie schrien am Telefon rum. Mein Opa brüllte: »Erst meine Enkelin und dann die Fabrik!«

Gromi hielt mich fest und streichelte mir über die Haare.

Gropi knallte den Hörer auf. Ich duckte mich, weil ich dachte, er wollte mich schlagen. Aber er nahm nur meine Hand und sagte: »Und jetzt kochen wir erst mal was.«

Er hat mich auf einen Stuhl gestellt und ich durfte mithelfen. »Du musst auf deinen Bauch hören. Koche mit Gefühl, kochen beruhigt.«

Ich weiß noch, dass er mir da das erste Mal erzählt hat, wie er auf dem Schiff nach Amerika kochen gelernt hat. Und dass man mit fast nichts die leckersten Sachen machen kann. »Du musst dich einfach trauen. Einmal hatten wir nur noch Kartoffeln und Rosinen. Also haben wir was mit Kartoffeln, Rosinen und Kreuzkümmel gemacht. Unser Koch war Inder. Mit Gewürzen kannst du ein Gericht in alle möglichen Richtungen steuern wie ein Schiff. Mit Gewürzen kannst du im Kopf überall hinreisen. Das hab ich von ihm gelernt.«

Seitdem ist Kochen für mich, als ob ich tief im Bauch von einem Schiff bin. Es stampft durch hohe Wellen. Aber in meiner Küche ist es warm und sicher. Nichts kann mich aus der Ruhe bringen. Auch nicht der schlimmste Sturm.

An der Linde geh ich heute noch jeden Tag vorbei. Sie ist eigentlich nicht sehr hoch.

In der Stadt ging ich erst mal zu H&M und probierte einen Haufen Sachen an. Als sich da nichts tat, ging ich zu Esprit. Nach 'ner halben Stunde oder so hatte ich Glück. Eine Frau kam in die Umkleiden mit 'ner Bluse und ein paar T-Shirts in der Hand und nahm die Kabine ganz hinten. Genau meine Größe, die Frau. Gucci-Tasche, edle Jeans, dunkelbraune Lederjacke. Ich zog schnell meine Sachen über. Die Frau ging raus, sah sich im Spiegel an und fragte eine Verkäuferin irgendwas. Jetzt musste es schnell gehen und gleichzeitig ruhig und ganz cool. Ich in die Kabine von der Frau, nehm mir die Jacke, stopf sie in meine Riesentasche, und schon bin ich wieder raus. Geh an der Frau vorbei. Denk mir: *Die Farbe steht ihr nicht, aber sie braucht jetzt was Positives, oder?* Also sag ich: »Die Bluse steht Ihnen aber super.«

Sie strahlt mich an. Ich raus aus dem Laden.

Ich mein, die Frau war reich. Die konnte sich sofort zwei neue Jacken kaufen. So lief das normalerweise, nicht so dämlich wie im Carré. Total froh lief ich weiter durch die Stadt. Auch wenn Dixi sich einfach nicht meldete. Ich hab sie sogar 'ne ganze Zeit einfach vergessen. Es war schon fast Mittag und wurde immer voller. Ich wollte gerade zu Hause anrufen und sagen, dass ich nicht zum Essen komm, da sah ich ihn.

Auf dem Marktplatz stand Paul!

Er starrte das große, groooße Kaufhaus an, als wär's ein gefährliches Monster, das ihn gleich fressen würde.

Ich stellte mich neben ihn. »Na, hast du Angst reinzugehen? Soll ich mitkommen?«

Er zuckte zusammen und dann lächelte er. »Was machst du denn hier? Echt? Kommst du mit? Mir zittern die Knie. Ich war noch nie allein einkaufen.«

»Das hab ich mir gedacht. Aber ich helf dir. Was darf's denn sein?«

Er grinste: »Eine Hose?«

Wir liefen zum Eingang.

»Sag schon, was machst du hier?«

»Und du?«, fragte ich zurück. »Schwänzt du etwa?«

»Nee. Nur die letzten beiden Stunden. Körperberechnungen. Allgemeine Formeln. So langweilig.«

»Welche Größe denn?«

»Die Körper?«

»Dein Körper.«

»Wie jetzt?«

»Hallo? Deine Hosengröße.«

»Ach so ...«

Auf dem Weg zu den Jeans schnappte ich gleich mal zwei T-Shirts und erklärte Paul, wie das mit dem Gut-Anziehen geht.

Glaubt man doch nicht. Grips in der Birne, aber keine Ahnung von Klamotten. »Bist du vielleicht doch der Bruder von Theater-Kathi?«

»Wie jetzt?«

Ich winkte ab. Seine Sachen waren ja nicht unbedingt schlecht, und er konnte auch Hemd und Pullunder anziehen, wenn er dazu 'ne coole Jeans trug.

Er zog eine vom Stapel. »Die?«

»Schon ganz gut.« Immerhin lernte er schnell.

Und dann hielt er ein Kleid hoch. Mit großen roten Blumen. »Das würde dir gut stehen.«

»Das ist voll Mädchen.«

»Bist du doch auch. Ein voll schönes Mädchen.«

Er sah mich an und ich halb aufs Kleid und halb auf den Boden. Paul hatte das »voll« so gesagt wie ich, als ob er mich nachmacht, aber doch irgendwie ganz anders, schüchtern und gleichzeitig frech.

Gerade als ich dachte, *du musst jetzt unbedingt was sagen,* tauchte plötzlich der Verkäufer auf, ob er uns irgendwie helfen kann oder so.

Der Typ hatte ungelogen 'n T-Shirt an mit Billy Boy draufgedruckt, und Paul und ich mussten gleichzeitig losprusten. Der Typ hatte natürlich keine Ahnung warum und zog sofort beleidigt ab. Aber irgendwie hat er den Moment damit gerettet, denn ich wusste einfach nicht, was ich sagen sollte.

Paul probierte dann alles Mögliche an. Shirts und Hosen. Was ich ihm halt so reinreichte. Und plötzlich hatte ich doch Lust, das Kleid mit den großen Blumen anzuziehen.

Paul und ich kamen gleichzeitig aus unseren Kabinen.

»Steht dir sogar noch besser, als ich dachte.«

Wir stellten uns nebeneinander vor den Spiegel.

Wie ein Paar, das ausgehen will, dachte ich und schüttelte den Kopf. »Quatsch!« Das Kleid war echt voll Mädchen – und außerdem voll teuer.

Ich zog wieder meine Sachen an und hängte das Kleid zurück. Da sah ich sie. Die Kapuzenjacke. Braun mit St.-Pauli-Schriftzug und Riesentotenkopf in Weiß hinten drauf. Einen fetten weißen

Reißverschluss hatte sie auch noch. Sah super aus an so 'nem Schnösel-Typ, der grad mit Billy Boy im Schlepptau die Umkleide betrat. Würd ihm bestimmt nicht wehtun, wenn er die nicht mehr hatte. Ich behielt die Lage einfach mal im Blick und reichte Paul weiter Sachen rein. Dann kam die Gelegenheit. Da konnte ich doch nicht Nein sagen. Der Typ hatte sich für 'ne Hose entschieden, die aber zu lang war, deshalb stand er vor den Umkleiden, und Billy Boy krabbelte um ihn rum und steckte ab.

Paul kam raus, die neue Jeans an, seine Boots dazu, und schaute mich fragend an.

Ich nickte. »Sieht super aus. Bin gleich wieder da.«

Ab in die Kabine von dem Typ, Kapuzenjacke in meine Tasche, die jetzt echt prall gefüllt war. Wieder raus zu Paul.

Ich flüsterte ihm zu: »Mir ist total übel. Wir sehen uns beim Rathaus.«

»Wie jetzt? Was ist los? Wo?«

»Bezahl und komm nach. Klar?«

Und dann war da plötzlich die Frau, der die Lederjacke gehört hatte. Sie lief in unsere Richtung. Vielleicht erkannte sie mich gar nicht, aber ich war mir nicht sicher. Ich also ab zur Rolltreppe. Und was machte Paul? Kam hinter mir hergerannt!

Ich lief schneller, drängelte mich durch die Leute. Nahm immer zwei Stufen auf der Rolltreppe abwärts. Kurz vorm Ausgang wurde ich langsamer. Niemand hinter mir, nur oben an der Rolltreppe gab's 'nen Auflauf. Ich ganz ruhig an dem Security-Typ vorbei und dann nichts wie weg, über den Marktplatz Richtung Rathaus.

Da stand ich, guckte zum Eingang, aber Paul kam und kam nicht. Wenn die den jetzt geschnappt hatten. Wie kann man so selten dämlich sein?

Aber ich konnte ihn nicht hängen lassen. Ich rannte rüber zum Cup-Cake-Café und fragte die Bedienung, ob sie meine Tasche kurz aufbewahren kann. Die guckte total argwöhnisch, also erzählte ich ihr, dass ich eben meinen Geldbeutel in ’nem Laden vergessen hab und ganz schnell zurückmuss, und dass ich hier gleich mit meinem Freund verabredet bin. Ich flehte sie fast an. Endlich nahm sie die Tasche.

Ich wieder zum Kaufhaus. Kein Security-Typ mehr am Eingang. Schlechtes Zeichen.

Ich lief zum Info-Tresen und machte voll auf aufgeregt. Erzählte der Lady, dass ich meinen Freund verloren hab und dass es sein kann, dass sie den grad festgenommen hatten, dass das aber alles ein Missverständnis ist. Als die immer noch ungläubig guckte, musste ich zum Äußersten greifen und drückte ein paar Tränen raus. Das kann ich auf Kommando, wenn ich will, ich muss nur an diese abartig traurige Filmszene denken, wo das Mädchen bei ’nem Unfall schwer verletzt wird und sie stirbt, bevor ihr Freund bei ihr sein kann, mit dem sie sich vorher auch noch gestritten hat. Er kommt und hält sie in den Armen, aber sie ist schon tot, und *wumm!* – laufen mir die Tränen runter.

»Sie müssen mir helfen …«, heulte ich.

Endlich griff die Info-Tante zum Telefon.

Ein paar Minuten später holte mich ein Security-Typ ab. Wir gingen durch eine Tür in der Kaufhauswand, durch einen Flur und in einen Raum mit ’nem Schreibtisch und ein paar Stühlen. Da saß Paul und guckte mich völlig verblüfft an. Sie hatten ihn tatsächlich geschnappt. Der kapierte bestimmt gar nicht, was los war. Er hatte immer noch die neue Jeans und seine Boots an.

Ein ziemlich junger Typ im Anzug saß hinterm Schreibtisch. Wahrscheinlich so ’ne Art Abteilungsleiter. Zwei Securitys standen an der Tür. Wie krass war das denn? Und wer lehnte am Schreibtisch und zeigte auf mich – Billy Boy! »Das ist sie!«

Vier Leute, um einen Paul zu bewachen.

Ich sagte, dass ich die Freundin von Paul bin, machte ein Betroffenheitsgesicht und setzte mich vorsichtig auf den freien Stuhl neben ihn. »Ich darf doch? Mir ist so schrecklich übel. Was ist denn passiert?«

Der Anzug guckte ein bisschen irritiert und sagte dann total laut und überdeutlich, so als hätte er das gerade auf irgendeiner scheiß Fortbildung gelernt: »Wir haben soeben Paul Winter beim Stehlen einer Jeans erwischt und werden nun die Polizei und seine Eltern benachrichtigen.« Er griff nach dem Telefon neben einem Bild mit Frau und Baby.

»Ich wollte die Jeans doch gar nicht stehlen«, sagte Paul. »Das hab ich Ihnen doch schon erklärt.«

»Einem Kunden ist außerdem eine sehr wertvolle Kapuzenjacke geklaut worden. Das warst du«, sagte Billy Boy und zeigte wieder auf mich.

Ich nahm Pauls Hand und hielt sie ganz fest. »Es tut mir so leid. Das ist alles meine Schuld. Mein Freund hat sich doch nur Sorgen um mich gemacht.« Ich legte die andere Hand auf meinen rausgedrückten Bauch. »Ich bin im dritten Monat schwanger.«

Pauls Kopf fuhr zu mir rum. »Das wusste ich nicht.«

Mist, konnte der nicht einfach die Klappe halten? Jetzt musste ich improvisieren. Aber zu irgendwas musste diese ganze Theaterscheiße ja gut sein.

»Ich konnte es dir nicht sagen, Schatz, ich dachte, du willst das Kind nicht, und ich will es doch unbedingt. Ich dachte, ich erzähl's dir erst, wenn ich nicht mehr abtreiben kann. Aber mir wird immer schlecht. Was sollte ich denn machen?«

Der Anzug gab den Securitys ein Zeichen, dass sie gehen konnten. Schien also zu funktionieren.

Ich sah ihn und Billy Boy mit feuchten Augen an. »Mein Freund lässt doch nicht seine ganzen Sachen in der Umkleide hängen, um 'ne Jeans zu klauen. Er hat ja noch nicht mal die Schuhe zugebunden.«

»Deswegen ist er auch hingefallen und ich hab ihn geschnappt.« Billy Boy war total stolz auf sich.

»Und warum bist du dann nicht einfach auf die Toilette gegangen?«, wollte der Anzug wissen.

Ich legte noch einen drauf und schniefte ein bisschen. »Ich hatte echt keine Zeit mehr, nach 'nem Klo zu fragen. Ist mir schon mal passiert. Da hab ich's versucht, aber dann hab ich über die ganzen Klamotten gekotzt. Das brauch ich echt nicht noch mal, und Sie ja wohl auch nicht.«

Mist, der Anzug war noch nicht überzeugt, seine Hand lag immer noch auf dem Hörer.

Also versuchte ich es mit Logik: »Und ich würde doch auch nicht zurückkommen, wenn ich was geklaut hätte.« Und jetzt noch ein bisschen Mädchen: »Mir war wirklich total übel. Aber wissen Sie, was das Seltsamste ist? Gleichzeitig würde ich am liebsten Tonnen von Waldfrucht-Joghurt essen.«

»Waldfrucht ...« Der Anzug guckte plötzlich ganz verklärt und schaute kurz zum Bilderrahmen. Dann nahm er endlich die Hand vom Hörer.

Ich hatte eine Eins-a-Improvisation hingelegt. Kathi wäre stolz gewesen!

Paul strahlte den Anzug an und sagte: »Die Hose kaufe ich natürlich und auch die ganzen anderen Sachen, die wir ausgesucht haben.«

Der Anzug dachte wahrscheinlich an seinen kleinen Scheißer zu Hause, denn er lächelte immer noch blöde. Nur Billy Boy machte einen ziemlich verbiesterten Eindruck. Aber bevor er noch irgendwas sagen konnte, meinte der Anzug: »Alles Gute euch beiden. Bevor ihr geht, muss ich aber noch eure Personalien aufnehmen. Ordnung muss sein.«

Paul hatte seinen Ausweis dabei. Ich natürlich nicht.

Ich sagte denen Dixis Namen und Adresse. Mir fiel so schnell keine andere ein. Wenn die doch noch die Polizei riefen, musste es eine echte Adresse sein. Und die Bullen durften auf keinen Fall zu uns kommen.

»Stimmt die Adresse auch?«, fragte der Anzug.

Paul zögerte einen Moment, aber dann nickte er. »Die stimmt. Und meine haben Sie ja im Ausweis gesehen.«

Keine zehn Minuten später standen wir draußen.

Paul rief: »Das war das beste Impro-Theater aller Zeiten!«

Ich nahm seine Hand und wir rannten rüber zum Cup-Cake-Café.

Ich weiß auch nicht, aber ich kriegte mich vor Lachen gar nicht mehr ein. So bescheuert wie die Typen konnte doch keiner sein. Aber gleichzeitig war mir ganz schwindelig vor Erleichterung.

Ich bestellte eine heiße Schokolade und einen Cup Cake. Nach der Nummer brauchte ich eine fette Belohnung.

Paul bestellte Pfefferminztee.

Er stopfte seine Einkaufstüten in eine Ecke. Ich holte meine Tasche. Als wir uns setzten und die Bedienung die Teller und Becher auf den Tisch stellte, war's, als wären wir auf einmal wieder in der Wirklichkeit gelandet. Aber es war eine bessere Wirklichkeit als vorher.

»Mir kommt es vor, als wär das alles nicht wirklich passiert. Das war wie im Film«, sagte Paul.

»Ja, und der Film war gar nicht schlecht«, sagte ich.

»Aber was ist mit dem Ende? Ich hoffe, die beiden werden glücklich. Sie sind doch ein ziemlich gutes Team.«

»Die kennen sich ja kaum. Ich will jedenfalls niemals Kinder haben.«

Paul guckte in seinen Teebecher, als ob es da was super Interessantes zu entdecken gab. »Das ist aber schade, die wären bestimmt auch wunderschön.«

Ich rutschte auf meinem Stuhl nach vorn. Die Tische waren so klein, dass sich unsere Knie unter dem Tisch berührten. Ich setzte mich schnell wieder gerade hin.

Pauls Handy klingelte. »Kathi. Ich ruf sie später an.« Er musste mir das ja gar nicht erklären, aber er sagte: »Wir telefonieren manchmal und reden über das Stück. Oder wir treffen uns. Nicht sehr oft. Sie kennt sich ziemlich gut mit Theater aus.«

Ich pulte das Papier von meinem Cup Cake. »Machst du eigentlich auch was Normales? Ich meine, außer Theater spielen, Gedichte mögen und Jeans klauen?«

Er sah mich an. Seine rechte Hand lag auf dem Tisch. Die hatte ich erst vor einer halben Stunde festgehalten. Sogar in der ganzen Aufregung hatte sie sich gut angefühlt. Fest und warm.

»Ich hab eine Playstation, wenn du so was meinst? Ich geh ab und zu Kicken, ich mag Skateboardfahren, Kino, Mathe, Bio ...« Er schob seine Hand noch ein Stück auf meine zu. So als ob er sagen wollte: *Wär okay, wenn du sie nimmst.* Was ich aber natürlich nicht machte. »Du bist ganz schön mutig. Wenn die meine Eltern angerufen hätten ... Die machen eine Menge mit. Aber stehlen ...«

»Quatsch.« Ich war nicht mutig. Ich dachte einfach nur nie nach. Und wenn ich mal nachdachte und Schiss hatte, dann guckte ich einfach in den Himmel und machte es trotzdem.

»Fürs Theater ist Mut jedenfalls super.«

»Ich mag Theater überhaupt nicht.«

»Warum machst du's dann?«

»Einfach so eben, von der Schule. Und du?«

»Auch einfach so eben. Über ein paar Ecken, meine Mutter kennt Daniels Mutter. Ich mag Theater.«

Und dann wussten wir nichts mehr zu sagen und guckten aneinander vorbei. Paul hatte seine Hand zurückgezogen und rührte in seinem Tee, dabei war da nicht mal Zucker drin.

»Bist du irgendwie krank?«, fragte ich.

»Wie jetzt?«

»Weil du keinen Zucker nimmst.«

»Ist doch ungesund.«

»Der Geschmack entfaltet sich aber besser, wenn man ein bisschen Zucker reinmacht.«

Ich schob ihm den Zuckertopf hin. Er süßte seinen Tee und rührte und trank, und wir sagten wieder nichts.

Aber zwischen uns in der Luft passierte etwas.

Es waren Leute da, liefen um uns rum, setzten sich, redeten. Gleichzeitig war alles still. Da waren nur wir.

»Was für Spiele?«, fragte ich, als ich es nicht mehr aushielt. »Playstation, mein ich.«

»Meistens hab ich Battlefield gespielt. Aber dann hab ich begriffen, wie dämlich das ist. Es ist nur ein Spiel, aber ... Ich will nicht an Kriegen beteiligt sein?«

»Ich weiß nicht. Ob du's nun spielst oder nicht, Kriege gibt's trotzdem. Und es ist ja nicht echt.«

»Schon. Aber … Also … Ich spiel ja diesen Thomas in unserem Stück. Der war Soldat. Er hat schlimme Sachen gesehen und will nicht mehr leben, weil er findet, dass die ganze Welt verdorben ist. Und ich kann ihn verstehen. Früher war es der Krieg und heute ist eigentlich alles verdorben. Sogar eine Jeans zu kaufen, ist eigentlich nicht mehr richtig, oder? Darum zieh ich auch meistens Sachen aus dem Secondhandladen an. Dann mach ich nicht noch extra Müll?«

Pauls Sätze klangen meistens wie Fragen, als ob er sich nie so ganz sicher war mit dem, was er sagte. Und das mochte ich auch an ihm.

»Und warum hast du dir jetzt doch neue Sachen gekauft?«

Paul zuckte mit einer Schulter, lächelte und sah mich an.

Da klingelte mein Handy. Gropi. Er hörte sich voll stinkig an. Seine Stimme klang so richtig nach Ärger. Besser, ich fuhr heim.

Paul brachte mich zur Bahn. »Wir sehen uns morgen bei der Probe?«

Ich zog die St.-Pauli-Kapuzenjacke aus meiner Tasche. »Für dich. Passt super zu der neuen Jeans.«

Paul machte ein Gesicht, als hätte ich ihm ein Elefantenbaby in die Hand gedrückt. Ich musste lachen.

Meine Bahn kam.

Bevor ich einstieg, küsste ich ihn schnell.

»Nicht vergessen!«, rief ich. »Das Leben ist süß.«

Die Türen schlossen sich.

15

Alter, war zu Hause schlechte Stimmung. Gromi fasste sich ans Herz und atmete ganz hektisch.

Und Gropi ... Wenn er wenigstens rumgeschnauzt hätte. Aber er hat nur ganz ruhig gesagt: »Die Schule hat angerufen. Du hast dreimal geschwänzt. Jetzt hast du erst mal Hausarrest. Auch das Wochenende. Essen steht auf dem Herd und danach rufst du deinen Bruder an.«

Ich ging in die Küche und machte mir das Essen warm.

Eintopf. Versalzen.

Gropi war echt sauer, wenn er sich mit dem Würzen verhaute. Das passierte ihm fast nie.

Meine Oma saß auf dem Sofa und hielt sich eine Hand auf die Brust. Sie atmete ganz schnell und das nervte mich. Ich wollte nicht dauernd Angst um sie haben müssen. Einmal musste Najim nach einer Prügelei ins Krankenhaus, ein paar Rippen waren gebrochen. Da konnten wir sie auch gleich einliefern. Wegen dem Herz.

Dixi meldete sich den ganzen Tag nicht.

Paul und Dixi. Dixi und Paul. Die beiden fuhren in meinem Kopf Karussell.

Das Leben schmeckte wie Vanilleeis mit Spinat.

Ich lag im Bett. Keine Nachricht. Kein Anruf. Und als ich einschlief, hatte ich auch noch einen von meinen Gromi-Albträumen. Ich hatte wild gekocht und der Küchenboden war fettig. Meine Oma kam rein, rutschte aus und schlug mit dem Kopf auf den Boden. Sie war sofort tot. Ich wachte auf und mein Herz raste. Kann man nicht mal im Traum was falsch machen, ohne dass gleich jemand stirbt?

16

Wir hatten Deutsch in der ersten Stunde. Als ich reinkam, war der Straubmann noch nicht da, der kam ziemlich oft noch mehr zu spät als ich, aber Dixi saß schon an unserem Tisch und lächelte mich an. Sie hatte ein Herz ausgeschnitten und mir hingelegt.

»Mir tut's auch leid«, sagte sie, nahm meine Hand und küsste sie.

»Hast du meine Nachricht gekriegt?«

Der Straubmann rauschte rein, und wie immer sagte er nicht *Guten Morgen*, sondern rief: »Stehen bleiben, das wäre der Tod.«

Sie flüsterte: »Kein Guthaben mehr. Konnte nicht antworten.«

»Nachahmen«, rief Straubmann, »das ist schon eine Art von Knechtschaft.«

»Aber du hättest ...« Weiter kam ich nicht.

»Sonja, Sarah ... hier vorne spielt die Musik. Ihr glaubt es kaum, das nennt sich Unterricht.«

»Ich denk, wir haben Deutsch und nicht Musik«, sagte Dixi.

Alle lachten, aber der Straubmann ignorierte sie einfach. »Das hier ...«, er stellte sich an die Tafel und schrieb und redete gleichzeitig so halb über seine Schulter, »ist eure Abschlussarbeit. Es ist noch ein bisschen hin bis zum Ende des Schuljahrs, aber ihr könnt nicht früh genug anfangen, darüber nachzudenken. Schreibt die

Sätze ab, lasst drei Seiten frei, denn so viel möchte ich mindestens von euch darüber lesen.«

Alle stöhnten: »Nee, oder, Herr Straubmann?«

Und: »Echt nich.«

Er drehte sich um und stellte sich neben die Tafel, damit wir lesen konnten.

Stehen bleiben: es wäre der Tod.
Nachahmen: es ist schon eine Art von Knechtschaft.
Eigne Ausbildung und Entwicklung: das ist Leben und Freiheit.

»Leopold von Ranke war ein deutscher Historiker. Ja, Sonja, du wirst sagen, wir haben Deutsch und nicht Geschichte. Ich habe den Satz trotzdem gewählt, weil er so wunderbar passt. Einige von euch werden nach diesem Jahr schon von der Schule abgehen und eine Ausbildung anfangen. Einige werden hoffentlich mit der Zehnten weitermachen können und ein Jahr später in die Lehre gehen. Über eure Zukunft entscheidet ihr genau jetzt. Ob ihr was arbeiten könnt, was euch Spaß macht, oder machen müsst, was sonst keiner machen will, um die Miete zu bezahlen ...« Er tippte sich an den Kopf. »Also, denkt nach ...«

»Aber das ist doch totaler Schwachsinn, Herr Straubmann«, sagte Mirkan. Er hörte sich entrüstet an. Als ob der Straubmann gerade den letzten Scheiß erzählt hätte.

»Was? Über die Zukunft nachzudenken?«, fragte der Straubmann. »Und würdest du dich bitte melden, wenn du etwas sagen möchtest.«

Aber Mirkan stand einfach auf, lief durch den Mittelgang vor zum Straubmann, blieb plötzlich stehen, als wär er gegen 'ne

Wand gelaufen. »Und? Jetzt gucken Sie mal genau hin. Ich bin stehen geblieben. Und wo ist jetzt der Tod?«

In dem Moment ging die Tür auf und Frau Hackstetter kam rein. Wir kreischten und grölten alle los, auch wenn sie nun wirklich nicht wie der Tod aussah und einfach die Klassenlehrerin von der 9b war, aber es passte super.

»Nichts für ungut, Frau Kollegin, nehmen Sie's nicht persönlich«, sagte der Straubmann.

Aber die Hackstetter guckte trotzdem total verwirrt. »Hatte geklopft, hat wohl niemand gehört.« Sie schaute zu Mirkan, der immer noch rumstand, und dann guckte sie den Straubmann an. »Mir ist die Kreide ausgegangen.«

»Kein Problem«, sagte der Straubmann und warf ihr im hohen Bogen ein Stück zu. Dabei drehte er sich einmal um die eigene Achse wie ein Basketballspieler und rief: »Hepp!«

Das Stück fiel auf den Boden und zerbrach, die Hackstetter hatte nämlich gar nicht hingeguckt. Sie starrte auf den Spruch an der Tafel und schüttelte den Kopf. »Aber Herr Straubmann, wir sind hier doch nicht an der Uni!«

»Aber Frau Hackstetter«, sagte der Straubmann genauso streng zurück. »Meine Schüler sind intelligent. Und wenn sie unterfordert sind, kommen sie ganz schnell auf dumme Gedanken.« Als hätte er es damit angekündigt, war plötzlich ein Wahnsinnsgebrüll zu hören. Klang, als würden sich die von der 9b prügeln.

Alle reckten den Kopf, aber die Hackstetter konnte die Tür gar nicht schnell genug zubekommen.

Das mochte ich am Straubmann, sogar die anderen Lehrer hielten ihn für durchgeknallt, aber er glaubte wirklich an uns. Also, nicht dass das was genützt hätte ... doof bleibt doof.

»Jetzt aber zu dir Mirkan«, sagte er. »Setz dich ruhig.«

Mirkan ging zurück zu seinem Platz.

»Du hast absolut recht, der Satz ist nicht einfach zu verstehen. Er bedeutet, wenn nichts Neues mehr passiert im Leben, dann ist das, als ob man tot ist.«

»Das ist zu schwer«, maulte Verena. »Ich kann das nicht.« Das war aber auch eigentlich immer das Einzige, was sie sagte, wenn sie mal im Unterricht den Mund aufmachte.

Ahmed streckte seinen Arm hoch und redete sofort los: »Und was ist Knechtschaft?«

»Kann vielleicht jemand Ahmed helfen?«, fragte der Straubmann. »Sarah?«

Wieso denn ich? Aber dann dachte ich, dass ich gerade ein bisschen aufpassen musste, und sagte: »Ein Knecht war früher der Angestellte von einem Bauern.«

Dixi guckte mich von der Seite an, als hätte ich sie nicht mehr alle. Sie meldete sich nämlich nie in Deutsch.

»Genau!«, sagte der Straubmann. »Ein Angestellter sozusagen, aber mit weniger Rechten. Der Knecht löste im Mittelalter den Sklaven ab. Er sollte es eigentlich besser haben, doch die Wirklichkeit sah oft anders aus, manche Knechte bekamen für ihre Arbeit noch nicht mal Lohn. Sie mussten alles tun, was ihr Herr von ihnen wollte.«

Energy rief dazwischen: »Wie in der Schule. Wir müssen auch machen, was Sie sagen, und kriegen nicht mal Kohle dafür.«

Alle lachten, der Straubmann auch.

»Ganz richtig, Energy, mit dem Unterschied, dass ihr nicht für mich lernt, sondern für euch.«

Ahmed hielt sich die Hand vor den Mund und gähnte laut.

»Ahmed, bevor du einschläfst ... Knechtschaft«, er unterstrich das Wort auf der Tafel, »bezeichnet einen Zustand der Ausbeutung und der Rechtlosigkeit. Knechtschaft hört sich altmodisch an, ist aber ziemlich modern. Viele Leute werden bei der Arbeit ausgebeutet.«

Und dann sagte doch tatsächlich Verena mal was anderes als: *Das ist zu schwer, heul.* »Meine Tante ist Kassiererin, und die muss nach der Arbeit noch den ganzen Laden putzen, ohne dass sie dafür Geld bekommt. Aber was hat das denn mit Nachahmung zu tun? Das versteh ich nicht. Die macht da keinem was nach, die will das doch gar nicht.«

Dixi guckte mich verwundert an und ich guckte verwundert zurück, das war doch mal echt 'ne krass richtige Frage. Die war gar nicht blöd.

»Genau das ist der Punkt, Verena, die will das gar nicht«, sagte der Straubmann. »Sehr gut erkannt. Und warum macht sie es trotzdem?«

»Na, weil das alle machen und sie sonst entlassen wird.«

»Putzen die anderen gerne umsonst, oder machen sie es auch, weil es alle machen?«

»Glaub schon.«

»Dann weißt du ja, was Nachahmung mit Knechtschaft zu tun hat. Man denkt lieber nicht drüber nach, was man selbst richtig findet, weil man nicht weiß, ob man dann ganz alleine dasteht. So wie manche nur einfach deshalb nichts lernen, weil sie glauben, dass es bei den anderen nicht gut ankommt, und nicht, weil sie zu dumm sind oder weil sie es toll finden, keinen Ausbildungsplatz zu bekommen. Nachahmen ist eben schon eine Art von Knechtschaft. Und je länger man das macht, desto schwerer wird es, da rauszukommen. Nur wer früh genug für sich selbst denkt, kann frei werden. Aber euch fallen sicher noch bessere Beispiele ein.«

Während er das sagte, schaute er aber nicht Ahmed an und nicht Verena, sondern mich. Oder Dixi, das war nicht so klar.

Ahmed fläzte sich auf seinem Stuhl. »Also, wenn Sie wissen, dass ich viel weiß, auch wenn ich's nicht sage, krieg ich dann jetzt bessere Noten?«

»Erst wenn du es mir zeigst«, sagte Straubmann und guckte mich immer noch an, oder Dixi. Er ging noch mal an die Tafel und kritzelte groß unter den Knecht-Spruch:

Das Geheimnis der Freiheit ist der Mut

»Der Satz ist von Perikles, einem Staatsmann aus Athen, der vor mehr als 2000 Jahren gelebt hat. Den Satz könnt ihr in eure Überlegungen mit einbeziehen.«

Nach der Stunde rief der Straubmann mich zu sich. War ja klar. »Sarah, du schwänzt nicht mehr. Wenn du fehlst, will ich eine Krankmeldung vom Arzt. Ich hab mit deinem Großvater drüber gesprochen. Du schwänzt auch nicht die Theaterprobe. Armin ruft mich an, wenn du's versaust.« Er sagte echt *versaust*. »Wenn doch: Lehrerkonferenz und Schulverweis. Klar geworden?«

»Ja, aber ...«

»Nichts ja, aber. Verstanden oder nicht verstanden. Das ist hier die Frage.«

Ich nickte und ging.

Er rief mich zurück, als ich schon in der Tür stand.

»Ach, Sarah. Armin findet, du machst deine Sache richtig gut und passt super in die Gruppe.«

»...«

»Ich dachte, das würde dich vielleicht freuen zu hören.«

Ich bin doch nicht doof, das war:

Schleimen für Fortgeschrittene.

Damit ich da weiter brav hinging. Aber blöderweise freute ich mich doch.

Und dann rief er noch mal: »Sarah!«

Und ich drehte mich wieder um.

»Es ist nicht leicht, allein zu stehen, ich weiß das. Es ist nicht leicht, Dinge anders zu machen als die besten Freunde.«

So ein Müll. Ich ging schnell weg.

In der Pause wollte Dixi wissen, warum der Straubmann mich immer angeguckt hatte und was er wollte.

Und ich sagte: »Er hat doch *dich* angeguckt.«

Und sie: »Nee, dich.«

Und so ging's hin und her, bis ich meinte: »Is doch egal.«

Und Dixi fragte, ob wir abends was unternehmen wollen. »Ich muss dir unbedingt mein neues Kleid vorführen. Supersexy.«

Ich zuckte mit den Schultern: »Geht nicht. Hausarrest. Ganze Woche.«

Da wollte sie sich natürlich bei mir treffen. Sie schmollte schon wieder ein bisschen, als ich sagte, dass das auch nicht ging, weil mein Bruder heute schon vorbeikommen wollte.

Irgendwas musste ich sagen, war schließlich Probe. Ich wollte auf jeden Fall hingehen. Wegen Paul. Aber das konnte ich ihr ja schlecht sagen, das hätte nur wieder Ärger gegeben.

Ich kam nur ein bisschen zu spät. War aber nicht meine Schuld, Gropi wollte unbedingt, dass mein Bruder, der Schwachmat, mich nach der Probe abholt. Und ich meinte, dass es ja sein kann, dass wir wieder so eine Nachbesprechung haben. Und ich würd gleich nach Hause kommen, wenn nicht.

So ging's hin und her. Aber er blieb dabei. Najim sollte mich holen. Ich machte ein Gesicht. Das hatte mir gerade noch gefehlt.

Ich ging schnell den öden Gang zur Zauberlullihalle lang und blieb kurz an der Metalltafel stehen.

Tritt frisch auf, tu's Maul auf, hör bald auf.

Luther

Das gefiel mir. Und jetzt wusste ich wenigstens mal, wie dieser Sprücheschreiber hieß. Der war vermutlich Yogalehrer.

Die anderen standen schon alle auf der Bühne. Katharina winkte. Paul lächelte mich an. Er trug die neue Jeans und das neue Jeanshemd über dem neuen T-Shirt. Und sah echt gut aus.

Daria fehlte. Also war ich wenigstens nicht die Letzte. Dachte ich jedenfalls, bis Armin sagte: »Ich hab's den anderen, die übrigens alle pünktlich waren, schon erzählt. Daria kann erst mal nicht mehr kommen. Sie hat zu viele Proben an der Musikhochschule. Ist noch nicht klar, ob sie überhaupt wiederkommt. Wir werden sehen, wie wir sie ersetzen. Ich hab noch niemanden. Fürs Erste übernimmst am besten du ihre Rolle. Kannst du dir das vorstellen?«

Ich schüttelte den Kopf. »Ich kann doch nicht spielen.«

»Natürlich kannst du. Für den Anfang musst du nur den Text lesen, ohne viel zu machen.«

Katharina klatschte ein bisschen und strahlte mich an, als hätte ich im Lotto gewonnen. Selim warf mir einen Kuss zu. Und Daniel pfiff eine Fanfare. Ich muss wohl nicht sagen, wie Pit guckte. Allein darum sagte ich: »Ja, klar, kein Problem.«

Paul strahlte, weil er sich freute. Ich wusste nicht, wie ich's finden sollte. Aber mir blieb nicht mal Zeit nachzudenken. Armin fing sofort mit einem seiner Spielchen an. Wir stellten uns nebeneinander auf und er sagte: »Wie immer gilt, nicht groß überlegen, schnell antworten. Also, wenn ihr nur noch kurze Zeit zu leben hättet, was würdet ihr noch machen wollen?«

Selim: **Daniel küssen.**

Daniel: **Selim küssen.**

Katharina: **Die wahre Liebe finden.**

Ich: **Spaghetti Arrabiata kochen.**

Paul: **Die Welt retten.**

Pit war der Letzte: »Armin, so geht das nicht.«

»Pit, sag einfach, was du noch tun würdest.«

»Dazu müsste ich erst einmal wissen, was kurze Zeit bedeutet. Was für eine Spanne? Zwei Tage? Drei Jahre? Schaffe ich noch meine Doktorarbeit? Kurze Zeit ist doch total relativ.«

Armin war relativ total genervt. »Danke, Pit, das war eine super Antwort. Wir machen mit dem Stück weiter.«

Als wir Pause machten, sagte Armin, dass ich das ja schon supercool hinbekommen würde. Fand ich gar nicht, die Sprache war doch Schrott. Ich kriegte die Worte nicht richtig raus. Er überlegte und meinte, dass ich dann doch einfach die Sätze in meine Sprache übersetzen soll. Einfach so, wie ich es sagen würde. Hatte ich ja schon mal gemacht, als ich kurz für Katharina eingesprungen war. Da war er auf die Idee gekommen, dass es für das Stück gut sein könnte. Die Reibung zwischen alt und modern oder so.

Katharina meinte gleich: »Ich kann dir helfen, alles aufzuschreiben. Manche Textstellen sind sowieso schwer zu verstehen.«

Pit bekam das mit und sagte, das macht er nicht mit, es muss wortwörtlich so gesprochen werden, wie der Autor es geschrieben hat. Werkgetreu! »Dass die Soufflöse die Hauptrolle bekommt ist das eine, aber ...«

Und ich dachte: *Alter, wir kriegen gleich sarahgetreu richtig Ärger.*

Da stoppte er mitten im Satz und sah auf den Boden. »So was, der hat wohl den Winter hier überlebt.« Er hob den Fuß. Es war klar, dass er auf das drauftreten wollte, was da überlebt hatte. Und in dem Moment ließ Paul sein Textbuch fallen und warf sich vor Pits Fuß wie vor ein fahrendes Auto, um ein Menschenleben zu retten. Es war dann aber nur ein Marienkäfer. Er hielt ihn vorsichtig in der Hand und alle guckten und sagten: »Wie süß!« – »Oh« Und: »Aha!« – »Ein Glücksbringer ...«

»Dass der hier überlebt hat ... Hier gibt's doch gar keine Nahrung für ihn. Ich bring ihn schnell raus«, sagte Paul und verschwand.

»Was essen denn Marienkäfer?«, fragte Selim.

»Keine Ahnung«, meinte Daniel. »Blätter oder so?«

Katharinas Blick wanderte durch die Gegend und blieb auf dem Bühnenboden hängen. »Vielleicht hat er sich mit dem Gummibärchen hier über Wasser gehalten.«

Vor ihr klemmte ein rotes Gummibärchen zwischen den Bühnenbrettern.

»Das war mal ein Hase. Den hat der Zauberlulli in ein Gummibärchen verwandelt«, sagte ich.

»Zauberlulli, super!« Selim klopfte mir auf die Schulter. »Und der Marienkäfer ist der Zauberlulli, der hat sich selbst verwandelt. Falscher Zauberspruch oder so. Ich verwandle schon mal den Hasen zurück.« Er wedelte mit dem Zeigefinger über dem Gummibärchen rum. »Krötendreck und Eulenschrei, Hase-Hase komm herbei!«

»Ihr seid ja alle nicht mehr ganz richtig im Kopf«, meinte Pit.

Armin sah auf die Uhr. »Lasst uns für heute Schluss machen. Euch fehlt die nötige Ernsthaftigkeit.« Aber er sagte das selbst nicht sehr ernsthaft.

Paul kam zurück und sah zufrieden aus. »Er sitzt jetzt auf einem Busch.«

»Und?«, wollte Pit wissen, »hat's das jetzt gebracht? Das Teil ist doch in zehn Minuten da draußen tot. Das hätt ich hier schneller hingekriegt.«

Wie war der denn drauf? Ich baute mich vor ihm auf. »Alter, aber dann hat er wenigstens noch zehn Minuten in der Welt gehabt, wo er wirklich hingehört. Und war glücklich. Ist doch nicht so schwer zu verstehen, du herzamputierter Nichtsversteher.«

Pit machte den Mund auf. Aber Katharina war schneller: »Sarah hat recht. Und wir müssen reden.«

Pit drehte sich zu ihr um.

»Komm.« Katharina nahm ihn an die Hand und zog ihn mit sich, bevor er was zu mir sagen konnte. Die beiden rauschten ab. Armin redete mit Paul über seine Rolle, und das dauerte und dauerte. Also blieb mir nach einer Weile nichts anderes übrig, als mit Selim und Daniel vorzugehen.

Im Gang legte mir Selim den Arm um die Schulter und flüsterte: »Der steht auf dich!«

»Pit?« Ich schob seinen Arm weg.

Er lachte: »Paul natürlich.«

»Quatsch.«

»Doch, ihr wärt ein super Paar.«

»Quatsch.«

»Selim hat recht.« Daniel machte uns die Tür auf: »Und den Marienkäfer hat er nur für dich gerettet.«

»Quatsch.«

Es war schon dunkel und kalt. Ich zog meinen Mantel an. Wenigstens war mein Bruder noch nicht da.

Ein Stück weit weg auf dem Parkplatz standen Pit und Katharina. Leider konnte man nicht hören, was sie redeten. Sie stritten jedenfalls. Das war klar.

»Warum ist dieser Miesepeter eigentlich dabei, wenn er sowieso alles scheiße findet?«

Ich meine, ich fand's auch scheiße, aber ich wurde schließlich gezwungen.

»Das weißt du nicht?« Selim kullerten fast die Augen aus dem Kopf. »Er ist Armins Bruder.«

Jetzt kullerten mir die Augen fast raus.

»Halbbruder«, sagte Daniel.

Das hieß ja, dass der Straubmann vielleicht der Vater von diesem Vollhorst war. Das war krass.

Selim redete drauflos: »Ja, selbe Mutter oder selber Vater. Keine Ahnung. Ist auch egal. Der war von Anfang an dabei. Und im letzten Jahr ist Kathi dazugekommen und zack …«

Da kamen Paul und Armin raus, und Selim hörte sofort auf zu reden. Alle verabschiedeten sich und *zack,* war ich mit Paul allein. Wir standen auf dem Absatz vor der Tür. Links und rechts waren Büsche. Paul zeigte mir den Marienkäfer, der auf einem Blatt hockte und sich nicht bewegte.

»Willst du wirklich Spaghetti Arrabiata kochen als Letztes?«

»Ist doch lecker.« Ich nickte. »Und willst du wirklich die Welt retten?«

»Klar? Die Welt ist doch einfach übel. Sie ist schlecht. Na ja, nicht die Welt, die Menschen. Wir machen alles kaputt, oder? Deswegen versuche ich, möglichst wenig Schaden anzurichten.

Nicht so viel zu besitzen. Ich werde nie ein Auto kaufen und keinen Urlaub im Ausland machen. Und alles, was ich besitze, bis zum Ende benutzen.«

Irgendwas daran war falsch. Ich wusste nur noch nicht genau, was.

»Ich würde gerne was richtig machen in meinem Leben.«

»Wie Marienkäfer retten?« Ich stupste den Käfer an und er fiel einfach vom Blatt.

Der Käfer lag auf dem Rücken, die Beinchen angezogen, und war sehr tot. Paul hob ihn auf. »Na ja, ich hab ja noch Zeit zum Üben.«

Wir setzten uns nebeneinander auf die Stufe.

»Aber er hatte seine zehn Minuten«, sagte Paul. »Und das ist alles, was zählt.«

Ich suchte in meiner Manteltasche nach meiner Streichholzschachtel und leerte sie aus. Paul ließ den Marienkäfer reinfallen. »Ist es sehr bescheuert, mit fünfzehneinhalb noch einen Marienkäfer zu beerdigen? Ich glaube, das hab ich das letzte Mal gemacht, als ich vier war.«

Ich nickte. »Ja, sehr bescheuert.«

»Dann passt es ja zu uns.« Er lächelte mich an. »Kommst du mit zu mir? Wir haben einen Garten. Da finden wir einen tollen Platz. Wir halten auch eine Grabrede. Ich glaub, ich bin gut in Grabreden.«

»Keine Zeit, die ganze Woche nicht.« Ich zuckte mit den Schultern.

Er schob die Unterlippe vor, als ob er schmollen würde.

»Na gut, ich heb den Streichholzsarg auf, bis du kommst. Leichengeruch ist in diesem Fall ja wohl eher nicht zu erwarten. Einverstanden?«

Ich nickte.

»Darf ich dich wenigstens nach Hause bringen?«

»Geht auch nicht. Mein Bruder, der Idiot, kommt mich abholen.«

»Ist doch nett?«

»Geht so.«

»Kannst du gut kochen?«

»Geht auch so.«

»Aber das ist trotzdem das Letzte, was du machen würdest.«

Ich sagte natürlich nicht, dass das Wichtige daran war, noch ein Mal mit meinem Opa zu kochen. »Braucht jedenfalls nicht so viel Zeit, wie die Welt zu retten.«

Paul steckte die Streichholzschachtel ein. »Na ja, wenn ich nicht mehr die Zeit hätte, die Welt zu retten, dann würde ich ...«

In dem Moment kam mein Bruder angefahren. Er hielt ein paar Meter vor uns und stieg aus. In seinem weißen Taekwondo-Anzug sah er aus, als wär er Arzt und würde mich in die Klapse einliefern wollen.

Paul und ich standen auf.

»Ja?«, fragte ich, »was würdest du?«

Najim winkte mir zu.

Hallo, ich war doch nicht blind.

»Na gut«, sagte Paul, »bis nächste Woche.«

»Na gut«, sagte ich.

Ich stieg ins Auto und beschimpfte erst mal meinen Deppenbruder, dass er früher ja ein super Typ gewesen wär. Aber jetzt war er einfach ein Riesenspießer mit seinem Duftbaumauto. Er machte nur das Radio an und antwortete nicht.

Von Paul kam eine Nachricht, noch bevor ich mit Najim zu

Hause war. Es war ein Satz aus dem Stück. Paul, also der Soldat Thomas, sagt das.

HÄNGT MICH! HÄNGT MICH UM GOTTES WILLEN, BEVOR ICH DIESE FRAU LIEBE!

Das war natürlich Ironie, wie alles in dem Stück.

Aber warum machte mein Herz diesen Riesenhüpfer?

Bevor ich an dem Abend das Licht ausmachte, piepte mein Handy noch mal.

ICH GLAUBE, ES IST SCHON ZU SPÄT. HÄNGEN NÜTZT NICHTS MEHR! THOMAS

Das war kein Satz aus dem Stück, da war ich ziemlich sicher, auch wenn er mit Thomas unterschrieben war.

Ich kuschelte mich in meine Decke und überlegte eine ganze Weile, was ich zurückschreiben sollte. Ich entschied mich für was Einfaches. Eigentlich wollte ich immer noch nichts von ihm. Oder ich traute mich nicht, so richtig zu fühlen, was ich fühlte. Ich war mir nicht sicher. Weil, mein Magen zog sich zusammen und mein Herz klopfte, und ich konnte absolut nicht mit dem Grinsen aufhören.

GUTE NACHT. JENNET

17

»Guten Tag, Frau Weber«, sagte Gropi jedes Mal, wenn er Katharina die Tür aufmachte. »Schön, Sie zu sehen.«

Kathi kam nämlich gleich viermal in der Hausarrestwoche mit ihrem Computer vorbei und half mir, die Jennet-Sätze aufzuschreiben, so wie ich sie sagen wollte. Weil ich ja sowieso nicht rausdurfte, war's okay für mich. Es dauerte ewig, es waren echt viele.

Wir saßen nebeneinander auf meinem Bett. Ich das Textbuch auf dem Schoß, sie ihren Laptop. Kathi erklärte mir manchmal Sätze, die ich einfach nicht raffte, und schlug vor, was ich dafür sagen konnte.

»Warum wirst du nicht Schriftstellerin oder so?«, fragte ich. »Jura ist doch bestimmt übel langweilig.«

»Du wirst lachen. Werde ich vielleicht auch mal. Ich hätte wirklich Lust dazu. Viele Schriftsteller haben Jura studiert und waren Anwälte. Kleist, Storm, Kafka und noch viele mehr. Gibt es heute auch noch. Aber genug Geld verdienen kann man damit nicht sicher.«

»Du immer mit deinem Geldverdienen. Und was ist mit Spaß haben?«

Sie guckte mich schräg an, fast ein bisschen eingeschnappt.

»Ich möchte einfach frei entscheiden können, wo und wie ich lebe, und dazu braucht man eben Geld. Und es ist nicht nur wegen des Geldes. Sicherheit, Gerechtigkeit. Anwälte können Menschen helfen.«

Ich winkte ab. »Mal angenommen, du hättest schon ganz viel Geld? Was würdest du dann machen?«

»Habe ich noch nie drüber nachgedacht. Trotzdem Jura studieren? Hm. Auf jeden Fall reisen, endlich mal raus aus Deutschland.«

»Raus aus der Wohnung wäre doch schon mal ein Anfang.« Ich zeigte durchs Fenster in den blauen Himmel. »Lass uns was machen!«

Sie klappte den Laptop zu. »Warum nicht? Wir haben heute wirklich was geleistet, da haben wir uns eine Belohnung verdient.«

»Was ist das denn für 'n Quatsch? Wir können doch auch was Tolles machen, ohne dass wir's verdient haben.«

Sie schaute mich an, als hätt ich gesagt, sie soll von der Neckarbrücke springen und gucken, ob sie's überlebt. Aber dann lachte sie. »Wenn du meinst.«

Wir überlegten ein bisschen rum. Ich schlug zuerst Neckar vor wie immer, aber dann fiel mir ein, dass ich ihr ja versprochen hatte, dabei zu helfen, cooler zu werden. »Wie wär's mit 'nem neuen Haarschnitt? Ich kenn eine Friseurin. Voll billig. Sehr gut.«

»Du hast Ideen ...« Kathi schüttelte den Kopf. Ihr langweiliger Pferdeschwanz wippte.

»Vielleicht 'n paar neue Klamotten?«, fragte ich. »Weißt schon, coole Kleidung, 'nen Typ abbekommen ...«

Sie guckte kurz in meinem Zimmer rum und meinte plötzlich: »Wilhelma!«

»In den Zoo? Super. Das ist ungefähr so spießig wie Minigolf und 'ne Rundfahrt auf dem Neckar zusammen.«

Mit Dixi würde ich das alles echt sofort machen. Aber mit Katharina?

Sie sah auf die Uhr. »Stimmt. Und deswegen ist es schon wieder gut. Ab 16 Uhr gibt es den Abendtarif. Ich lade dich ein.«

»Na gut.« Hauptsache raus hier.

Und weil meine Großeltern alles gemacht hätten, was Kathi wollte, war's kein Problem, dass wir rausgingen.

Wir zogen los und auf einmal freuten wir uns beide wie Kinder. »Die Eisbären, ich stehe auf die Eisbären«, sagte Kathi.

»Nein, die Affen sind besser. Die sind cool. Und die Kamele.«

Als wir am Eingang standen, meinte sie: »Also ich gebe es zu, ich mag den Zoo. Ich bin manchmal sogar allein hier. Es entspannt mich, die Tiere zu beobachten. Ich werde dann immer ganz ruhig. Die machen sich keine Sorgen und sind einfach nur da.«

Wir drehten eine Runde und Kathi bestand dann noch auf dem Amazonienhaus. »Als Erstes würde ich nämlich in die Tropen fliegen.«

Fast dreißig Grad waren's da drin, wie im Urwald.

Vögel und Schmetterlinge flogen um uns rum. Wir liefen an Palmen und Bananenbäumen entlang zu den Becken mit den Fischen und Schildkröten.

»Was würdest *du* denn machen, wenn du plötzlich viel Geld hättest?«, fragte Kathi.

Ich zuckte mit den Schultern. »'ne fette Party feiern auf jeden Fall.« Und meiner Oma eine Kur spendieren. Aber das sagte ich natürlich nicht.

Im Affenhaus beobachteten wir die Schimpansen. Schon seltsam, dass sie uns so ähnlich sehen.

»Wusstest du, dass das Erbgut von Schimpansen bis zu 99 Prozent mit unserem übereinstimmt?«, fragte ich.

Kathi nickte. »Ist doch verrückt, oder?«

Schweigend sahen wir eine Weile den Affen zu, und plötzlich sagte sie: »Vielleicht würde ich doch nicht Jura studieren. Vielleicht würde ich mich wirklich für Literatur entscheiden. Aber dann wäre überhaupt nicht klar, wohin mein Weg geht.«

Zwei junge Schimpansen jagten sich und fielen übereinander her.

»Ich würde ein Restaurant aufmachen«, sagte ich. »Kannst bei mir arbeiten, wenn du keinen Job findest.«

Am nächsten Tag war Kathi gleich wieder da. Dummerweise hatte ich vergessen, dass Dixi mit ihrem neuen Kleid vorbeikommen wollte. Und auf einmal stand sie in der Zimmertür, ausgerechnet als Katharina und ich auf dem Bett zusammensaßen. Dixi guckte ganz seltsam, und Kathi merkte gleich, dass was nicht stimmte, und wollte gehen. Sie klappte ihren Laptop zu und stand auf. »Ich begeb mich mal zum Spanferkel«, sagte sie, was natürlich ein Zitat aus dem Text war. Und sie meinte damit, dass sie zum Essen verabredet war.

Ich rutschte auch vom Bett sagte: »Nehmt meinen Arm. Ich geleit Euch hin.«

Und meinte: *Ich bring dich zur Tür.*

Sie lachte. »Lass mal. Bis morgen. Dann machen wir den Text fertig.«

Dixi ließ sich auf mein Bett fallen. »Nachhilfe?«

Ich setzte mich neben sie. »Deutsch.«

Wir hingen ein bisschen rum, und sie zeigte mir ihr neues Kleid, aber erst, nachdem ich dreimal gesagt hatte, dass ich es wirklich gerne sehen wollte. Es war kurz und weiß mit Stickereien und sah echt supersexy an ihr aus.

»Total heiß!«, sagte ich.

Aber irgendwie hatten wir nicht viel zu erzählen und die Stimmung war komisch. Sie ging ziemlich bald wieder.

18

Das war wahrscheinlich die bravste Woche, die ich je in meinem Leben hatte. Und es reichte mir. Es war Freitag und ich fand, ich hatte eine Belohnung verdient. Gropi fand das aber nicht. Kein Weggehen dieses Wochenende. Meine Laune rutschte in den Keller.

Am Samstag hielt ich's echt kaum noch aus. Eingesperrt zu sein, fühlte sich fies an.

Mein Handy piepte.

ACH WÄR ICH NUR IM CUP-CAKE-CAFÉ GEBLIEBEN MIT
ROTEN OHREN IN WEISSER SÜSSE
IM U-BAHN-SCHACHT GING ICH VELOREN AUF DER SUCHE NACH EINEM PFEFFERMINZZUCKERKUSS

Ich musste lachen, und für einen Moment mochte ich den Tag. Ich hörte eMMaM und hängte endlich das Bild von ihr auf, das Dixi mir geschenkt hatte. Es war schwarz-weiß. eMMaM rannte einen menschenleeren Strand entlang und zog dabei ihre Lederjacke aus, sie hing wie ein großer schwarzer Vogel halb über ihr im Wind. Ihre langen Haare flogen und der Sand wehte.

Ich stellte mein Zimmer um. Das Bett kam auf die andere

Seite, das Regal neben die Tür. Und ich nahm das blöde Karateposter ab. Das hing noch von Najim da. An die Stelle schrieb ich mit rotem Edding:

CUP-CAKE-CAFÉ

Ich hatte plötzlich so gute Laune, dass ich Dixi anrief. Sie sagte, sie wollte mich in dem Moment auch gerade anrufen. »Ich will heute Abend so richtig feiern. Mit 'ner Flasche Jägermeister, die hab ich extra besorgt. Ich will tanzen, tanzen, tanzen und trinken bis zum Umfallen. Kooooma!«, brüllte sie ins Telefon.

Wir verabredeten uns unter der Brücke.

Paul schrieb: WO BIST DU HEUTE ABEND?

Ich schrieb zurück: IM PLAYHOUSE! KOMM!

Ich machte Abendessen und aß mit meinen Großeltern. Aber irgendwie war ich total unruhig und zerpflückte nur meine Brotscheibe. Ich sagte schnell: »Gute Nacht«, und verschwand in mein Zimmer.

Ich zog mich playhousemäßig an. Die blauen High Heels mit den dicken Absätzen. In denen kann ich super tanzen. Zerschlissene, hautenge Jeans, meinen besten BH, lila mit Spitze, und ein Tanktop. Darüber nur meine neue Lederjacke.

Paul im Playhouse. Das konnte ich mir nicht so richtig vorstellen. Und vielleicht kam er ja auch gar nicht. Aber vielleicht eben doch. Ich lackierte noch meine Nägel lila mit dem geklauten Lack aus dem Carré und schminkte mich ewig lang, damit die Zeit rumging.

Gropi klopfte noch mal und kam rein. »Du schminkst dich, um ins Bett zu gehen?«

Ich nickte. »Probeschminken. Will nur was probieren. Mädchensache.«

»Solange du die Füße unter meinen Tisch stellst, machst du, was ich sage. Und du steigst heute nicht aus dem Fenster, hast du verstanden?« Auf einmal war er still. Er guckte sich die Wand an. »In diesem Haus wird nichts an Wände geschrieben. Das gehört sich nicht.«

Er wartete meine Antwort gar nicht ab, was sehr gut so war, und machte die Tür zu.

'ne Stunde später kletterte ich aus dem Fenster.

Als ich unter der Brücke ankam, waren die anderen schon da. Nasser, Tabea, Energy und sogar Mirkan. Keine Ahnung, ob die auch so viel getrunken hatten, Dixi jedenfalls schwankte ganz schön, als sie aufstand. »Baby, wo bleibst du denn?« Sie hatte das neue Kleid an unter ihrem Mantel.

Ich trank aus der Jägermeisterflasche. War schon ordentlich was raus. Seltsamerweise hatte ich eigentlich gar keine Lust zu trinken. Vielleicht wurde ich ja krank.

Wir fingen an rumzureden, was wir machen sollten. Die Jungs wollten ins Bambule, weil sie da mit ein paar Typen verabredet waren. Und Tabea, war ja klar, wollte bei Nasser bleiben. Ich wollte natürlich unbedingt ins Playhouse, wegen Paul, und Dixi auch.

»Tanzen!«, schrie sie und tanzte ein bisschen auf der festgestampften Erde unter der Brücke.

Und dann ließen wir die anderen einfach sitzen.

Sie hakte sich den ganzen Weg bei mir unter. »Ich find dich ganz schön blöd eigentlich.« Sie kicherte, und ich dachte noch, das ist so ein blöder Betrunkenenscherz. Dann weiß man manchmal echt nicht mehr, was man für 'n Stuss redet. Und darum sagte ich nichts zurück.

Ich war froh, dass ich mit ihr überhaupt noch reinkam, so hatte sie geladen.

Paul war wirklich da! Ich sah ihn schon von der Tür. Seine blonden Haare. Er saß an der Theke. Ich zog Dixi hinter mir her.

Er trug wieder die Sachen, die wir zusammen ausgesucht hatten, und sah überhaupt nicht mehr langweilig aus.

»Hey!«

»Hey?« Er schaute mich an und lächelte. Aber nur so halb, als ob das Lächeln eine Frage war. Und wieder wurde es für einen Moment ganz still. Als ob jemand alle Geräusche um uns herum leise gedreht hätte. Oder als wären wir unter Wasser, nur wir beide.

Wir tauchten wieder auf, weil Dixi anfing, gegen die Musik anzubrüllen, dass wir die besten Freundinnen sind und alles teilen und zusammen machen und überhaupt. Paul guckte mich an und dann gleich wieder Dixi, so paulhöflich, und sie redete ohne Pause.

Bis plötzlich dieser Kutay auftauchte und ihr auf die Schulter tippte. Ausgerechnet.

»Baby, du hast mich übel verlassen. Heute Abend bin ich aber dran. Bist schließlich 'ne ganz Heiße.« Er knutschte sie auf den Mund. War ja widerlich.

Ich drängelte mich zwischen die beiden. »Lass meine Freundin in Ruhe!«

»Spinnst du? Verschwinde.« Er schubste mich weg.

»Du spinnst wirklich«, lallte Dixi. »Ich kann machen, was ich will.«

Paul rutschte von seinem Barhocker. Ich winkte ab, das hier war Dixis und meine Sache.

»Aber nicht, wenn du so zu bist. Du trinkst keinen Schluck mehr. Und du lässt die Finger von dem Typ.«

Sie stieß mich weg. »Ich lass mir nichts von dir sagen, du bist schon lange nicht mehr meine Freundin. Gib mir was zu trinken, Alter.«

Kutay lehnte sich über den Tresen und bestellte Bacardi Cola.

»Wenn du das trinkst, bin ich durch mit dir.«

»Ich trink das, und ich bin schon lange durch mit dir, du Streberin. Hältst dich wohl für was Besseres. Theaterschlampe.«

Das reichte. Ich nahm Paul an die Hand und zog ihn auf die Tanzfläche.

»Ist alles in Ordnung?«, rief er gegen die Musik an.

»Klar!«

Stimmte natürlich nicht. Ich war stinksauer auf Dixi, mein Kopf war heiß vor Wut und mein Magen zog sich zusammen, aber dann versuchte ich einfach, nicht mehr an sie und die Gemeinheiten zu denken, die sie gesagt hatte.

»Ich gehe nie tanzen ...«, rief er.

»Macht nichts. Ist total einfach. Hör nur auf die Musik, der Rest geht von allein.«

Paul tanzte ganz zappelig. Seine Arme und Beine flogen durch die Gegend, als würde er vor einem Riesenventilator stehen. Wirklich so, als ob er das noch nie gemacht hätte. Und ich glaub, in dem Moment hab ich mich richtig verliebt. Weil er's für mich getan hat. Ins Playhouse kommen und einfach tanzen, egal wie's aussieht, und mich die ganze Zeit dabei anschauen.

Ich schloss die Augen, weil ich's nicht mehr aushielt, und tanzte für mich allein. Als ich sie wieder öffnete, war Paul weg.

Ich drängelte mich durch die Leute Richtung Bar, und da

waren er und Dixi. Sie hockte auf dem Boden, Paul neben ihr. Er versuchte, sie irgendwie hochzuziehen.

Dixi hing in Pauls Armen. Sie tippte mit einem Finger auf seine Brust und stammelte: »Eigentlich bist du doch ganz süß.«

Paul meinte, dass wir Dixi hier rausbringen müssen, damit nichts Blödes passiert. Ich war total genervt, aber er hatte ja recht. »Komm, wir bringen dich nach Hause.« Ich griff nach ihrem Handgelenk.

Dixi machte sich los. »Hände weg! Hau ab!«

Sie hievte sich auf einen Barhocker. »Ich komm klar.«

Ich blieb stehen, obwohl es mir echt reichte.

»Hast du was an den Ohren. Ich komm klar, hau ab, Miststück!«

Sogar da dachte ich noch: *Okay, die ist halt betrunken. Ich ärger mich einfach nicht.* Obwohl's mich echt getroffen hat. So redeten wir nie miteinander, egal wie voll wir waren.

Kutay tauchte wieder von irgendwo auf und legte Dixi einen Arm um die Schultern.

Und dann sagte sie: »Und weißt du was? Ich hab dich nur gefragt, ob du mitkommst, weil ich schon wusste, dass die andern keinen Bock auf Playhouse haben, und allein wollte ich nicht.«

Sie sagte das so klar und deutlich, als ob sie wieder nüchtern wär. Mir war plötzlich ganz kalt.

Ich guckte ihr in die Augen. Ich konnte ihre Pupillen fast nicht mehr sehen. Es war unheimlich. Kutay grinste mich an, und ich drehte mich weg von den beiden. Dixi lallte hinter mir her.

»Komm, lass uns tanzen.« Ich zog Paul Richtung Tanzfläche. Aber nach ein paar Schritten ließ er meine Hand los, und als ich mich umdrehte, sah ich, dass er schon wieder bei Dixi stand. Er diskutierte oder besser schrie mit Kutay rum. Dann nahm er Dixi in den Arm und lief mit ihr zum Ausgang. Als er mich entdeckte, rief er meinen Namen und winkte.

Wütend drängelte ich mich zu den beiden durch. »Was soll das denn jetzt?«

»Das ist nicht gut für sie hier«, sagte er. »Wir müssen sie nach Hause bringen.«

»Du bringst sie vielleicht nach Hause. Ich ganz bestimmt nicht.«

»Ja, der süße, süße Paul bringt mich nach Hause«, lallte Dixi. »Du bist 'ne Schlampe, und der ist so süüüß!« Sie ließ sich in seinen Arm fallen und versuchte, ihn zu küssen. Die tat doch nur so, als ob sie betrunken wär.

»Mach doch, was du willst!«, rief ich und schob ab Richtung Tanzfläche.

Paul rief noch was hinter mir her. Aber ich verstand ihn nicht mehr. Und als ich mich das nächste Mal umdrehte, waren die beiden verschwunden. Ich tanzte mit Tränen in den Augen und verstand überhaupt nichts mehr. Warum lief alles so schief?

Um drei Uhr morgens kletterte ich wieder in mein Zimmer. Ich pennte den ganzen Sonntag. Ich machte nicht mal mein Handy an.

Die ganze Welt war einfach scheiße.

Und dann stand am Montagmorgen die Polizei vor der Tür.

19

Als es klingelte, wollte ich gerade zur Schule. Ich saß auf meinem Bett und packte meine Sachen zusammen. Ich hatte ein total seltsames Gefühl im Bauch, um die Zeit klingelte normalerweise niemand. Ich machte meine Tür ein Stück auf. Mein Opa stand im Flur und vor ihm zwei Polizisten. Mir wurde mit einem Mal speiübel. Gropi wollte wissen, worum es geht. Ich hörte *Diebstahl* und alles war klar. Die waren wegen mir da. Bloß weg hier. Sofort. Ich packte meine Jacke, meinen Rucksack, kletterte aus dem Fenster und rannte die Straße runter zum Neckar.

Ich sah mich immer wieder um, aber da war niemand. Keine Polizei jedenfalls.

Als ich unten an der Brücke ankam, warf ich meinen Rucksack auf den Boden und hockte mich hin. So schnell war ich noch nie im Leben gelaufen. Ich brauchte ewig, bis ich wieder normal atmen konnte. Ich wusste überhaupt nicht, was ich denken sollte.

Mein Herz schlug immer noch wie bescheuert und in meinem Kopf pochte es. Es gab nur eine Erklärung. Die Bullen waren bei Paul gewesen und er hatte denen gesagt, dass ich die Totenkopf-Kapuzenjacke geklaut hatte.

Paul hatte denen meinen Namen und meine Adresse gegeben.

Nur Paul wusste alles. Paul, der was richtig machen wollte im Leben.

Paul hatte mich verraten!

Paul!

Vielleicht waren die sogar schon letzte Woche bei ihm gewesen, und er war trotzdem ins Playhouse gekommen, als ob nichts wäre. Das hätte ich nie von ihm gedacht. Und dann hatte er sich noch an Dixi rangemacht und Dixi an ihn. Sollten die doch zusammen glücklich werden.

Ich ging ein Stück am Fluss entlang bis zu meiner Stelle, holte das Wellblech und das Stüropor raus und setzte mich ganz nah ans Ufer zwischen die Büsche. Ich konnte nicht mehr nach Hause, in die Schule schon gar nicht, und Dixi war auch nicht mehr meine Freundin – alles wegen Paul.

Was sollte ich denn jetzt machen? Früher hätte ich zu meinem Bruder gehen können, aber das ging gar nicht, der war nicht mehr auf meiner Seite. Mir war übel, als hätte ich was Falsches gegessen, und ich zitterte, aber nicht weil es draußen kalt war, sondern in mir. Ich zog meine Beine ganz eng an mich und hielt sie, so fest es ging. An meine Oma versuchte ich erst gar nicht zu denken. Aber dann schickte ich doch ein Gebet an ihren Gott, vielleicht gab's den ja wirklich und er passte auf sie auf. Wenn wenigstens Mütze noch da gewesen wäre, aber der war auch einfach abgehauen. Mit Mütze hatte die ganze Sache unter der Brücke überhaupt erst angefangen, und die Sache mit dem Dealen auch, aber erst viel später, als ich älter war.

Ich erinnere mich ganz genau an den ersten Brückenabend. Ich war acht und Najim zwölf. Unsere Mutter war noch da. Sie lag im Wohnzimmer auf dem Sofa und starrte an die Decke. Ich zählte die Bierflaschen. Zehn. Najim war schon fast so groß wie sie. Er räumte die Flaschen vom Tisch und machte uns allen was zu essen.

In der Nacht konnte ich nicht einschlafen, und ich hörte, wie Najim aufstand und sich anzog. War nicht das erste Mal, dass er nachts einfach abhaute. Wir hatten ein Zimmer zusammen, darum bekam ich das immer mit. Aber es war das erste Mal, dass ich ihm hinterhergelaufen bin bis zur Brücke. Mein Herz schlug wie wild. Najim war verschwunden. Aber ich hörte Stimmen. Von unten. Ich kletterte die Treppe an der Brücke runter. Da war er mit ein paar Typen, sie saßen im Schneidersitz um ein Feuer wie Cowboys im Fernsehen und hatten Bierflaschen in der Hand. Als sie mich sahen, riefen sie: »Wen hast'n da mitgebracht?« Und: »Wer is 'n das?« – »Oh, ein Baby.«

Mein Bruder drehte sich um. Da stand ich – im Schlafanzug. Er war blau mit Sternen. Najim starrte mich nur an.

Die anderen riefen: »Is ja süß!«

»Mit der können wir noch was anfangen, Alter.«

»Komm mal her, Baby, knutschen!«

Es waren vier Jungs, und drei von denen schüttelten sich vor Lachen. Sie waren viel älter als mein Bruder.

Ich starrte den vierten an. Der war groß und seine Schultern waren so breit, da hätte ich bequem drauf sitzen können. Seine dicken Arme waren voller Tätowierungen. Er hatte nur ein zerrissenes schwarzes T-Shirt an und ich konnte sie alle genau sehen. Ein Tiger sprang mich von seinem Oberarm an, ein Hai zeigte seine Zähne, und es gab eine Frau im Bikini auf dem rechten Unterarm.

Er sah zu mir hoch und lächelte, und ich lächelte zurück und sagte: »Du bist nett.«

Die anderen lachten, die kriegten sich gar nicht mehr ein. Sie äfften mich nach: »Du bist so nett!«

Meine Unterlippe fing an zu zittern. Tränen brannten in meinen Augen.

Najim nahm meine Hand. Er zerquetschte mir fast die Finger.

»Du bist so, so, so, so nett!«

»Ihr haltet jetzt mal alle schön die Schnauze«, raunzte der Vierte. »Die Kleine steht ab jetzt unter meinem Schutz. Klar?«

Das Lachen hörte auf. »Was soll das denn?«, fragte einer.

»Ich hab gefragt, ob das klar ist. Krieg ich 'ne Antwort?«

Die drei sagten kleinlaut: »Is klar.«

Najim zog mich auf seinen Schoß.

Der Vierte setzte sich neben uns. »Na, Sternchen, willst 'nen Schluck?« Er hielt mir eine Bierflasche hin.

»Ich bin übrigens Mütze.«

Er tippte sich an seine schwarze Wollmütze. »Klar?«

Am nächsten Morgen wachte ich in meinem Bett auf. Najim hatte mich nach Hause getragen. In meinem Kopf war alles voller Bilder von der Brücke, von Najim und von Mütze, wie er sagt, *sie steht unter meinem Schutz*, und sich an seine Wollmütze tippt. Und ich schmeckte noch das bittere Bier. Ich glaub, da war ich das erste Mal verliebt.

Und natürlich kann ich mich noch an meinen ersten Kuss erinnern. Ich hatte rausbekommen, wo Mütze wohnte. Also bin ich hin zu ihm und hab geklingelt. Er machte auf und sagte: »Sternchen! Komm rein. Klar.«

Ich stand in seinem Wohnzimmer. Alle Wände waren voller bunter Bilder von oben bis unten.

Sogar die Decke!

Motorräder rasten über eine Wand und Rennwagen. Auf einer anderen galoppierten Pferde. Auf dem Couchtisch standen

Spraydosen und auf der Couch saß Mütze und sah mich an. »Gefällt's dir, Sternchen?«

Ich nickte. Es roch nach Farbe.

»Magst was trinken? Ich hab Cola.«

Ich nickte wieder. Er machte mir die Dose auf. Ich trank ein bisschen und schaute auf meine Schuhe und dann traute ich mich. »Du kannst mich küssen.«

»Küssen?«, fragte er.

»Ja«, sagte ich. »Wie im Film. Ich weiß, wie das geht.«

»Klar«, sagte Mütze. »Komm her.«

Er gab mir einen Kuss auf die Stirn. Danach brachte er mich nach Hause. Hand in Hand sind wir die Straße lang.

Es war zwar nicht wie im Film. Aber trotzdem, das war irgendwie mein erster richtiger Kuss.

Ich starrte auf den Fluss. Und plötzlich heulte ich los, weil ich so wütend war auf alle, und auf Mütze auch. Wenn man ihn mal brauchte, war er nicht da. Aber am meisten war ich auf Paul wütend. Und auf mich selbst.

Ich hatte wirklich gedacht, dass er mich mag.

Gropi würde Najim natürlich erzählen, dass ich weg war und dass die Bullen bei uns waren. Der konnte sich ja ausrechnen, wo ich mich versteckte, der kannte meinen Platz. Also ging ich erst mal in die Stadt, ich lief einfach so durch die Gegend. Wenigstens war's einigermaßen warm. Ich spazierte rum, bis es dunkel wurde. Immerhin hatte ich 'n bisschen Geld dabei und konnte mir beim Mäckes was zu essen holen und bei Aldi 'nen Liter Cola. Ich lief in den Rosensteinpark und setzte mich auf eine Bank. Dann lief ich weiter und dann setzte ich mich wieder. Immer wenn ich an Paul dachte, musste ich aufstehen und weiterlaufen, und immer wenn ich an meine armen Großeltern dachte auch, weil ich es kaum aushalten konnte. Paul war schuld, dass die sich jetzt so Sorgen machten, dass Gromi vielleicht ins Krankenhaus musste, wegen dem Herzen. Und weil ich ständig an Paul und meine Großeltern dachte, saß ich kaum ein paar Minuten und dann lief ich weiter. An Dixi dachte ich auch, und ob die beiden jetzt vielleicht wirklich zusammenkommen würden. Und es tat richtig fies weh.

Es war der längste Tag aller Zeiten, und ich hatte keine Ahnung, wo ich diese Nacht hinsollte.

Irgendwann wurde es mir unheimlich. Es war seltsam, am Fluss hatte ich nie Angst, aber allein im Dunkeln hier im Park zu sein, war schrecklich. Es war bestimmt schon spät. Kein Mensch war mehr da. Ich lief in unser Viertel zurück. Zur Currywurstbude. Hardy musste mich verstecken, obwohl ich mir nicht ganz sicher war, ob er mich nicht verraten würde. Mein Bruder hatte da bestimmt schon nach mir gesucht. Aber die Bude war zu, es musste schon nach zehn sein. Wenn ich nur meinen Schlüssel dabeigehabt hätte, aber der lag zu Hause im Schreibtisch. Hardy hatte ihn mir gegeben, als ich mein Praktikum bei ihm gemacht hatte, denn er wollte, dass ich auch ohne ihn den Laden aufmachen konnte. Hab ihn nicht zurückgegeben, weil, man weiß ja nie. Und er hat nie mehr danach gefragt. Aber jetzt hatte ich ihn blöderweise nicht dabei ... Das Bambule hatte bestimmt noch auf. Aber Helga hatte schon genug eigene Sorgen. Und was sollte ich auch sagen? Dass ich unterm Billardtisch schlafen wollte?

Also ging ich zu Hardys Wohnung. Ich sah gleich, dass kein Licht brannte, und es machte auch niemand auf. Ich hörte die Klingel in der leeren Wohnung schellen. Der war bestimmt bei irgendeinem Freund, aber keine Ahnung, wo ich suchen sollte ... Ich wusste nicht mehr weiter und ging doch wieder unter die

Brücke. Niemand da. Ich setzte mich einfach an meinen Platz. Im Rucksack fand ich noch ein paar zerkrümelte Kekse. War besser als nichts.

Ich machte mein Handy an. Tausend entgangene Anrufe waren drauf. Die Nachricht von Najim löschte ich, ohne sie zu lesen. Konnte mir ja denken, was drin stand. Es war schon nach elf. Der Nachthimmel war voller grauer Wolken, aber wenigstens regnete es nicht.

Und irgendwie, weiß auch nicht, dachte ich, dass ich vielleicht sogar froh wär, wenn mein Bruder einfach auftauchen würde. Aber er kam nicht, und das Telefon klingelte auch nicht mehr, als ob sie mich schon alle vergessen hätten. Und vielleicht fanden sie's ja auch gut, dass sie mich endlich los waren.

Ich rollte mich auf dem Wellblech zusammen und zog meinen Mantel ganz fest um mich. Meinen Rucksack nahm ich als Kopfkissen. Aber schlafen konnte ich nicht. Ich starrte nur auf den schwarzen Neckar und dachte, dass der Fluss mein einziges richtiges Zuhause war, und dass er immer da sein wird, auch wenn ich schon lange tot bin. Der Gedanke machte mir überhaupt keine Angst. Es war fast wie ein Trost, dass es etwas gibt, das viel größer ist als ich und immer dableiben wird. Und dann muss ich doch eingeschlafen sein.

Ich träumte, dass ich aufgespannt in der Luft hing und meine Füße und Hände an Seilen in vier verschiedene Richtungen auseinandergezogen wurden. Aber plötzlich merkte ich, dass ich die Seile in den Händen hielt und meine Füße in Schlaufen steckten. Ich musste sie nur rausziehen oder die Seile in den Händen loslassen.

Ich überlegte noch kurz, ob ich loslassen oder rausziehen sollte, und dann machte ich alles auf einmal. Und ich fiel ins bodenlose schwarze Nichts und schrie und schrie ... bis ich wach wurde.

Es dauerte einen Moment, bis ich wieder wusste, wo ich war. Ich war total steif und halb erfroren. Es war fast sieben. Ich konnte mich kaum bewegen. Der Traum fühlte sich noch ganz nah und schrecklich an. Ich hatte das Gefühl, der Boden unter mir war gar nicht richtig fest.

Mein Telefon klingelte doch wieder. Najim. Natürlich ging ich nicht dran.

Ich überlegte, wo ich jetzt hinsollte. Das Bambule hatte noch nicht auf und meine Currywurstbude auch nicht. Mein ganzes altes Leben war total weit weg.

Mir fiel plötzlich der Theaterkram wieder ein, meine Rolle, und das alles fühlte sich an wie vor tausendachthundert Jahren.

Das echte Leben ist ganz anders. Im echten Leben gibt's kein Happy End.

Das echte Leben ist eine einzige große Herzscheiße
mit ein paar Eimern voller Glück.

Nur dass ich noch nie in einen reingestolpert war, sondern immer dran vorbeilief.

Nachdem ich das Wellblech versteckt und meinen Kram zusammengepackt hatte, ging ich in so einen Imbiss, nicht weit weg vom Fluss, und kaufte mir von meinem letzten Geld einen Kaffee und 'ne Portion Pommes.

Ich saß mit dem dampfenden Becher in der Hand auf einer Bank vor der Tür, und dann wusste ich endlich, was ich tun musste. Dixi hatte recht gehabt. Schule schmeißen und arbeiten gehen. Dann war ich endlich frei und konnte machen, was ich wollte. Und Katharina musste mir helfen. Die wollte doch immer, dass ich was Anständiges machte.

Ich holte mein Handy raus.

Sie ging sofort dran. »Sarah! Gut, dass du dich meldest. Das ist ja alles ganz schrecklich. Es tut mir so leid!«

Woher wusste die, dass Paul mich verraten hatte? Ich kam nicht mehr mit. Und plötzlich fing ich an zu schluchzen. Weil es ihr leidtat und ich mir leidtat und überhaupt.

»Kann ich vorbeikommen?«, heulte ich ins Telefon.

»Natürlich!«, rief sie und gab mir die Adresse.

20

Kathi wohnt in der Nähe vom Carré, wo sie Dixi und mich gerettet hatte. Gar nicht so weit von uns weg. Grad über den Neckar. Ich klingelte und stieg in den vierten Stock. Sie wartete schon an der Tür und nahm mich gleich mal in den Arm, als ich im Flur stand, da musste ich sofort wieder losheulen. Sie führte mich in die Küche wie eine Blinde, setzte mich aufs Sofa und hielt mir 'ne Packung Tempos hin. Sie kochte Tee. Mir wär ja ein Bier lieber gewesen, aber ich nahm mal an, so was gab's hier gar nicht.

Eine Frau kam rein, und trotz meiner verheulten Augen erkannte ich sie gleich wieder. Die war mit Kathi im Carré gewesen an dem Nachmittag. Sie hatte lange blonde Haare und ein Gesicht voller Sommersprossen, als ob die Sonne explodiert wäre und sie die Tropfen abbekommen hätte.

»Ich bin Sanne«, sagte sie und hielt mir die Hand hin. »Es tut mir total leid. Ich hoffe, es wird alles wieder gut. Ihr macht aber auch immer Sachen!«

Sie verschwand gleich wieder. Nach Tübingen. Und ob Kathi heute wirklich gar nicht mitkommen wollte.

Die schüttelte den Kopf und zeigte auf mich.

Sanne nickte. »Ich treffe mich später vielleicht noch mit einem

Typ. Hab ich letzte Woche in der Bibliothek kennengelernt. Heißt Mattis. Aus Norddeutschland und ...«

»Sanne ...«, sagte Kathi. »Passt jetzt nicht.«

Sie lachte und zuckte mit den Schultern. »Bis später ... Und viel Glück!«

»Ich entschuldige mich hochoffiziell für meine Freundin. Sie merkt nie, ob es grad passt, was sie der Welt mitzuteilen hat.« Kathi lächelte. »Aber eigentlich mag ich sie gerade deswegen.«

Ich putzte mir die Nase und dachte, dass es echt super wäre, mit 'ner Freundin zusammenzuwohnen. Und die Küche würd ich glatt so übernehmen. Die ist fast wie ein Wohnzimmer mit zwei Sesseln und Sofa und 'nem großen Tisch mit vielen Stühlen. Und die Freundin wär natürlich Dixi. Und dann heulte ich schon wieder, weil ich mir vorstellte, dass sie vielleicht gerade jetzt was mit Paul machte.

Kathi setzte sich neben mich. »Mensch Sarah, das ist ja wirklich schlimm alles.« Sie schüttelte den Kopf, als ob sie's nicht fassen konnte.

Und ich nickte. Konnte man ja auch nicht.

»Paul hat mich angerufen. Ohne ihn wäre deine Freundin jetzt vielleicht tot.«

Ich hörte auf zu heulen. Wie ein Wasserhahn, der abgestellt wird. Es wurde ganz still in mir. »Tot?«

»Aber du warst doch dabei?«

»Wo dabei?«

»Samstagabend! In der Disco.«

»Wir haben uns gestritten.«

»Du weißt gar nicht, was passiert ist?«

»Nein! Doch. Ich weiß nur, dass Paul die Polizei ... Ist jetzt egal ... Was ist mit Dixi?«

»Paul hat deine Freundin doch nach Hause bringen wollen. Bevor sie dort waren, ist Dixi ohnmächtig geworden. Er hat einen Krankenwagen gerufen. Sie hat nicht mehr geatmet, als die Sanitäter kamen.«

Mir war speiübel. »Aber sie überlebt doch, oder?«

Kathi sah mich total ernst an. Beerdigungsgesicht. »Das war heute Morgen noch nicht klar.«

»Wo ist sie?«

»Robert-Bosch.«

»Ich muss da sofort hin.«

Kathi nickte.

Auf dem Weg zur Tür wollte sie noch wissen, was mit der Polizei und Paul war.

»Nix«, sagte ich. »Nix war.«

»Du hast doch so geweint. Es ist doch was.«

Da quollen mir doch glatt schon wieder die Tränen raus. Ich sagte nur, dass ich gestern Morgen abgehauen war, weil die Polizei bei uns vor der Türe gestanden hatte, wegen Paul, dem Verräter.

»Du warst heute Nacht nicht zu Hause? Deine Großeltern wissen nicht, wo du bist?«

Ich schüttelte den Kopf.

»Schule geschwänzt hast du natürlich auch?«

Dazu musste ich ja wohl nichts sagen.

»Verdammt, da hast du dich aber ganz schön in die Scheiße geritten.«

Das fasste die Sache perfekt zusammen.

Ich hatte so ein schlechtes Gewissen. Ich hatte meine beste Freundin im Stich gelassen.

»Okay«, sagte Kathi. »Ich rede mit deinen Großeltern. Über

alles andere sprechen wir, wenn du wieder da bist. So geht's nicht weiter.«

Ich nickte. In dem Moment hätte ich alles gemacht, was sie gesagt hätte, sogar 'ne Lehre als Schuhverkäuferin oder so was. Ich hätte doch merken müssen, wie schlimm betrunken Dixi war.

Den Weg ins Robert-Bosch kannte ich im Schlaf. Gromi war schon ein paarmal drin gewesen. Es war nicht weit, aber es ging mir trotzdem nicht schnell genug. Ich fing an zu laufen und dachte die ganze Zeit nur:

sie darf nicht sterben sie darf nicht sterben sie darf einfach nicht sterben ich trink nie wieder was wenn sie bloß wieder gesund wird

Endlich war ich da. Es dauerte eine ganze Weile, bis die Tante am Eingang mir sagen konnte, wo Dixi lag. Sie war gerade von der Intensiv auf die normale Station verlegt worden. Das konnte doch nur heißen, dass sie's geschafft hatte, oder?

Ich musste in irgend'n Stockwerk und durch endlose Gänge laufen, die mich an den Theatergang erinnerten, weil sie einfach nicht aufhörten und der Boden grau war. Und dann war da endlich die richtige Zimmernummer. Ich drückte die Klinke runter, aber dann zögerte ich, weil ich auf einmal Angst hatte vor dem, was da drin war. Weil ich nicht wusste, wie schlimm es war. Am liebsten wär ich grad wieder umgedreht. Aber das war nur ein sekundenkurzes Gefühl. Ich öffnete die Tür.

Da war Paul!

Er saß neben Dixis Bett und sprang sofort auf. Ich glaube, er hatte ihre Hand gehalten. Sicher war ich mir nicht, aber es war so schon schlimm genug. Ich fühlte mich wie ein Keks, der in der Packung zerkrümelt.

Es gab nur ein Bett in dem Zimmer. Dixi lag hinten am Fenster. Der Platz vorne war leer. Ich ging die paar Schritte zu ihr.

»Hallo?«, sagte Paul. Es klang mal wieder eher wie eine Frage.

Und diesmal passierte es nicht, dass alles still um uns herum wurde und es nur noch uns beide gab, dass die Welt ganz weit wegrutschte. Diesmal fühlte es sich an, als ob die Wände immer näher rückten, fest und aus Beton, und mit ihnen die Wirklichkeit.

Aber diesmal war es keine bessere Wirklichkeit.

Jeder von uns stand auf einer Seite vom Bett, wie auf einer anderen Uferseite. Eine Brücke gab es nicht, und die Strömung war zu schnell zum Rüberschwimmen. Ich wollte auch nicht.

Wir sahen Dixi an. Ihre Augen waren geschlossen. Sie war noch viel blasser als sonst. Niemand hatte sie abgeschminkt. Ihre Wimperntusche war verlaufen. Es sah aus, als hätte sie geweint. Aus einem Tropf lief 'ne hellblaue Flüssigkeit in ihren Arm. Ihre Fingernägel waren schwarz lackiert. Es sah unheimlich aus auf dem schneeweißen Laken. Wie Schneewittchen und die böse Hexe zusammen.

»Ihre Eltern sind gerade in die Cafeteria gegangen«, sagte Paul. Seine Stimme klang erschöpft und dünn.

Normal, wenn man sich um seine Freundin Sorgen macht.

Dass Paul schon wieder hier war, konnte ja nur eins heißen. Ich hatte eben doch recht gehabt. Wer mich an die Polizei verriet, der schnappte sich auch meine beste Freundin.

Und auch klar: Dixis Walfisch-Vater brauchte erst mal 'n Bier. Hatte ich jetzt auch Lust drauf. Oder besser noch Jägermeister. Da fiel mir wieder ein, was Dixi früher immer gesagt hat:

Schnapsdrossel sucht Jägermeister für lustige Ausflüge!

Und dann hat sie wie blöd gekichert. Bestimmt würde sie das nie wieder sagen.

Paul lächelte mich an. Ich lächelte nicht zurück.

»Es geht ihr nicht gut.«

»Ach nee ...« Es war das Erste, was ich sagte, und es klang rau und halb verschluckt. So wie's eben klingt, wenn ein zerkrümelter Keks spricht.

»Sie war noch nicht wieder bei Bewusstsein ... seitdem ... Wir waren fast bei ihr zu Hause, als es passierte. Sie hat sich übergeben. Ich hab sie auf die Seite ... Und dann den Krankenwagen. Sie war ohnmächtig.«

»...«

»Ihr Arzt sagt, sie wird überleben. Aber er weiß noch nicht, was die Folgen ... Soll ich euch besser mal allein lassen?«

»Du hast dir ihre Adresse gemerkt?«

Er nickte.

Ich hätte alles Mögliche sagen können: *Danke, dass du meine beste Freundin gerettet hast. Was können denn die Folgen sein? Wie schlimm ist es? Toll, dass du so ein Superhirn bist und die Adresse gleich behalten hast. Wie meine auch – für die Polizei.*

Es war ein superfieses Gefühl, was ich hatte. Nicht auszuhalten. Und es war auch kein Gefühl, es war ein ETWAS, das sich durch meinen ganzen Körper fraß. Etwas Dunkles, Gemeines, das aufstieg, zum Herzen kroch und hoch durch meinen engen Hals. Es fühlte sich gar nicht an wie ich.

Es fühlte sich an wie ein Monster, das in mir wuchs.

»Also, ich geh dann mal.«

Und weg war er.

Das Monster flüsterte: »Lauf ihm hinterher. Beschimpf ihn.«

Aber ich wollte nicht. Das war albern. Ich wusste doch gar nichts sicher, oder? Also setzte ich mich brav auf den Stuhl, auf dem eben noch Paul gegessen hatte. Er war noch ein bisschen warm. Das Monster flüsterte: »Doch, du weißt es wohl. Lass dich nicht für blöd verkaufen.«

Ich sprang auf und lief Paul hinterher.

»Ich find's scheiße!«, rief ich. Er drehte sich zu mir um.

Vier Meter waren zwischen uns und fünf Galaxien. Ich fauchte: »Ich find's scheiße, dass das mit Dixi passiert ist. Aber ich find's auch scheiße, dass du mich verraten hast und dass du mit Dixi zusammen bist. Und am scheißigsten find ich deine Beleidigung von meinen Großeltern.« Keine Ahnung, woher das jetzt kam. Ich hatte da überhaupt nicht drüber nachgedacht. Aber das Monster wusste, dass es stimmte. Und es fühlte sich guuuut an.

Paul schüttelte den Kopf. »Ich bin doch nicht mit Dixi zusammen. Und deine Großeltern habe ich auch nicht beleidigt. Ich kenne sie ja gar nicht.«

»Hast du wohl. Als wir nach der Probe draußen saßen, da hast du mir erzählt, wie toll du bist, weil du alles Secondhand kaufst und nicht in den Urlaub fahren willst und so was. Aber *du* kannst es dir aussuchen. Leute wie wir können es sich nicht aussuchen. Meine Großeltern müssen nicht mal drüber nachdenken, ob sie sich 'n Auto kaufen oder nicht. Oder was Tolles zum Anziehen oder 'nen neuen Fernseher. Die *müssen* alles bis zum Ende aufbrauchen. So ist das nämlich!« Damit drehte ich mich um und stürmte zu Dixi ins Zimmer zurück. »Und von dir find ich's scheiße, dass du dich an Paul rangemacht hast. Los, sag was!«

Aber sie machte die Augen nicht auf. Natürlich nicht.

Sie sah nur noch aus wie Schneewittchen ohne Hexe, klein und zerbrechlich. Meine Wut war weg. Ich setzte mich und fühlte mich nur noch übel. Mal sah ich Dixi an und mal aus dem Fenster. Aber da war nichts außer grauem Himmel. Ich nahm ihre Hand und drückte sie, aber die Hand war schlaff und kühl und drückte nicht zurück. Ich beugte mich über Dixi und flüsterte ihr ins Ohr: »Werd gesund, bitte! Es tut mir leid, dass ich dich im Stich gelassen hab.«

Sie roch noch ordentlich nach Alkohol und ein bisschen säuerlich. Bestimmt wegen der Kotzerei.

Ich schlief im Sitzen ein. Immer wenn mein Kopf runtersackte, schreckte ich hoch und nickte gleich wieder ein. Bis eine Krankenschwester kam und Dixis Puls maß und so. Sie konnte mir nicht sagen, wann's Dixi wieder besser gehen und wann sie aufwachen würde. »Es kann noch dauern.«

Ein Bett wurde reingeschoben mit einer Frau drin, die gleich mal den Fernseher anmachte. Als Dixis Eltern zurückkamen, ging ich. Ihre Mutter keifte noch: »Ich wusste, dass es mal so kommt. Warum sauft ihr bloß so viel?«

Aber selber, dachte ich, sagte aber nichts. Keine Lust, noch mehr zu streiten.

Ich saß noch eine Weile auf einem der Stühle vor der Tür und schaute einfach den Leuten zu, die vorbeigingen. Mein Körper fühlte sich taub an. Mein Kopf war ganz leer. Da war nur manchmal das Bild von Paul, wie er dagestanden hatte.

Er hatte ganz grau ausgesehen. Von innen grau.

Irgendwann stand ich auf und ging los, zurück zu Katharina.

Durch unser Viertel. Ich guckte mich immer wieder um, ich wollte Gropi nicht begegnen. War zwar nicht wahrscheinlich, dass er jetzt hier rumlief, aber trotzdem ... Kathi hatte bestimmt schon mit ihm gesprochen. Ich wollte überhaupt nicht wieder nach Hause.

Als ich bei Kathi klingelte und die Haustür aufdrückte, fühlte ich mich fast in Sicherheit. Aber nicht lange.

Ich fiel beinah rückwärts die Treppe runter, als mein Bruder mir oben die Tür aufmachte. Klar, Kathi hatte ihn angerufen. Aber er war echt der letzte Mensch, mit dem ich gerechnet hatte.

»Komm rein«, sagte Najim, als wär er bei Kathi zu Hause. Er legte mir seine Armbeuge eng um den Hals, so wie früher, wenn er mich ärgern wollte, und zog mich mit sich.

In der Küche stand Katharina am Herd. Sie drehte sich zu mir um. »Wie geht's ihr?«

Mein Bruder lehnte sich an den Tisch. »Erzähl.«

Ich konnte ja nicht viel sagen. Nur, dass sie durchkommen würde, aber dass sie noch bewusstlos war. Ich hatte ja nicht wie der tolle Paul mit einem Arzt gesprochen.

Und dann saßen wir zu dritt am Küchentisch und aßen. Die beiden hatten Fischstäbchen, Kartoffeln und Tomatensoße gemacht. Auch wie früher, bei uns zu Hause.

Mein Bruder erklärte gleich mal: »Das war unser Lieblingsessen, als wir klein waren. Unsere Großeltern mussten immer zwei Packungen braten, weil wir nicht genug bekommen konnten. Ist heute noch so. Oder Sarah?«

Was war denn in den gefahren? So nett war der doch sonst nicht.

Ich zerteilte ein Stäbchen in kleine Stückchen. »Das sind gepresste Fischabfälle. Die isst doch kein Mensch mehr.«

»Mir schmeckt's«, sagte Kathi. »Hatte ich ewig nicht mehr. Gab's auch nur ganz selten bei uns. Mein Vater besteht auf Rotbarsch. Jeden Freitag. Und was mein Vater will, ist Gesetz.« Sie lachte, als sie das sagte. Aber ich dachte wieder an den Zettel in meiner Manteltasche.

»Wenn Sarah die Soße macht, ist sie allerdings viel besser«, laberte mein Bruder und lachte blöd. »Ich hatte nie Lust zu kochen, aber sie stand schon als sie zehn war mit unserem Opa in der Küche.«

»Mit fünf«, sagte ich.

Er nahm ein Fischstäbchen und hielt es auf den Rand von meinem Teller wie früher. »Wir haben immer Cowboy und Cowboy damit gespielt. Weil niemand Indianer sein wollte. Los, Sarah, Hände hoch oder ich schieße.«

Das hatten wir seit tausend Jahren nicht mehr gemacht. Ich musste grinsen, als ich daran dachte, wie Gropi schier ausgerastet ist, weil man nicht mit guten Lebensmitteln spielt. Ich stellte mein Fischstäbchen auf. »Gib auf, du bist so gut wie tot. Eins, zwei, drei …«

Auf drei donnerten wir die Stäbchen aneinander. Meistens zerbrachen beide. Diesmal blieb meins ganz. »Gewonnen!«

Katharina lachte. »Das ist ganz schön blöd.« Sie schob ein Fischstäbchen durch die Soße auf ihrem Teller. »Ich hätte auch gerne Geschwister gehabt.«

»Is kein Spaß«, sagte ich.

»Scharmant wie immer«, sagte Najim.

Als abgeräumt war, kam, was kommen musste. Kathi hatte erst mit meinen Großeltern telefoniert und dann Najim angerufen. Mit dem Straubmann hatten die beiden auch schon gesprochen.

»Du kannst froh sein, dass er zugestimmt hat, auf die Lehrerkonferenz zu verzichten«, sagte mein Bruder. »Er wollte zuerst nicht. Ich habe ihn lange überreden müssen.«

Ich verschränkte die Arme vor der Brust. »Soll ich dir jetzt die Füße küssen?«

Mein Bruder brachte wieder die Nummer: Augen zu Schlitzen kneifen und Pfeile, die töten können, draus abschießen. Was ich aber überhaupt nicht verstand, war, dass mein Bruder nichts von der Polizei sagte.

Als ob er meine Gedanken gehört hätte, sah er mich an. Durchdringender Blick, zusammengekniffene Augen. »Hast du mir noch was zu erzählen, Sarah?«

Da steckte doch ein Trick dahinter. Ich schüttelte den Kopf.

»Warum bist du abgehauen?«

Wollte der mich für blöd verkaufen? Sollte ich alles freiwillig zugeben? Ich zuckte mit den Schultern.

»Ich helf dir mal auf die Sprünge. Die Polizei hat gestern Morgen bei euch geklingelt, und du hast die Großeltern einfach damit alleingelassen und bist weggelaufen ... Was sagst du zu der Sache? Du weißt, dass es Gromi schlecht geht. Du bist jetzt alleine mit denen und hast Verantwortung.«

»Toll!« Ich beugte mich vor. Durchdringender Blick, zusammengekniffene Augen. »Das sagt der Richtige. Wer ist denn ausgezogen? Und wer hat denn dauernd die Schule geschwänzt?«

»Das war früher!«

Ich sah ihm das schlechte Gewissen an und zuckte wieder nur mit den Schultern.

»Das Ganze hat ein Nachspiel und das fängt jetzt schon an. Du hast wieder und wieder Chancen bekommen. Und weil ich weiß, wie schwierig alles für dich ist, weil ich's selbst erlebt habe, gibt es jetzt noch eine allerletzte. Eine allerallerletzte. Sonst Förderschule.«

Ich musste mir verkneifen, die Augen nicht zu verdrehen. Da war er selbst mal fast gelandet, weil er sich dauernd geprügelt hat.

Es war schon abgemacht, dass Kathi mir dreimal die Woche Nachhilfe geben sollte.

Und natürlich musste ich jeden Tag zur Schule gehen. Dann durfte ich auch weiter Theater spielen.

Tolle Aussichten.

»Du kannst die Hauptrolle wirklich haben, wenn du magst.« Kathi strahlte, als hätte ich damit das Gewinnerlos gezogen. »Daria ist ganz ausgestiegen. Sie schafft es zeitlich einfach nicht und Theater ist auch nicht wirklich was für sie. Armin will dich und sucht nicht weiter nach Ersatz. Ich hab ihm deinen neuen Text gezeigt. Er findet ihn richtig gut. Zur nächsten Probe bring ich dann allen das neue Textbuch mit. Was meinst du?«

»Wer sagt denn, dass ich will?«, fragte ich. Da war Paul, ich wollte da nicht wieder hin.

»Wir haben die Probe auf Donnerstag verschoben. Paul hat drum gebeten. War ein bisschen viel los.«

Na super. Der wollte mich heute Abend nicht sehen. Das war der Grund.

Najims Telefon klingelte. Er ging auf den Flur, und als er zurückkam, meinte er: »Hakan und Izmir gehen schon wieder aufeinander los. Im Jugendhaus. Ich muss da gleich hin. Komm, Sarah, ich schmeiß dich vorher zu Hause raus.«

»Wer sind Hakan und Izmir?«, fragte Katharina.

»So zwei Vollidioten«, sagte ich. »Die können nichts anderes als Prügeln.« War ja klar, dass Najim da hinwollte. Als er noch bei diesem Elektroheimer gearbeitet hat, war er ja echt okay, aber seitdem er mit diesem Kampfsportzeug angefangen hat, muss er immer alle retten. Kampfsportlehrer, wie blöd ist das denn?

»Ich war auch mal so ein Vollidiot«, sagte Najim. »Und ich will, dass aus denen mal was wird. Und aus dir auch.«

21

»Du kannst echt die Hauptrolle haben?«, fragte mein Bruder, als wir im Auto saßen. »Sehr cool. Da komm ich natürlich zur Premiere!«

Ich machte das Radio an und schaute dem Duftbaum beim Schaukeln zu.

Als ich ausstieg, rief er mir noch hinterher: »Du packst das, Sarah.«

Laberlaberlaber ...

Wozu denn?

Gromi und Gropi taten so, als wär ich gar nicht weg gewesen. Jedenfalls fast. Meine Oma bekreuzigte sich, als ich in der Tür stand, und schickte ein Stoßgebet zu ihrem Herrgott. Bestimmt dachte sie, sie hatte es ihm zu verdanken, dass ich wieder da war.

Auf dem Tischchen im Flur lag die Visitenkarte von einem Polizisten. Ich schob sie irgendwo weit hinten in den Kalender. Es war seltsam: Meine Großeltern sagten kein Wort über den Diebstahl und die Polizei. Es war fast ein bisschen unheimlich. Da gab es doch bestimmt eine Anzeige und so. Aber ich fragte natürlich nicht nach. Der Ärger kam schon noch früh genug. Vielleicht war das eine neue Erziehungsmethode. Zappeln lassen.

Beim Essen erzählte ich ein bisschen von Dixi und das war's.

Gropi fragte: »Und sonst hast du nichts zu erzählen?«

Ich schüttelte den Kopf. Danach war Schweigen. Als ob wir in einem dunklen Keller wären und um uns herum Regale voller Einmachgläser. In jedem Glas war ein Stück Vergangenheit eingesperrt. Wie im Biounterricht. Da hatte der Dettinger mal so ein Glas voll mit eingelegten Kuhaugen mitgebracht. Die hatten uns angesehen, als wären sie noch lebendig.

Abends saßen wir zu dritt vorm Fernseher. Ich lag ausgestreckt auf dem Sofa, meine Füße auf Gromis Schoß. Sie strickte. Mein Opa saß in seinem Sessel, seine Zeitung auf den Knien und die Fernbedienung in der Hand.

Er zappte so durch, und auf einmal sah ich sie: eMMaM!

Gropi schaltete weiter.

»Stopp! Zurück!«, rief ich. »Das möchte ich sehen.«

Es war so eine Talkshow, und eMMaM saß mit anderen Leuten in einer Runde, wie im Stuhlkreis im Kindergarten, und ein Typ stellte Fragen. Das Thema war Chancen nutzen. Stand unten drunter. Ich hatte die noch nie so gesehen, so normal. Nur die Videos. Und die Songs gehört. Aber nicht, wie die redete.

Mein Opa sah mich an, er mochte keine Talkshows. Ich eigentlich auch nicht. Aber das war was anderes.

Ich sagte: »Büüütte.«

»Verdient hast du es ja nicht ...« Aber er legte die Fernbedienung trotzdem weg und verschwand hinter der Zeitung.

Das Papier knisterte.

Die Stricknadeln klapperten.

Es war gemütlich.

Der Typ fragte eMMaM, ob sie aus einer musikalischen Familie kommt.

eMMaM lachte und warf ihre langen schwarzen Haare zurück. Sie sah fast aus wie auf meinem Poster. Sie hatte sogar die schwarze Lederjacke an.

»So kann man das nicht grad sagen. Meine Familie ist Schrott. Emotionaler Totalschaden. Ich war die meiste Zeit im Heim.«

»Aha«, sagte der Typ, machte so ein Oh-wie-schlimm-Gesicht und wollte wissen, wie sie denn dann zum Singen gekommen ist.

»Ich bin 'ne Zeit lang mit 'ner Freundin durch Clubs gezogen. An einem Abend sind wir in so eine Offene-Bühne-Veranstaltung gestolpert. Da kann jeder auf der Bühne machen, was er will. Und das war so scheiße, was die da oben abgeliefert haben, dass ich gedacht hab, das kann ja sogar ich besser. Ich bin rauf und hab ein Lied gesungen. Ich hab ziemlich viel Beifall bekommen. Im Publikum saß einer, der kam hinterher zu mir und hat gemeint: ›Hey, Mädchen, du bist gut.‹ Es stellte sich raus, dass der Typ ein Talentscout war. Ja, und heute ist er mein Agent. Zuerst hab ich gedacht, der verarscht mich, weil noch nie einer was gut fand, was ich gemacht hatte. Aber er hat's ernst gemeint und da hab ich mich angestrengt.«

22

Am nächsten Morgen holten Sanne und Kathi mich zur Schule ab. Auf dem Weg nach Tübingen.

Gropi war wieder ganz früh mit meiner Oma zum Arzt gegangen.

Aber hallo? Ich war doch nicht blöd und schwänzte gleich wieder. Das wollten die ja jetzt wohl nicht jeden Tag machen!

»Kein Problem, dich kurz zu holen«, sagte Sanne. »Liegt quasi auf dem Weg. Wir müssen in die Bibliothek, lernen.«

Ich rutschte auf den Rücksitz: »Warum lernt ihr nicht hier in der Uni?«

Sanne fuhr los. »Jura gibt's nicht in Stuttgart, also fahren wir immer hin und her. Zu Vorlesungen und zum Lernen. In Tübingen kann man ja nicht wohnen. Aber ist ja nicht weit.«

Kathi schnallte sich an. »Manche von uns müssen lernen, andere daten da wohl eher Typen ...«

Sanne lachte. »Ich weiß nicht, wen du meinst.«

Das Radio war an, und es lief ein Song von eMMaM. Auf einmal hatte ich das Gefühl, dass sie für mich ganz persönlich sang. Sie verfolgte mich richtig. Ich dachte an das Theater und Armin und ob er es wirklich ernst meinte, dass mein Text gut war und ich was kann.

Sanne hielt an einer Ampel. »Wie geht's denn deiner Freundin? Dixi, oder? Ich frage mich wirklich, wie viel man in sich reinschütten muss, um ins Koma zu fallen. Ich kann mir das gar nicht vorstellen. Was habt ihr denn alles getrunken?«

»Sanne!«, sagte Kathi. »Du bist unsensibel.«

»Man wird ja noch mal fragen dürfen. Wie geht's ihr denn?«

»Weiß nicht«, sagte ich. Wie konnte man schon so früh am Morgen so viel quatschen?

»Und dein Bruder? Was macht der so? Der soll ja ein echter Schnuckel sein. Sagte man mir ...«

»Sanne!«, rief Kathi. »Es ist grün! Und das habe ich nicht gesagt.«

»Also, ich würde den gern mal kennenlernen.«

»Sanne!«, rief Kathi wieder.

»Hände weg von meinem Bruder!«, platzte es aus mir raus. Ich meine, im Grunde konnte es mir ja egal sein, mit wem Najim rummacht, war's mir aber nicht.

»Was ist überhaupt mit deinem norddeutschen Mattis?«, wollte Kathi wissen.

»Schnee von gestern.«

»Du hast den doch erst einmal getroffen.«

»Eben! Das hat gereicht.«

Kathi drehte sich zu mir nach hinten um. »So ist das meistens. Sie verliebt und entliebt sich schneller, als man Bibliothek sagen kann.«

»Wenigstens erkenne ich sofort, ob ein Typ was taugt, das spart Zeit. Hat sie dir mal von ihrem ersten Typ erzählt?«

Wir hielten vor meiner Schule.

»Der war Informatiker und du glaubst nicht ...«

»Sarah muss jetzt gehen«, sagte Kathi. Sie drehte sich zu mir um und drückte mir das neue Textbuch in die Hand. »Wir sehen uns morgen Abend?«

Ich zuckte mit den Schultern.

»Schreibst du mir, wenn du weißt, wie es Dixi geht?«

»Kann ich machen.« Ich schnappte meinen Rucksack und sprang aus dem Auto.

Erste Stunde war Mathe, und der Platz neben mir war natürlich leer. Schlimm leer. Nicht wie sonst, wenn Dixi mal schwänzte und ich nicht. Er war leerer als leer. So, als ob sie nicht wiederkommen würde. Was ja nicht stimmte.

Alle wussten schon Bescheid und wollten in der Pause wissen, was mit ihr ist. Aber ich wusste ja nicht mal, ob sie schon wach war.

Nachmittags ging ich wieder ins Krankenhaus. Energy kam grade aus Dixis Zimmer, als ich reinwollte. Mit dem hatte ich nicht gerechnet.

»Was machst du denn hier?«

Er machte einen kleinen Energy-Hüpfer. »Spinnst du? Kann ich nicht Dixi besuchen?«

»Doch, klar. Ist Paul da drin?«

»Wer?«

»Na der, der sie gerettet hat.«

»Wieso soll der denn da sein?«

Ich zuckte mit den Schultern.

»Die steht auf Mirkan. Wenn du das meinst. Und mich guckt sie nich mal an.« Er sah ganz traurig aus. »Ich bin so froh, dass sie lebt. Noch eine Beerdigung hätt ich nicht geschafft.«

Stand Energy etwa auf Dixi?

Ich klopfte ihm auf die Schulter und ging mit einer Krankenschwester zusammen rein. Sie sagte, dass Dixi heute Morgen eine Weile wach war und jetzt wieder schlafen würde und Ruhe braucht.

Ihre Eltern waren Gott sei Dank nicht da und noch viel Gott sei dankener Paul auch nicht. Die Tante vom anderen Bett rollte mit ihrem Gehwägelchen aus dem Zimmer, als ich reinkam.

Dixi war immer noch total blass, ihre Lippen aufgesprungen und ganz farblos. Aber jemand hatte sie abgeschminkt, und sie sah nicht mehr aus wie ein Vampir. Sie atmete ruhig und tief.

Ich setzte mich auf den Stuhl neben dem Bett. Auch wenn sie mich nicht hören konnte, erzählte ich, dass alle sie vermissten. Ich erzählte ihr von eMMaM. Das mit der offenen Bühne würde ihr gefallen. »Die ist so richtig cool.«

Ich nahm Dixis Hand. »Lass uns einfach alles vergessen, was war«, sagte ich leise. »War ja auch meine Schuld … Ich verzeih dir, dass du dich an Paul rangemacht hast. Und es tut mir leid, dass ich dich hängen gelassen hab. Das passiert nie wieder.«

Auf einmal riss sie die Augen auf und sah mich an, als ob sie von den Toten auferstanden wär.

Vor Schreck ließ ich ihre Hand los und sprang auf.

»Hast du mir … was …«, fing sie langsam an, »… zu saufen mitgebracht?« Und dann kicherte sie leise. »Spaß …«

»Du blöde Kuh!« Ich war so erleichtert, dass ich sie erst mal küsste.

Ich setzte mich auf die Bettkante und streichelte über ihr Haar. »Wie geht's dir?«

»Als ob ich … zehn Tage … durchgesoffen hätte?« Ihre Stimme war ganz dünn und brüchig und sie redete so schläfrig.

Ich schenkte ihr Wasser ein und half ihr beim Trinken. Sie

konnte das Glas nicht allein festhalten. Ich hielt ihren Kopf und sie nahm einen Schluck.

Als sie wieder bequem in den Kissen lag, gingen ihre Augen langsam zu.

»Hast du etwa alles gehört, was ich gesagt hab?«

Sie grinste wie ein Teufelchen und nickte langsam. »Keine Sorge ... Ich will nichts von Paul.«

»Er hat dich wahrscheinlich gerettet.«

»Hat vorhin angerufen ...« Sie schaute mich an, ihre Augenlider flatterten. »... war ... wach. Hab ... Danke gesagt.«

Ich dachte schon, dass sie eingeschlafen wär. Aber dann machte sie die Augen noch mal auf. »Mir tut's auch ... leid. Alles ... wie früher?«

Ich nahm ihre Hand und küsste sie. »Alles wie früher.«

Und obwohl das mit Dixi gar nicht richtig was zu tun hatte, wusste ich in dem Moment, dass ich morgen zur Probe gehen wollte.

23

Der Schwan plumpste aus der Luft einfach mitten auf die Straße vorm Römerkastell. So wie der dicke Alex im Sport. Die anderen Jungs hoben Alex hoch, und dann hing er da, wie ein Sandsack an den Ringen, und irgendwann ließ er sich einfach fallen und lachte. Der Schwan lachte nicht. Er zischte mich an, und ich blieb besser mal stehen. Einen Flügel hatte er so halb ausgestreckt. Ich guckte in den blauen Himmel, als ob da gleich noch hundert Schwäne runterfallen könnten. Aber nichts.

Nur eine einzelne weiße Wolke sehr weit oben.

Und als ich wieder auf die Straße guckte, war da plötzlich Paul. Klar, der war ja auch auf dem Weg zur Probe. Er stieg vom Roller.

»Wo kommt der denn her?«

Ich zeigte nach oben.

»Wir müssen was machen«, sagte er.

»Klar müssen wir was machen.«

Da raste ein Auto die Straße runter auf mich und den Schwan zu. Ich wedelte wie bekloppt mit den Armen. Es fuhr hupend um mich rum. »Ey, du Arsch, hier ist dreißig!«, schrie ich hinter ihm her.

Der Schwan streckte seinen Hals und fauchte wie blöd.

Auf seiner Seite blockierte Pauls Roller den Weg. Auf meiner

Seite winkte ich die Autos um den Schwan rum. Alle glotzen, aber niemand hielt an. Der Schwan war wirklich groß und weiß wie frisch gefallener Schnee.

»Wir müssen ihn ganz vorsichtig von der Straße treiben«, sagte Paul.

Also gingen wir langsam auf ihn zu. Er zischte nur wieder wild und hackte in unsere Richtung. Aber er stand nicht auf. Dabei hatte der doch bestimmt nichts mit den Beinen. So ging's jedenfalls nicht.

»Der beißt, wenn wir den anfassen.«

Paul nickte.

Mir fiel wieder ein, wie letzten Sommer die Katze von der alten Kolaric auf dem Baum festgesessen hatte ...

»Feuerwehr!« Paul und ich sagten das gleichzeitig. Wir lächelten uns aus Versehen kurz an.

Paul holte sein Handy raus und rief an.

War genau die richtige Adresse. Die machten sich gleich auf den Weg. Aber den Schwan konnten wir ja trotzdem nicht alleinlassen. Wir hockten uns auf die Straße, jeder auf einer Seite vom Schwan.

Warum weiß ich natürlich nicht, doch es kam kein Auto mehr, als hätte es sich rumgesprochen, dass die Straße erst mal tabu war wegen Schwan.

»Du kommst übrigens zu spät zur Probe«, sagte ich.

»Du aber auch«, sagte Paul zurück.

»Ich schaff das hier auch allein.«

Paul blieb sitzen. Ich glotzte den Schwan an, bloß damit ich Paul nicht angucken musste, als hätt ich noch nie einen gesehen. Hatte ich auch nicht, nicht so nah. Er beruhigte sich ein bisschen und putzte seinen Hängeflügel.

Mein Herz pochte ganz schön.

Wann kam denn endlich die blöde Feuerwehr?

»Ich wollte deine Großeltern nicht beleidigen«, sagte Paul. »Und auch sonst niemanden. Es tut mir leid. So war das nicht gemeint. Ich weiß, dass viele Menschen sich nicht aussuchen können, wie sie leben und was sie sich leisten können. Aber wenn ich die Wahl habe, kann ich doch versuchen, anständig zu handeln, oder?«

»... und dazu gehört anscheinend auch, mich anständig an die Polizei zu verraten«, zischte ich.

Der Schwan hörte auf sich zu putzen und zischte zurück.

»Hab ich doch gar nicht. Ich weiß nicht mal, was du meinst.« Paul flüsterte fast, und ich flüsterte zurück: »Klar weißt du, was ich mein, du hast die Polizei doch zu mir geschickt. Die waren erst bei dir wegen der Kaufhaussache und dann ...«

Ich war wieder lauter geworden, und der Schwan guckte zwischen uns hin und her, versuchte aufzustehen und riss den Schnabel weit auf.

»Niemand war bei mir«, sagte Paul ganz leise.

Der Schwan setzte sich wieder.

»Du bist aber der Einzige, der von der Sache wusste. Und wer hat meine Adresse? Du!«

»Ich war's nicht. Das würde ich niemals machen.«

»Und warum hast du dann die Kapuzenjacke nie an?«

»Weil ...« Paul sah mich lange an. Und obwohl zwischen uns drei Meter Platz und ein Schwan war, konnte ich in seine blauen Augen sehen mit dunklen Rändern wie Ufer. »Weil ich noch nie was Gestohlenes getragen habe?«

Das machte doch jeder. Auf so was war ich echt nicht gekommen. Ich nickte.

Ich fühlte mich wie eine Figur aus Ton oder so. Und langsam bekam der Ton Risse. Ich wollte das nicht, aber ich konnte nichts dagegen machen. Pauls Worte krochen durch die Risse in mich rein ...

»Ich würde dich nie verraten.«

... wie Sonnenstrahlen.

In dem Moment kam die Feuerwehr.

Wir standen langsam auf. Der Schwan war gleich wieder ganz aufgeregt, streckte seinen langen Hals, hob den Kopf und zischte.

Es ging alles ganz schnell. Die zwei Feuerwehrtypen holten ein Netz und warfen es über den Schwan. Dann packten sie ihn mit ihren dicken Lederhandschuhen.

Wir liefen neben ihnen her bis zum Wagen. Der eine erklärte uns, dass es ein junger Schwan wär. Und denen passiert das manchmal, die fallen einfach runter, weil sie das Fliegen noch nicht so richtig hinkriegen.

Sie wollten ihn in den Park bringen.

Ich setzte mich hinten bei Paul auf den Roller (ohne Helm!) Wir fuhren langsam über den Parkplatz vom Römerkastell. Die Fahrräder von Selim und Daniel lehnten neben dem Eingang.

Bevor wir reingingen, sagte Paul: »Ich wollte Dixi nur helfen. Sonst nichts.«

»Okay«, sagte ich.

»Wirklich okay?«, fragte er. »Also okay wie okay? Oder okay wie vielleicht okay?«

Ich nickte und sagte: »Okay-okay.«

Und Paul strahlte mich an.

Und ich strahlte ein bisschen zurück.

Es war das erste Mal, dass ich nicht allein zu spät kam.

Es war das erste Mal, dass ich nicht allein durch den Gang reinging.

An der Tafel blieb ich kurz stehen. Luther hatte was Neues geschrieben:

Misstrauen ist ein Zeichen von Schwäche

Schwachsinn. Ich lief Paul hinterher.

Armin war stinksauer. Wir erzählten natürlich, warum wir zu spät waren. Aber die glaubten uns die Geschichte mit dem Schwan nicht.

»Das ist doch voll Impro«, sagte Selim.

»Alter, das ist voll wahr«, rief ich.

»Echt!«, sagte Paul.

»Wieso sollten die sich denn so was ausdenken?«, fragte Daniel.

»Können wir jetzt vielleicht anfangen?«, fragte Pit. »Wer Marienkäfer rettet, rettet auch Schwäne.« Ausgerechnet der half uns.

Kathi sagte: »Stimmt.«

Und da guckte Pit sie so an, dass ich wusste, der will noch was von der. »... und schient seinem Meerschweinchen die Vorderpfote, oder Kathi?«, sagte er noch hinterher. Er lächelte sie an. Ich wusste gar nicht, dass der das konnte. Aber Kathi lächelte nicht zurück. Sie schüttelte nur den Kopf. So nach dem Motto: *Lass mal stecken.*

»Wenn ihr sagt, ihr habt einen Schwan gerettet, dann wird das so sein. Also ...« Und dann erzählte Armin uns, dass der Sponsor pleitegegangen war und wir darum jetzt kein Geld mehr für Bühne und Technik hatten. Er hatte ja immer ein Mordstheater darum gemacht, wie er das mit dem Bühnenbild haben wollte. Jedenfalls war das wohl der eigentliche Grund, warum er so sauer war. »Egal. Ich lass mir was einfallen. Aber, und das ist die gute Nachricht, wir haben ein tolles neues Textbuch. Danke, Sarah und Kathi. Das wird richtig klasse.«

Alle klatschten, bis auf Pit, und Selim stieß Pfiffe aus.

Wir fingen wieder mit so einem Spiel an.

Einer fragte was und der Nächste musste eine Frage stellen, die ihm dazu einfiel. Ich zog ein Gesicht und Pit auch. Was diese blöden Spiele anging, waren wir uns einig. Aber Armin war das natürlich egal. Er klatschte. »Paul, fang du doch an.«

Wir stellten uns in einer Reihe auf.

Paul: **Was ist der Sinn des Lebens?**

Daniel: **Wo gibt es die beste Currywurst?**

Selim: **Kann man zehn Minuten lang knutschen, ohne Luft zu holen?**

Pit: **Darf man stehlen?**

Da stellte es mir mal kurz die Luft ab. Wusste der was? Wie kam der denn von Knutschen auf Stehlen?

Ich: **Ist die Welt gerecht?**

Kathi: **Auf welche Frage ist Liebe die Antwort?**

Da waren wir erst mal alle still.

Und dann ging's los.

»Und wer gibt jetzt die Antworten?«, fragte Selim.

»Ich geb dir eine.« Daniel lachte. Er beugte sich zu Selim und küsste ihn.

»Ja, sind wir hier eigentlich im Kindergarten?«, fragte Pit.

»Fürs Knutschen sind jedenfalls die zuständig«, sagte ich.

»Manchmal sind eben die Fragen die Antworten«, sagte Paul.

»Aber die beste Currywurst gibt's bei Hardy, das ist *keine* Frage«, sagte ich. »Jeden Tag von zehn bis zehn. Auch aus Tofu oder Huhn.«

»Selim, da gehen wir nachher hin, oder? Ich hab 'nen Monsterhunger«, sagte Daniel.

Armin klatschte schon wieder. »Eine Runde noch. Kathi, du vielleicht?«

Wir stellten uns wieder in eine Reihe.

Kathi: **Wer bestimmt die Spielregeln des Lebens?**

Ich: **Warum sind wir hier?**

Pit: **Warum gibt es Religion?**

Daniel: **Wer mag Oblaten?**

Selim: **Warum sind nicht alle immer glücklich?**

Paul: **Gibt es Gott?**

Eine Weile war Ruhe.

»Bildet zwei Gruppen«, sagte Armin.

Bevor wir anfingen, wollte er nämlich erst noch so ein Körperspiel machen. Vielen Dank auch, das hatten wir schon mal in Sport. Man braucht drei Leute. Einer steht in der Mitte und lässt sich einfach fallen, abwechselnd in die Arme von den beiden andern. Nach vorne geht's ja noch, da sieht man wenigstens, ob der andere fängt, aber nach hinten?

Die Jungs in der Schule hatten sich natürlich einen Spaß draus gemacht und manchmal nicht gefangen. Tabea war ganz übel auf den Boden geknallt.

Selim, Daniel und Pit waren zusammen. Ich stand zwischen Kathi und Paul.

Misstrauen ist Schwäche, dachte ich. *Misstrauen ist Schwäche, aber man knallt wenigstens nicht auf den harten Boden.*

Ich machte mich steif und ließ mich nach vorn fallen. Kathi

fing mich auf und schob mich wieder hoch. Ging doch. Jetzt nach hinten.

Aber das konnte ich einfach nicht.

»Okay«, sagte Paul. »Ich bin da.«

»Wie okay?«, fragte ich.

»Okay-okay!«, sagte Paul.

Ich schloss die Augen. Ich ließ mich fallen ...

... und landete in Pauls Armen. Ich spürte, wie er ein bisschen in die Knie ging, aber er hielt mich fest und fest und fest. Ich öffnete die Augen und schaute in seine.

Bis Kathi fragte: »Kann ich euch beiden irgendwie helfen?«

Da hob er mich wieder hoch und Kathi kam in die Mitte. Wir fingen sie auf. Die andere Gruppe war schon fertig. Und Pit maulte rum, weil wir so langsam waren. Armin sah auf die Uhr. Paul meinte, er muss auch nicht unbedingt drankommen.

Wir holten die Textbücher. Wobei ich meins gar nicht richtig brauchte, nur zum Festhalten. Ich hatte gestern Abend noch mal das Zeug gelesen, was heute dran war. Meinen Teil konnte ich fast auswendig. Aus Versehen sozusagen.

Jennet, also ich, kam gleich als Erstes, und zuerst war meine Stimme ganz piepsig. »Mein Alter hat immer gesagt, dass das Universum durch Gesetze gelenkt wird. Und das mein ich auch. Aber hier«, und dabei guckte ich alle an, »glauben echt noch welche an Hexen und Gespenster. Und es wird gelogen wie blöd und in irgendwelche Liebesgeschichten sind doch auch alle verwickelt. Und ihr wollt die Wahrheit rausfinden? Wie das denn? Ich bin also die Hexe? Und der da«, ich zeigte auf Paul, »der die Welt zum Kotzen findet und die Menschen, ist ein Mörder? Hallo? Ich bin doch keine Hexe. Ihr sagt aber, ich bin eine. Er sagt, er ist ein Mörder.« (Thomas/Paul hatte einfach behauptet, er hätte jemanden umgebracht, weil er gehängt werden wollte, weil er keinen Bock mehr auf die schlechte Welt hatte.) »Ihr sagt aber, er ist kein Mörder. Und er«, ich zeigte auf Paul, »sagt jetzt auch noch, dass die Welt bald untergeht. Mal ernsthaft, ich will doch einfach in Ruhe leben und Spaß haben. Ist doch nicht zu viel verlangt, oder?«

Kathi machte das Daumen-hoch-Zeichen.

Mir war so heiß, dass ich bestimmt ganz rot war.

»Super!«, flüsterte Selim mir zu.

»Du kannst das ja alles auswendig«, sagte Daniel.

»Hatte 'ne Woche Hausarrest«, flüsterte ich zurück.

»Pst«, machte Armin.

Tyson (den spielte Pit): »Der Fall ist völlig klar. Ihr kommt beide in Haft.«

Jennet/ich: »Ey, könnt ihr mir mal bitte zuhören? Quatsch ich mit 'ner Parkuhr? Wir sind beide unschuldig.«

Thomas/Paul: »Lasst die Welt gehen, verehrte Dame. Sie ist keinen Pfifferling wert!«

24

»Holt dein Bruder dich heute wieder ab?«, fragte Paul, als wir nach der Probe vor der Tür standen.

»Bloß nicht!«, sagte ich.

Daniel und Selim waren schon in Richtung Currywurstbude verschwunden. Ich wollte nicht mit. Die sollten nur Hardy von mir grüßen.

Armin kam raus und nahm mich kurz in den Arm. »Das wird richtig klasse. Du kannst was. Macht Spaß mit dir.«

Seine Freundin wartete schon auf ihn. Er schlenderte über den Parkplatz zu ihr und pfiff dabei ein Lied. Sollten die beiden glücklich werden. So schrecklich sah die Tante eigentlich gar nicht aus.

Pit und Kathi standen wie beim letzten Mal ein Stück weg und zischten sich an. Wie Paul und ich vorhin mit dem Schwan. Kathi drehte sich plötzlich um, ließ Pit einfach stehen und kam zu uns gelaufen.

Sie hockte sich auf die Stufe vor der Tür. »So ein Idiot!«

Paul und ich setzten uns links und rechts von ihr.

»Sag ich doch«, sagte ich.

Wir sahen Pit zu, wie er mit den Händen in den Taschen langsam wegging.

»Wisst ihr, was das einzig Wichtige auf der Welt ist?«, fragte Kathi und sagte, ohne unsere Antwort abzuwarten: »Liebe. Es ist egal, wer die Spielregeln des Lebens macht. Es ist egal, ob das Universum nach bestimmten Regeln funktioniert.« Dabei guckte sie mich an, als ob ich immer noch Jennet wär und sie weiter Theater spielte. »Das heißt, es ist vielleicht nicht egal. Aber die Frage ist nicht, wie es funktioniert und wer es gemacht hat, sondern warum.«

»Wegen der Liebe?«, sagte Paul.

»Wegen der Liebe«, sagte Kathi.

Wir waren still. Und ich weiß nicht, ob Katharina weinte, aber sie wischte sich die Augen. Und das bloß wegen diesem Schwachmaten?

»Wenn dich die Liebe wirklich erwischt, dann bleib ihr treu und folg ihr und lass sie nicht mehr los. So! Das ist der ganze Sinn. Auch wenn es manchmal anstrengend ist.« Sie stand auf. »Macht's gut, ihr beiden.«

Ihr Handy klingelte. Sie sah drauf und ging schnell weg.

»Ich bring dich nach Hause?«, fragte Paul.

»Ja«, sagte ich.

Wir redeten auf dem Weg die ganze Zeit. Als ob wir uns diesmal nicht trauten, still zu sein. Paul erzählte mir alles Mögliche über Nachhaltigkeit, und warum es gut ist, nur Gebrauchtes zu kaufen oder am besten gar nichts. »Sonst wird die Welt wirklich bald untergehen. Es sollten doch alle Menschen gleich viel haben? Jeder muss verzichten und was abgeben?«

»Siehste. Darum klau ich. Glaubst du der Typ im Kaufhaus hätte das Teil freiwillig hergegeben?«

Paul dachte nach. »Na ja ...«

»Übrigens ...« Wir waren bei mir zu Hause angekommen. »Gibst du mir deinen Roller? Könnt ich gut gebrauchen.«

Paul machte den Mund auf und dann fiel ihm erst nichts ein. »Echt jetzt?«

»Spaß! Du nimmst immer alles so ernst.«

Wir standen rum. Paul kippelte mit den Füßen auf dem Bordstein.

Sein Mund war schön.

Paul kippelte zu mir und holte Luft und küsste mich nicht. »Ich fahr dann mal los.«

Ich nickte.

»Hast du morgen Lust auf eine Marienkäfer-Beerdigung?«

»Klar. Ich war noch nie auf einer.«

»Ich hol dich ab?« Er fragte das paulschüchtern.

Ich nickte. »Bin aber nachmittags bei Kathi.«

Er setzte seinen Helm auf. Das Visier war hochgeklappt. »Dann komme ich dahin.«

Ich nahm den Helm in beide Hände, legte den Kopf schief und küsste Paul. Er nahm meine Hände und küsste mich ganz vorsichtig zurück. Als ob er was kaputt machen könnte.

Ich hörte die Haustür hinter uns aufgehen.

»Sarah?« Das war die Kolaric, die alte Tratschtante. Super, dann wussten meine Großeltern spätestens morgen Bescheid.

Paul setzte sich auf den Roller. Er fuhr die Straße runter, streckte einen Arm in die Luft und rief:

JA!

Und ich lachte.

25

Mein Handy piepste.

KOMMST DU MICH MORGEN BESUCHEN? HAB LANGE-WEILE!

Ich zog die Decke über den Kopf. Dixi. Wenn Paul mich nicht verraten hatte, war's Dixi.

Die Polizei war bei ihr gewesen. Ich hatte denen ja die Adresse gesagt, und Dixi konnte sich wahrscheinlich denken, was Sache war. Die war ja nicht gerade blöd. Und so sauer, wie die war, hatte sie die Bullen schnurstracks zu mir geschickt.

Das hätt ich nie gemacht.

Kein Wort hatte sie im Krankenhaus dazu gesagt.

26

Ich ging nicht zu Dixi ins Krankenhaus. Ich meldete mich nicht mal.

Kathi und ich übten Englisch und aßen Schokokuchen. Hatte Sanne gebacken. Nach zwei fetten Stücken lag ich einfach auf dem Sofa rum.

Ich mochte Sanne, weil sie immer drauflosredete und alles Mögliche ausplauderte. Wie Kathi sich neulich mal auf 'nem Klo in der Uni eingeschlossen hatte und nicht mehr rausgekommen war, und wie peinlich es wurde, weil gleichzeitig die Klospülung nicht aufhörte zu laufen.

Katharina bewarf sie mit Kissen und rief: »Hör auf! Du weißt einfach nie, wann man den Mund halten muss! Man darf dir nichts erzählen.«

Sanne hob die Hände, wehrte die Kissen ab und rief: »Und dann musste extra der Schlosser kommen und das war ausgerechnet ...«

Da klingelte es und ich sprang auf.

Paul drückte mir einen Helm in die Hand. Er trug die St.-Pauli-Kapuzenjacke über 'nem karierten Hemd.

Wir liefen die Treppe runter. Ich stieg hinter ihm auf den Roller und steckte meine Hände in seine Jackentaschen.

Paul und seine Eltern wohnen auch in Cannstatt, wie Kathi, nur ganz am anderen Ende, da wo's grün wird. In einem winzig kleinen Haus.

Paul schloss die Haustür auf und sofort passierten zehn Sachen gleichzeitig.

Ein kleiner brauner Hund kam bellend auf uns zugesprungen und drehte sich im Kreis, als ob wir die tollsten Menschen aller Zeiten wären. Wobei er bestimmt nur Paul meinte. Aber der freute sich so, da konnte ich gar nicht anders als mich mitfreuen.

»Paul? Bis du das? Kann ich mal deinen iPod haben?«, rief jemand aus einem Zimmer in den Flur. Und dann tauchte ein Mann in der Tür auf. »Ich will joggen gehen! Oh, hallo, guten Tag.« Er lachte und streckte mir die Hand entgegen. »Ich bin Karl, Pauls Erzieher und Ernährer.«

»Papa«, sagte Paul genervt.

Der kleine braune Hund bellte immer noch.

»Van Goch, hör endlich auf«, sagte Pauls Papa.

Van Goch stellte sich auf die Hinterbeine und rieb sich mit beiden Pfoten die Augen.

»Das ist Nugat«, sagte Paul. »Mein Vater gibt ihm immer andere Namen, was ziemlich nervt. Er weiß überhaupt nicht, wie er richtig heißt.«

»Er hört auf jeden Namen«, sagte sein Vater und tippte sich an die Stirn. »Der Hund ist klug. Und Nugat ist doch wirklich kein Name für ein Tier.«

Nugat machte immer noch Männchen.

»Er möchte gestreichelt werden«, sagte Paul. »Und der Name passt, sein Fell sieht aus wie Nugat.«

»Du kannst es so oft sagen, wie du willst, es wird nicht besser.

Stell dir vor, wir hätten dich Schnitzel genannt, bloß weil du aus Fleisch bist.«

»Nicht witzig!«, sagte Paul.

»Bisschen schon«, sagte sein Vater und klimperte mit den Augenlidern.

Ich musste lachen. Und Paul grinste auch.

Wir hockten uns hin und Nugat warf sich sofort auf den Boden und ließ sich den Bauch von uns kraulen. Immer wenn unsere Finger sich berührten, kribbelte es.

Wie das rote Brausepulver, das Dixi und ich uns früher immer in die Hand gefüllt und draufgespuckt haben.

»Was ist jetzt mit dem iPod?«, fragte Pauls Vater.

»Du hast 'nen iPod?«, fragte ich.

»Nicht so direkt. Also ja, schon, meine Großeltern haben ihn mir vor ein paar Tagen geschenkt. Ich wollte ihn nicht.«

»Er ist natürlich gebraucht«, sagte eine Frau, die plötzlich auch im Flur stand.

Ich stand auf.

»Paul hat Besuch!«, verkündetet Pauls Vater.

Paul wurde total rot. »Sooo ein Ereignis ist das nun auch nicht. Das ist übrigens Sarah.«

»Ich bin Marie«, sagte die Frau und gab mir die Hand.

»Also, meine Mutter«, sagte Paul.

»Das ist aber schön, dass du da bist, Sarah. Willst du mitessen?«

»Klar, ich hab total Hunger.« Das war mir einfach so rausgerutscht, obwohl ich doch pappsatt war.

Zu ihrem Mann sagte Marie: »Joggen lohnt sich nicht mehr.«

Nugat machte schon wieder Männchen.

»Er hat Essen gehört«, erklärte Paul. »Er möchte am liebsten den ganzen Tag futtern.«

»Kannst du mir kurz noch mal zeigen, wie das Ding funktioniert?«, fragte Pauls Vater.

»Nee ...«, maulte Paul.

»Bitte.«

Paul und sein Vater stiegen die Treppe rauf. Seine Mutter ging wieder in die Küche.

Das waren wirklich die krassesten Eltern, die ich je getroffen hatte. Ein bisschen seltsam fand ich sie schon. Als ob er die in 'nem Katalog für tolle Eltern bestellt hätte.

Pauls Papa hatte kaum noch Haare, aber die paar vereinsamten Büschel standen in alle Richtungen, weil er sich dauernd mit den Fingern durchfuhr. Pauls Mutter sah aus, als hätte sie gerade auf dem Bau gearbeitet. Sie hatte so 'nen blauen Arbeitsanzug an, der total dreckig war, und ein buntes Tuch um die Haare geschlungen.

Ich blieb noch einen Moment im Flur stehen. Überall an den Wänden standen Sprüche, bis ganz hoch zur Decke. Als ob jeder einfach immer draufgeschrieben hatte, was ihm besonders gefiel.

Wenn ein Seemann nicht weiß, welches Ufer er ansteuern muss, dann ist kein Wind der richtige.

Keine Ahnung, was das genau heißen sollte. Wahrscheinlich irgendwas mit Zielen im Leben.

Wer den Himmel auf Erden sucht, hat im Erdkundeunterricht geschlafen.

Das hatte bestimmt Paul geschrieben. Und das darunter auch:

Wer die Welt bewegen will, sollte erst sich selbst bewegen.

Was du liebst, lass frei. Kommt es zurück, gehört es dir – für immer.

Aber wenn's nicht klappt, ist es halt scheiße. Ich hatte schon eine ganze Liste von Leuten, die nicht wiedergekommen waren.

Ich folgte einem Summen in die Küche. Marie stand vor dem geöffneten Kühlschrank und starrte hinein.

Die Küche war komplett aus Holz, ganz grob und bunt, der Tisch auf dünnen Metallbeinen.

»Wow.«

»Gefällt's dir? Hab ich selbst gebaut. Mit 'ner Kettensäge und Hammer und Meißel«, sagte Marie und drehte sich zu mir um.

»Echt?« Sah jedenfalls so aus. Ziemlich gut.

»Ja, auch die meisten anderen Möbel. Kann Paul dir ja nachher zeigen.«

»Bist du Schreiner?«

»Ja. Der Schuppen da im Garten ist meine Werkstatt.«

Sie drehte sich wieder dem Kühlschrank zu.

»Ich bin wirklich froh, dass Paul mal jemanden mitbringt. Er hat zu wenig Freunde, das ist nicht gut.«

»Mama!« Paul kam in die Küche und setzte sich neben mich an den Tisch.

»Tschüss!«, brüllte Pauls Vater. »Ich nehm Heidegger mit. Bis gleich.« Die Haustür flog mit einem Knall zu.

»Ich hab doch Jeff. Und Kathi war auch schon mal hier.«

»Einmal, um dich abzuholen, als dein Roller kaputt war.«

Marie starrte in den offenen Kühlschrank. »Und Jeff ist seit zwei Jahren zurück in Amerika.«

»Na und, darum ist er trotzdem noch mein bester Freund.«

»Und wann hat er sich das letzte Mal bei dir gemeldet?«

»Wir müssen uns nicht dauernd melden. So funktioniert das nicht. Deine Worte«, sagte Paul und zeigte auf die Küchenwand.

In großen roten Buchstaben stand da:

Vertrauen ist Mut,
und Treue ist Kraft

»Ich hab mal gelesen, Misstrauen ist Schwäche«, sagte ich.

»Das geht ja gar nicht«, sagte Marie. »Das ist mir zu negativ. Was heißt schon Schwäche? Unsere Schwächen haben immer Gründe, und wir können daraus Stärken machen. Wenn wir sie erkennen.«

»Deine größte Schwäche ist jedenfalls, dass du nicht kochen kannst«, sagte Paul. »Was willst du dagegen tun?«

Marie machte die Kühlschranktür zu. »Nudeln mit Ketchup?«

Paul zuckte mit den Schultern.

»Das ist doch kein Essen«, sagte ich.

Marie schlug die Hände zusammen. »Endlich mal jemand, der eine Meinung hat. Was schlägst du vor?«

»Und so schlecht ist der Spruch nun auch nicht«, sagte Paul.

»Welcher Spruch?«, fragte Marie.

»Das ist doch schon mal was«, sagte ich und nahm eine Papaya aus der Obstschale auf dem Tisch und eine von den roten Chilis. »Die legen wir in Zitronensaft und Olivenöl ein. Habt ihr das?«

Marie holte zwei Flaschen aus einem Schrank.

»Na, Misstrauen ist Schwäche«, sagte Paul.

Der war ja noch auf 'nem ganz andern Stern. »Hier«, sagte ich und drückte ihm in die eine Hand die Papaya und in die andere die Chili. »Ganz fein hacken, alles zusammenmengen.«

»Darf ich?«

»Natürlich, du bist der Boss«, sagte Marie.

Ich durchsuchte den Kühlschrank und die Vorratskammer und zum Schluss hatte ich alles zusammen für Nudeln mit karamellisierten Feigen in Frischkäsesahnesoße.

Marie deckte den Tisch. Paul schnippelte, ich kochte.

'ne Stunde später saßen wir zu viert um den Holztisch mitten in der Küche. Pauls Papa in Sportzeug. Nugat machte Männchen und bekam von Marie was vom Tisch. Der fraß sogar Nudeln.

Paul pikste ein Stück Papaya auf. »Genial lecker.«

»Ja«, sagte Marie. »War im Angebot. Aus Südafrika. Und du brauchst gar nicht die Augen zu verdrehen, Paul, ist doch Bio.«

»Ich habe keine Ahnung, von wem er das hat«, meinte Pauls Papa. »Bei uns ist sogar der Hund Secondhand. Und nachhaltig. Den brauchen wir bis zum Ende auf.«

»Nicht witzig«, meinte Paul.

»Bisschen schon«, schniefte Pauls Vater. Ihm liefen Tränen runter.

Das durfte ja nicht wahr sein, da war doch kaum Chili drin. »Herr Winter, ist Ihnen das echt zu scharf?«

»Ja! Nein! Ich liebe Scharfes, auch wenn ich davon immer heulen muss.« Und ich sollte echt nicht *Herr Winter* sagen, sondern Karl, und dass dieses Rezept ja wohl absolut genial wär. »Das druck ich, wenn ich darf.«

»Wie, drucken?«

Er erklärte mir, dass er eine Zeitschrift macht, eigentlich nur ein großes gefaltetes Blatt, das man in alle möglichen Richtungen lesen kann. Er sprang auf und holte mir eins.

»Aber das ist doch nichts mit Kochen«, sagte ich.

»Ich bin der Herausgeber. Den Inhalt bestimme ich allein. In der vorletzten Ausgabe war ein Gedicht von Paul. «

Paul wurde rot.

»Erzähl mir was über das Gericht«, sagte Karl. »Wieso schmeckt das so gut?«

»Na, wegen scharf und süß.« Das war doch wohl klar.

»Wie das Leben«, sagte Karl. »Scharf und süß. Das ist sehr philosophisch. Wirst du mal Köchin?«

Wieso dachten immer alle, dass ich Köchin werden wollte? Das ging mir so was von auf die Nerven. »Nee«, sagte ich, »echt nicht. Ich dachte an Hartz IV und Schwarzarbeit.«

»Das ist ein spannendes Konzept«, sagte Karl. »Das interessiert mich, wie soll das genau gehen?«

»Papa!«, sagte Paul.

»Karl!«, sagte Marie.

»Nein, überlegt doch mal. Es ist dafür natürlich absolut sinnvoll, eine fundierte Ausbildung zu machen. Je besser du ausgebildet bist, desto mehr sind deine Kenntnisse gefragt. Köchin geht da natürlich nicht. Kein Restaurant wird dich schwarz beschäftigen. Malerin, Automechanikerin sind da schon besser, oder Fliesenlegerin. Schwarzarbeitsklassiker sozusagen. Nur, wie kommt man an verlässliche Auftraggeber? Was für Auswirkungen hat diese Art von Arbeit auf die Gesellschaft und das eigene Wohlbefinden?«

»Hör nicht auf ihn«, sagte Marie. »Aber ich versteh dich. Wahrscheinlich fragt dich jeder, ob du Köchin werden willst, so gut wie das schmeckt. Mein Vater war Schreiner. Für ihn war klar, dass ich das auch werde und die Werkstatt übernehme. Hab ich natürlich nicht gemacht. Ich lass mir doch nichts sagen.«

»Aber du bist doch Schreiner«, sagte ich.

»Ja, jetzt. Ich war erst Lehrerin. Ich hab vor ein paar Jahren aufgehört. Aber nicht wegen der Schüler, sondern wegen der Kollegen.«

Karl drehte Nudeln auf seine Gabel. »Lasst uns doch noch mal auf diese Schwarzarbeitssache zurückkommen.«

»Sag mal«, meinte Paul plötzlich, »seid ihr heute nicht bei den Neumanns eingeladen? War da nicht was?«

»Nein, das ist nächste Woche«, sagte Karl.

»So ein Mist. Ich bin mir da nicht so sicher.« Marie lief aus der Küche.

»Paul hat recht«, rief sie aus dem Flur. »Im Kalender steht heute.«

»Aber sag jetzt bitte nicht, dass wir da zum Essen eingeladen sind?«

Marie stand in der Tür und nickte. »Doch.«

Paul grinste.

»Wir müssen absagen. Ich krieg keinen Bissen mehr runter.«

»Das können wir nicht machen. Die kochen doch jetzt schon, wir müssen in einer halben Stunde da sein. Und du kennst doch Günther. Der ist die nächsten zehn Jahre beleidigt, wenn wir nicht kommen.«

»Das geht schon«, sagte ich. »Immer nur kleine Portionen nehmen, langsam essen und sagen, wie toll es schmeckt.«

Karl stand auf. Er klopfte mir auf die Schulter. »Schreib dein Rezept an die Wand. Sensationell.«

Pauls Eltern liefen durchs Haus und machten 'ne Menge Lärm. Und Paul war irgendwo verschwunden.

Auf der Kommode im Flur lagen Stifte und ein Haufen Zeitschriften. Ich blätterte in der obersten und blieb hängen an einem

Artikel über Sarah Wiener, 'ne Köchin. Hatte noch nie von der gehört. Es gefiel mir, dass sie so hieß wie ich, und es gefiel mir, was sie zum Kochen sagte und dass sie ein paar coole Restaurants hatte.

Marie holte ihren Mantel aus einem Schrank unter der Treppe im Flur und stellte sich vor den Spiegel. »Kannst du mitnehmen, wenn du magst.«

Karl setzte sich auf die Treppe und zog seine Schuhe an. »Rezept nicht vergessen!«

Ich nahm einen Stift und fing an, es an die Wand zu schreiben, direkt über:

Mama, machst du heute Klöße?
Ich will doch dann zum Pingpong.

Marie zeigte auf den Kloßspruch: »Den hat Paul hingeschrieben, als er sechs war. Ich glaube, es war sein Erster.«

»Jugendsünde«, sagte Paul und kam aus der Küche.

Er nahm meine Hand und wir guckten uns die Wand an. Woolf, Heine, Platon – keine Ahnung, wer die waren. Aber das erste Mal hatte ich Lust, es zu wissen.

»Komm, wir gehen nach oben«, sagte Paul.

»Macht keinen Quatsch. Wir sind gleich wieder da«, sagte Karl im Rausgehen. »Und passt auf Einstein auf.«

Paul wurde bestimmt schon das dritte Mal heute rot.

27

Pauls Zimmer war ziemlich klein. Es gab nur einen Schreibtisch und ein Regal voller Bücher und das Bett mit großen Kissen. Kein Sofa oder so. Hätte auch gar nicht reingepasst. Nur ein Fell für Nugat in einer Ecke neben der Playstation. Also setzten wir uns nebeneinander aufs Bett und lehnten uns an die Kissen.

Ich spielte mit einem seltsamen kleinen Holzteil, das auf dem Schreibtisch gelegen hatte.

»Damit kann man ein Radiergummi bis zum Ende aufbrauchen.« Paul nahm es mir aus der Hand. »Ist meine Erfindung.« Er zeigte auf die kleine Öffnung. »Hier wird es festgeklemmt.«

Neben dem Regal hingen ein paar Fotos. Paul war darauf zu sehen mit einem anderen Jungen. Auf der Kirmes. An einem See. So Sachen halt. Der Junge war bestimmt dieser Jeff.

»Meine Eltern sind zurzeit in einer schwierigen Phase.« Paul warf das Radiergummiteil zurück auf den Schreibtisch. »Besonders mein Vater. Der nervt mit seinem Immer-alles-ernst-Nehmen. Wenn du gesagt hättest, du willst Wetterfrosch werden, dann hätte er ernsthaft mit dir diskutiert, wie du am besten ein Frosch werden könntest und was das eventuell für Auswirkungen auf die Gesellschaft hätte.«

Ich lachte. »Ist doch superlustig.«

»Du musst ja auch nicht mit denen leben. Wie ist das mit deinen Großeltern?«

»Die nerven auch ziemlich.«

Nugat hatte sich auf dem Fell zusammengerollt und lag ganz still mit geschlossenen Augen da. Seine Ohren zuckten. Wahrscheinlich schlief er, aber irgendwie hatte ich das Gefühl, dass er uns ganz genau zuhörte.

Es war das erste Mal, dass Paul und ich allein in einem Raum waren. Und da war wieder die Stille zwischen uns, aber diesmal war noch was anderes drin. Wie das Knistern vor einem Gewitter.

Paul schob die Ärmel von seinem Hemd hoch.

Er war eigentlich gar nicht mein Typ. Er war einfach zu schmal. Aber ich fand ihn trotzdem elend sexy. Wegen den Sachen, die er sagte, und wegen seinen blauen Augen und wie er mich anschaute.

»Erzähl mir alles von dir. Von der Geburt bis jetzt. Was ist deine Lieblingsfarbe? Dein Lieblingssong. Und dein Lieblingstier und ...«

Und da hab ich ihn geküsst.

Hey. Und. Das. War. Anders.

Anders als alle Küsse vorher mit anderen Jungs. Die anderen Küsse waren lustig und nass oder weich oder irgendwas. Aber dieser hier raste durch meinen ganzen Körper wie das Gefühl, wenn man vom 10-Meter-Brett springt und fällt und fällt bis man mit einem Schlag eintaucht ins prickelnde Wasser.

Ich musste kurz Luft holen und Paul auch.

Er sah mich an.

Und dann küsste er mich.

Ich wollte, dass das Gefühl nie wieder aufhört.

Paul zog mich an sich, wir kippten um und lagen nebeneinander und küssten uns weiter... und weiter... und weiter...

Irgendwann schob Paul mich ein Stück von sich weg. Er hielt meinen Kopf in den Händen. »Ich hab mich gleich in dich verliebt. Gleich als ich dich das erste Mal gesehen hab«, sagte er ganz leise.

»Warum?«

»Weil du schön bist und witzig und mutig. Und total sexy.«

Ich sah ihn an und bekam auf einmal Schiss. Ich wollte hier weg.

Aber dann auch wieder nicht.

Ich hatte das doch schon hundertmal gemacht. Hey, das war ja nun wirklich nicht mein erstes Mal. Ich war Profi.

Ich legte meine Hand auf seine Hüfte, fuhr unter sein Hemd. Über seine Haut. Ich begann, sein Hemd aufzuknöpfen. Einfach machen, nicht nachdenken.

Paul nahm meine beiden Hände in seine und hielt sie ganz fest. »Warte mal, Sarah. Ich muss dir was sagen.«

Er wollte mich also doch nicht. Er war gar nicht wirklich in mich verliebt.

Ich wurde plötzlich ganz steif und kalt.

Paul zog die Decke über uns. »Es ist ... es ist nicht so leicht ... Also, ich hab noch nie ... Weißt du, ich hab noch nie mit einem Mädchen geschlafen. Und wir müssen auch nicht. Aber ich dachte, ich muss es dir sagen ... Ich fühl mich total doof. Das ist doch albern.«

»Überhaupt nicht.«

»Echt?«

»Echt.«

»Wenn wir, also, wenn wir wirklich wollten, ich habe Kondome da. Aaaah ... Das ist total unromantisch. Und peinlich ...«

Ich grinste ihn an.

»Siehst du«, sagte er. »Total peinlich.«

»Nein, gar nicht.« Ich musste noch mehr grinsen. »Aber sind die auch nachhaltig?«

Zuerst guckte Paul komisch, aber dann grinste er auch. »Du bist echt fies!«, sagte er und fing plötzlich an, mich zu kitzeln. »Ob du's glaubst oder nicht, ich hab da wirklich schon drüber nachgedacht.«

Ich lachte. »War mir klar.«

»Der ganze Plastikmüll, der dann im Meer landet ...«

»Können wir das Thema Mülltrennung vielleicht auf später verschieben?«

Paul hörte auf, mich zu kitzeln, und schaute mich an, als ob er direkt in mich reinsehen könnte.

Er nahm wieder meine Hände. »Hast du schon?«

Ich schloss die Augen. *Ja*, wollte ich sagen. *Alter, klar hab ich. Seh ich etwa aus wie 'ne Jungfrau? Wie uncool ist das denn? Alle haben schon ...*

Aber das hier war Paul.

Paul und ich.

Und auf einmal wusste ich mit jeder Zelle meines Körpers, dass ich verliebt war. Das erste Mal wirklich verliebt. Echt verliebt. Und gleichzeitig kam der Sturm, der übers Meer fegt. Eine riesige Welle, gegen die ich nichts machen konnte. Die von meinen Füßen rauf durch meinen Körper schwappte. Sie brodelte in meiner Brust. Sie strömte aus meinen Augen. Sie überflutete das Zimmer und dann die Stadt. Ich konnte nichts dagegen machen. Sosehr ich's auch versuchte. Ich konnte die Welle, die ganz und gar aus Trauer und Schmerz war, nicht stoppen. Paul zog mich in seine Arme und hielt mich fest und fest und fest. Und ich wollte weg und weg und weg und auf gar keinen Fall weg.

Als ich endlich aufhörte zu weinen, lagen wir einfach da, und ich sagte: »Nein, hab ich nicht. Und ich war auch noch nie verliebt. Bis jetzt.«

Und das war die Wahrheit. Keine hundertmal. Nicht ein einziges Mal.

Da war dieser Abend in meinem Kopf. Der Abend, von dem niemand weiß. An den ich nie wieder denken wollte.

Najim war unterwegs, was erledigen, wie meistens eben. Meine Mutter war auch nicht da. Nur ihr Freund. Ich mochte den nicht. Er war dick und soff die ganze Zeit Bier. Wir waren allein und er sagte: »Na, meine Süße, wollen wir was spielen?«

Ich schüttelte den Kopf.

»Doch, du spielst doch gerne.« Er kommt auf mich zu. Er packt mich und wirft mich auf mein Bett. Er kitzelt mich und lacht so komisch. Aber es ist nicht lustig. Ich habe Angst. Ich will sagen: »Hör auf.« Aber es kommt nichts raus.

Er ist so groß und schwer auf mir. Er küsst mich und es schmeckt abscheulich.

Die Wohnungstür geht auf. Er wälzt sich von mir hoch. Meine Mutter steht da und starrt mich an, wie ich da auf dem Bett liege.

Sie sagt: »Du bleibst in deinem Zimmer.«

Sie macht die Tür zu und ich höre Stimmen, die lauter werden, und dann schreien sie sich an. Die Haustür knallt.

Am nächsten Tag ist Samstag. Meine Mutter bringt mich und meinen Bruder zu meinen Großeltern, ganz früh. Seitdem habe ich sie nicht mehr gesehen. Sie wohnt jetzt in Berlin.

Ich bin schuld.

Paul hielt mich fest und sagte: »Alles ist gut. Ich bin da. Alles ist gut.«

Ich schluchzte. »Nichts ist gut.«

Er streichelte über meine Haare, mein Gesicht. Er küsste meine Tränen weg. Er wiegte mich, als wär ich ganz klein.

»Meine Eltern sind echt nervig manchmal«, begann er leise. »Aber manchmal sind sie auch super. Als mein Opa gestorben ist, tat es so unendlich weh, dass er nicht mehr da war. Am Abend nach der Beerdigung war ich in meinem Zimmer und konnte nicht aufhören zu heulen. Meine Mutter kam rein, nahm mich in den Arm und sagte immer wieder, das alles gut werden würde. Aber wie? Sie konnte schließlich meinen Opa nicht wieder lebendig machen. Und dann sagte sie: ›Ich weiß, dass du traurig bist. Aber da ist immer dieser Ort, wo trotzdem alles gut ist.‹ Sie hielt mich einfach weiter fest, und plötzlich konnte ich es fühlen. Ich konnte fühlen, dass es in den Momenten, die wirklich wehtun, nicht darauf ankommt, ob es tatsächlich gut ist. Es reicht, wenn ein Mensch da ist, der dich liebt und dich festhält und dir sagt, dass alles gut wird. Ich kann das nicht besser erklären.«

Paul küsste noch mehr Tränen weg und dann meinen Mund. Als ob er direkt mein Herz küssen würde.

»Ich kann es dir nicht erzählen«, sagte ich.

Ich wünsche mir, ich könnte ändern, was früher war.

»Du musst mir nichts erzählen.« Paul hielt mich einfach weiter fest. Nach einer Weile sagte er: »Mein Opa hat immer gesagt, man muss die Traurigkeit, die in einer Dose mit Hustenpastillen wohnt, in Liebe verwandeln.«

Wir schauten uns an und sagten kein Wort.

Ich konnte Pauls Atem spüren, er strich wie weicher Samt über meine Haut.

Wir zogen uns langsam aus. Hemd und T-Shirt und Hosen. Wir lagen nackt ganz eng nebeneinander.

Wir wollten das.

Es tat ein bisschen weh. Nicht sehr.

Es war ... wie schönes Ertrinken ... zu zweit .... und durch die Decke schweben gleichzeitig.

Und dann mussten wir grinsen. Beide. Wir lagen nebeneinander und lachten einfach. Bis ich sagte: »Die Beerdigung, wir wollten den Marienkäfer beerdigen.«

Wir beschlossen, dass er eine Luftbestattung bekommen sollte. Das war sowieso viel angemessener und wir mussten uns nicht anziehen und runtergehen.

Wir standen am offenen Fenster. Paul im T-Shirt und ich in seinem karierten Hemd.

Er ließ den Marienkäfer aus der Schachtel in seine Handfläche fallen. »Mein Freund, wir haben dich nicht lange gekannt. Aber die paar Minuten, die du bei uns warst, haben uns große Freude geschenkt. Es kommt eben nicht auf die Menge der Zeit an, sondern auf die Art, wie wir zusammen sind. Du bist der beste Beweis dafür. Du hast uns gezeigt, dass man unter nicht artgerechten Bedingungen überleben und aus ihnen das Beste machen kann. Du hast uns gezeigt, dass es wichtig ist, den richtigen Platz im Leben zu finden. Und wir durften dir dabei helfen. Wir werden dich nie vergessen.«

»Guten letzten Flug«, sagte ich.

Dann bliesen wir beide in Pauls Hand und der Marienkäfer segelte in den dunklen Garten.

28

PauL

PaUL pAul

pAuL

PAUL

PauL

An dem Tag bin ich das erste Mal in einen Eimer voll Glück getreten. Das Leben war ziemlich zuckersüß.

Das Glück saß auf der Bettdecke, ich schmeckte es in meinem Tee, es hing sogar in der Schule rum. Es machte mir nicht mal groß was aus, mit Kathi zu lernen.

Mathe machte ich meistens mit Paul. Wir übten für die nächste Arbeit.

»Du schreibst eine Eins«, sagte er. »Gar kein Problem.«

»Quatsch. Aber ich weiß noch was anderes, wo ich Nachhilfe brauche.«

Paul küsste mich. »Glaub ich zwar nicht. Aber zeig mir doch sicherheitshalber, was du meinst.«

Ich machte Musik an und zog ihn aufs Bett.

Meine Großeltern riefen uns zum Abendessen. Klar, fanden die Paul klasse. Sie fragten alberne Dinge, wie was er mal werden will und was seine Eltern so machen. Er sagte paulvernünftige Sachen.

Einmal kam er mit Nugat vorbei und wir gingen an den Neckar. Ich zeigte ihm meinen Lieblingsplatz am Ufer.

Und an einem Sonntagnachmittag zeigte ich ihm meinen geheimen Platz, den ich noch nie jemandem gezeigt hatte. Da konnte man nur hin, wenn's Wochenende war und Sommer oder jedenfalls warm. Und es war warm.

Der Kran steht direkt am Neckar. Er gehört zum Kohlekraftwerk, wo mein Opa gearbeitet hat. Der Arm vom Kran ist auf so ein breites Stahlgerüst gebaut. Ist bestimmt sechs, sieben Meter hoch mit einem Container aus Holz drauf, und auf den kann man raufklettern. Es gibt eine schmale Eisenleiter. Da oben entdeckt einen niemand. Man liegt wie auf der Plattform vom Zehner im Schwimmbad.

Paul hatte zuerst ein Gesicht gemacht, als ob wir was super Verbotenes machen würden, aber dann ist er doch über den Zaun geklettert. Man muss halt schauen, dass grad niemand vorbeikommt. Ist ja kein Ding.

Die Bäume waren schon ganz grün und Libellen flogen, als ob der Sommer dieses Jahr beschlossen hätte, früher anzufangen. Wir lagen auf dem Holzcontainer und blinzelten in die Sonne.

Paul mochte Wolken. Möglichst weiße, dicke, die die ganze Zeit ihre Form verändern. Und ich mochte Paul.

Er sagte, er wollte ein Schloss auf eine Wolke bauen, nur für uns beide.

»Und wie willst du hinkommen?«, fragte ich. »Fliegen geht ja nicht, wegen Umwelt und so.«

»Du bist doof.« Er lachte und drehte sich zu mir um. »Vielleicht mache ich für uns eine Ausnahme. Vielleicht erfinde ich einen Antrieb, der nicht der Umwelt schadet.«

»Klar. Wer einen Radiergummiaufbraucher erfindet, schafft das auch.«

Paul guckte ziemlich geknickt. Ich zog ihn am Ohrläppchen. Es machte Spaß, ihn ein bisschen zu ärgern. »Was willst du noch alles werden? Weltretter, Umweltschützer, Erfinder ...«

»Sinnsucher«, sagte Paul paulernsthaft. »Ich möchte wissen, warum wir hier sind und wie das Universum und der ganze Rest funktioniert. Ich verstehe die Spielregeln nicht. Warum ist die Welt so ungerecht? Warum sind Menschen so fies zueinander? Warum machen sie alles kaputt?«

Er lag lang ausgestreckt auf dem Rücken, die Arme über dem Kopf. Ich hockte mich auf ihn. Die Knie links und rechts neben seiner Hüfte. Ich ließ mich nach vorn fallen, hielt seine Arme fest und küsste ihn. Viele kleine Küsse. »Wegen der Liebe.«

»Sind die Menschen gemein?«

»Der ganze Sinn ist Liebe. Hat Kathi doch gesagt.«

Und ich konnte mir vorstellen, dass sie recht hatte.

Aber ich fragte mich schon, was die alle mit dem Universum hatten. Wir hatten in Deutsch ein Buch gelesen. Gar nicht schlecht für ein Buch. Aber da ging es auch immer wieder darum, was das Universum machte und wollte. »Ist das ein neues Wort für Gott?«, fragte ich. »Das Universum?«

Paul guckte mich verdutzt an. »Kann schon sein. Habe ich noch nicht drüber nachgedacht. Gewissermaßen wohl schon. Aber das Universum kann man vielleicht besser verstehen, weil man es auch physikalisch erklären kann?«

Ehrlich gesagt, waren mir Gott und das Universum grad ziemlich egal. Ich legte mich auf Paul und wir rollten aneinandergedrückt über das Holzdach und küssten uns dabei. Wir blieben wieder nebeneinander liegen, und dann sagte ich, was ich noch nie zu jemandem gesagt hatte. Ganz leise. Noch leiser als Paul an unserm ersten richtigen Abend, weil es zerbrechlich war und nur für ihn bestimmt. Nicht mal die Bienen und Fliegen und Libellen um uns herum sollten es hören, nicht die Äste und nicht die Blätter an den Bäumen.

Lieb dich

Zuerst dachte ich, nicht mal Paul hätte es gehört. Aber dann zeigte er in den Himmel. »Schau mal. Die Wolke lächelt.«

29

Dixi ?

Dixi ?

Dixi ?

DIXI !

Dixi war zwei Wochen oder so im Krankenhaus. Nach dem Abend mit Paul war ich bei ihr, aber ich erzählte nichts davon. Ich sagte auch nichts zu der Polizeigeschichte und sie natürlich auch nicht. Und weil bei uns zu Hause bisher auch niemand mehr was gesagt hatte und immer noch keine Anzeige da war, dachte ich, wir vergessen's einfach. Man kann ja auch mal Glück haben.

Wir spielten Mensch-ärgere-dich-nicht. Ein paar Blumen standen auf ihrem Nachttisch. »Von Mirkan?«, fragte ich.

»Energy!«

»Is ja nett. Und was ist mit Mirkan?«

Dixi würfelte und zog. »Du bist raus.«

»Seh ich.«

»Der wollte kommen, aber dann hat's doch nicht geklappt.«

»Blöd.«

»Der kommt schon noch.«

»Energy ist doch eigentlich auch ein ganz süßer Typ. Wär der nicht was?«

»Spinnst du?«

Wir spielten noch 'ne Runde Kniffel, ohne viel zu reden, und dann ging ich. Auf dem Flur kamen mir Energy und Artur entgegen. Der war auch in unserer Klasse. So ein kleiner Blonder. Was hatte der denn mit Dixi zu tun? Brauchte Energy Verstärkung? Als ich in die Klasse kam, hatte Artur versucht, mit mir zu flirten, und dann in einer Nacht im Playhouse hatten wir geknutscht. Aber das war nichts.

Einen Tag bevor sie entlassen wurde, sagte Dixi: »Ich bin wieder mit Mirkan zusammen.«

Ich nickte. War jetzt keine große Überraschung.

»Er hat gestern angerufen. Wir fangen noch mal ganz von vorn an.«

»Angerufen?«

»Ja, er mag eben keine Krankenhäuser. Aber morgen sehen wir uns. Alter, ist das gut?«

»Klar. Super.«

»Los!« Sie warf ihr Kissen hoch. »Freu dich für mich!«

Aber ich konnte nicht so richtig.

Sie schob die Unterlippe vor. »Mit uns ist es gar nicht wieder wie früher ...«

»Doch, klar ist es das.«

Aber Dixi hatte recht. Es war nicht wie früher. Weg war das schöne Gefühl. Die Welt umarmte uns nicht mehr.

30

Die Sache war, ich wollte ja wirklich zur Mathearbeit gehen. Es war die letzte Stunde, und ich war schon fast auf dem Weg ins Klassenzimmer. Aber dann klingelte mein Handy. Hardy. Total erkältet, ich konnte den fast nicht verstehen. Ohne mich konnte er den Laden dichtmachen. Niemand von den anderen hatte Zeit.

Er krächzte: »Nur zwei Stunden, Sarah, dann kann Peter übernehmen.«

»Klar«, sagte ich, und Hardy: »Ich schulde dir was.«

Hardy hatte mir schließlich auch schon oft geholfen. Und mal im Ernst, ich konnte keine Eins schreiben. Ich konnte noch nicht mal 'ne Vier minus schreiben. Ich konnte gar nichts.

Hardy knutschte mir seine Bakterien auf die Stirn und verschwand. Der war so fertig, der hatte sich ein Taxi bestellt, das ihn nach Hause brachte, dabei wohnte der zu Fuß keine zehn Minuten weg.

Ich schmiss die Würste auf den Grill. Mir stand gleich der Schweiß auf der Stirn. Es war ein total heißer Tag. Fast Schwimmbadwetter.

Und ausgerechnet an dem Nachmittag, wo ich eigentlich in Mathe sitzen sollte, wo ich eigentlich gar nicht arbeiten wollte, steht er plötzlich da und sagt: »Na, Sternchen, machste mir ’ne Curry und ’ne Pommes?«

MÜTZE!

Wie aus dem Boden gewachsen. Als ob er nie weg gewesen wär.

»Hab dich vermisst.«

»Ich dich nicht!« Ich war stinksauer. Einfach so verschwinden. Das ist scheiße.

Und das sagte ich ihm auch. »Das war scheiße. Ich dachte, du kommst nie wieder.«

Er hatte ein neues Tattoo. Eine riesige Libelle, die ihre Flügel vorne über seinen Hals ausbreitete. Er schob die Mütze über seine Glatze. »Sorry, Süße, ging nich anders. Aber jetzt bin ich wieder da.«

Wir konnten nicht weiterreden. Es war ziemlich viel los. Ich ließ Pommes ins Fett rutschen. Hinter Mütze schob sich so ’ne gestylte Lady ran und drängte ihn zur Seite.

»Hey! Mal langsam«, sagte Mütze.

Die Tante drängelte einfach weiter und flötete: »Ladys först.«

Mütze guckte die von oben bis unten an und meinte: »Das gilt aber nich für Zicken.«

Ich lachte los. Typisch Mütze. Ich schob ihm seine Wurst hin.

Als er fertig war, blieb er am Tresen sitzen, trank ein, zwei Bierchen und sah mir beim Arbeiten zu. Wie früher.

Peter kam und wir machten eine Weile zu zweit weiter, bis es ruhiger wurde. Es war immer lustig, dem beim Arbeiten zuzugucken. Er war riesig und hatte so lange Arme, dass er auf dem Grill ganz rechts die Würste drehen konnte und gleichzeitig ganz links die Pommes aus dem Fett holte. Ich musste die drei Meter immer laufen.

Die Lady war schon lange mit ihren Pommes verschwunden und ein Typ hockte sich neben Mütze. »'ne heiße Schokolade, bitte.«

Peter und ich guckten uns an. Hier tauchten echt schräge Vögel auf. Uns lief der Schweiß runter.

Mütze klopfte dem Typ auf die Schulter. »Klar, is ja auch ein total kalter Tach heut!«

Peter lachte. »Mann, Mütze, wir haben dich echt vermisst.«

Wir hatten's ziemlich lustig miteinander. Aber dann stand auf einmal Paul da. Er guckte mich an, als hätt ich was ganz Schlimmes gemacht. Ich schnappte meinen Rucksack und ging um den Tresen rum. Peter brauchte mich sowieso nicht mehr.

Ich stellte Paul Mütze vor, aber der guckte Mütze gar nicht richtig an.

»Wo warst du denn?«, fragte er.

»Wie, wo war ich?«

»Ich hab vor der Schule auf dich gewartet! Wollte doch wissen, wie's gelaufen ist. Aber du warst nicht da. Hast du gar nicht mitgeschrieben?«

»Klar, hab ich. Ich musste sofort nach Mathe noch ins Sekretariat was regeln, und da hab ich mich verquatscht. Danach hab ich noch den Straubmann getroffen und ewig mit dem geredet. Und dann rief Hardy an und hat gefragt, ob ich helfen kann. Ich bin auch erst seit zehn Minuten hier. Aber is ja nix los. Wir können gehen.«

Mütze guckte mich an und grinste. Der sollte jetzt bloß die Klappe halten. »Ja, ja«, sagte er, »Mathearbeiten sind ganz was Wichtiges. Und Sarah würde so was nie schwänzen.«

»Komm, wir gehen.« Ich wollte weg mit Paul, aber da rief Mütze mich noch mal.

Er sagte leise und ganz ruhig: »Ich brauch deine Hilfe, Sternchen. Ich kann hier nich allein das Zeug verticken. Klar?«

Eigentlich wollte ich das nicht mehr. Aber andererseits konnte ich Mütze nicht hängen lassen. Ich hatte Dixi schon im Stich gelassen. Ich freute mich einfach, dass er wieder da war. Ich konnte nichts dagegen tun.

»Sternchen? Was jetzt, hilfst du mir?«

Paul sah zu uns rüber.

Ich zuckte mit den Schultern und hoffte, dass Mütze sich damit zufriedengab.

»Du bist ja wohl da für mich?« Er kniff mir in die Nase.

Ich nickte.

Mütze zog mich an sich. »Ja oder ja?«

»Ja.«

»Sag's noch mal, Sternchen.«

»Ja, klar. Ich tu's.«

Ich machte mich los und ging schnell weg.

»Was wollen wir machen?«, fragte ich.

»Keine Ahnung. Rumlaufen?« Paul küsste mich und sah ganz erleichtert aus und so froh, mich zu sehen. »Ich hab dich überall gesucht. Erst war ich bei euch. Dein Opa sagte, du bist noch in der Schule, aber von da kam ich ja gerade. Weil du nicht ans Handy bist, hab ich mir Sorgen gemacht und habe erst mal unten am Neckar geschaut, und dann fiel mir noch Hardy ein. Wie ist es denn gelaufen?«

»Was?«

»Na, Mathe?«

Der hörte echt nicht auf mit diesem blöden Mathe.

»Prima. Alles gar kein Problem.«

Es war so ein endschöner Tag. Ich rief zu Hause an und sagte, dass ich was mit Paul machen würde.

Ich zeigte ihm mein Viertel. Wo ich in den Kindergarten gegangen bin. Die Benzhochhäuser, wo Dixi früher gewohnt hat und die ein bisschen wie ein Wahrzeichen vom Hallschlag sind. Ich zeigte ihm das Jugendhaus. Die Taekwondo-Schule von meinem Bruder, aber natürlich nur von außen.

Wir liefen durch die Straßen und Paul fand die Häuser schön, die sie gerade alle neu gestrichen hatten. Gropi sagte zwar immer, die sollten das Geld lieber in Schulen stecken, ein bisschen Farbe würde die Lage hier nicht besser machen. Aber ich fand's klasse.

Wir gingen zu Hüseyin, wo wir immer einkaufen und der mir meinen Küchenmörser geschenkt hat. Diesmal drückte er uns zwei Rosinenschnecken in die Hand, die seine Frau morgens gebacken hatte.

Wir setzten uns auf den Rasen zwischen zwei Wohnblocks.

Wir aßen die Rosinenschnecken und blinzelten in die Sonne.

Das Haus vor uns war noch nicht renoviert. War echt runtergekommen. Silvester hatten die Jungs Böller in die Briefkastenschlitze gesteckt. Die waren immer noch ganz rußig.

Unten auf ihrer kleinen Terrasse saßen Frau Gilmaz und ihre drei Söhne und ihr Mann. Er holte einen Grill raus. Sie tranken Bier. Ich winkte rüber.

Die Mülltonnen vor der Tür quollen über. Ein Typ wühlte drin rum. Ich sah ihn nur von hinten. Aber das musste Oskar sein.

Paul guckte ihm zu.

»Das ist Oskar«, sagte ich. »Keine Arbeit, keine Wohnung und so. Wenn's warm ist, schläft er unter der Brücke.«

»Hast du nie Angst, dass du mal so weit runterkommst? Also,

ich hab manchmal schon Angst, dass ich's nicht auf die Reihe kriege.«

»Du? Weiß nicht, noch nie drüber nachgedacht. Glaub nicht, dass ich Angst hab.«

Aber dass Paul Angst hatte? Der bekam doch alles hin.

Ich sah ihn an. »Wenn ich mit Hartz IV anfange, kann's ja nicht mehr groß abwärtsgehen.«

Er sah mich entsetzt an. »Aber ...«

»War ein Witz!« Ich nahm seine Hand. »Witz, okay?«

Obwohl. Es war eigentlich kein Witz.

Wir hingen noch ein bisschen rum und dann brachte Paul mich nach Hause. Ich wollte nicht, dass er mit reinkommt.

Ich schrieb Armin 'ne Nachricht, und eine halbe Stunde später hatte ich die Nummer vom Straubmann. Der ging auch gleich dran.

»Herr Straubmann, es tut mir voll leid. Mir war so schlecht, ich konnte nicht zur Mathearbeit heute. Wirklich. Nicht gelogen. Ich möchte unbedingt nachschreiben.«

Es war ziemlich lange Schweigen am anderen Ende.

»Herr Straubmann?«

»Gut, Sarah. Ich spreche mit deinem Mathelehrer.«

Dixi sagte: »Nachschreiben, das ist Superstreber.«

»Stimmt«, sagte ich, »aber ich mach's trotzdem.«

Es wurde natürlich keine Eins. Aber auch keine Vier.

2 minus

Und dann kamen noch mehr Zweien. Und eine Eins und eine Vier. Aber nur eine.

Kathi wollte unbedingt, dass ich mit Lehrstellen-Bewerbungen anfing. Wir übten sogar Bewerbungsgespräche, was irgendwie auch eine Art Improtheater war.

»Ich musste mit meinem Vater schon Vorstellungsgespräche üben, als ich noch im Kindergarten war.« Sie lachte, obwohl sie es gar nicht lustig fand. Das konnte ich sehen. »Na ja, jedenfalls so ungefähr. Er will immer mein Bestes und ist sehr ehrgeizig.«

»Du doch auch.«

Sie sah mich ganz verdutzt an. »So schlimm?«

»Hallo? Klar. Einerseits bist du gechillt und machst Sachen wie im Carré, als du Dixi und mir den Arsch gerettet hast, und andererseits willst du immer alles richtig machen, wie beim Theaterspielen, und du traust dich nichts gegen Pit zu sagen. Wenn du mal einen richtig guten Typ hast, lässt du dir dann auch alles gefallen?«

»Sarah …«

»Was?«

»Ich ändere mich auch. Und die Sache mit Pit, die ist nun wirklich durch.«

Schon kurz danach musste ich mich bei einem Typ vorstellen, den ihr Vater kannte. In einer Schreinerei. Kathis Eltern hatten da alles für ihr Haus bauen lassen. Pauls Mutter war ja auch Schreiner und irgendwie hatte ich auf einmal fast Bock drauf. Ich zog welche von Kathis Spießer-Klamotten an und wir übten noch mal fürs Gespräch.

Ging voll schief. War aber nicht meine Schuld.

Das fing schon damit an, dass mich der Chef beim Reinkommen von oben bis unten anglotzte. »Hier machst du dich aber dreckig.«

»Kein Problem.« Ich zupfte an meiner Bluse. »Mit den Klamotten komm ich ja nicht zur Arbeit.«

»Kannst du überhaupt was heben, Mädchen?« Er kam auf mich

zu und drückte meinen Oberarm zusammen, als ob er meine Muskeln fühlen wollte.

Hatte dem einer ins Hirn geschissen, oder was?

Ich tat ganz geschockt. »Wieso denn heben? Ich dachte, ich bau mir hier 'nen Schminktisch!«

War vielleicht doof, aber es nervt mich einfach, wenn Leute mich wie ein Püppchen behandeln.

Er glotzte mich nur blöd an. War ja klar, dass der keinen Humor hatte.

Die Stelle hab ich dann nicht bekommen. Aber ohne Begründung. Egal, ich fand den Chef sowieso eklig.

Kathi regte sich voll auf. Wir machten gerade Englisch, als der Anruf kam. Und dann bekam Kathi einen Anruf, und ich fand's total seltsam, dass sie den schnell wegdrückte und mich anguckte, als hätte sie was Schlimmes gemacht.

Sie wollte dann auch ziemlich schnell gehen. Aber weil sie mit dem Auto da war, brachte sie mich immerhin noch bei Paul vorbei.

Ich war viel früher da als verabredet. Paul musste noch lernen. Und nachdem ich ihn mit ziemlich vielen Küssen ziemlich abgelenkt hatte, stand er auf und schob mich mit noch mehr Küssen aus dem Zimmer.

Wir waren allein im Haus, also guckte ich mich mal so richtig um, aber außer tausend Büchern gab's nicht viel zu entdecken.

Es war noch total warm. Ich hatte die Zeitschrift mit Sarah Wiener wieder mitgebracht und setzte mich damit in den Garten. Ich las alles bestimmt schon zum vierten Mal. Gropi hatte ich nach ihr gefragt, aber der kannte sie auch nicht. Ich hatte sofort wieder Lust, in die Küche zu gehen und anzufangen zu brutzeln. Es war nämlich auch ein Rezept dabei. Aber stattdessen ging ich hoch zu Paul und setzte mich an seinen Computer, während er immer noch irgendwas mit Physik machte. Ich guckte, was ich über Sarah Wiener finden konnte. Sie hatte natürlich eine Webseite, und die gefiel mir auch.

Paul kam zu mir, strich über meine Haare und schob sie zur Seite. »So schön. Wie Kupfer.« Er küsste meinen Nacken.

Ich hatte plötzlich überall Gänsehaut, als wäre ich ins eiskalte Schwimmbad-Wasser gesprungen. Ich drehte mich um und küsste ihn richtig.

Aber dann guckte ich doch wieder zum Computer.

»Ich möchte der schreiben«, sagte ich. Es war doch echt ein Zeichen, dass wir beide Sarah heißen.

»Sarah Wiener?«

»Die ist genau wie ich. Schau hier, die hat mit siebzehn die Schule geschmissen. Hat keine Ausbildung, hat von Sozialhilfe gelebt ...«

»Aber du hast doch die Schule gar nicht geschmissen.«

»Ich bin ja auch noch nicht siebzehn. Hilfst du mir?«

Wir machten keine blöde Bewerbung oder so. Ich tippte einen richtigen Brief. Sie hat drei Restaurants in Berlin, und da wollte ich arbeiten. Keine Ahnung, wie ich hinkommen sollte und wo ich da wohnen sollte, aber ich schrieb einfach. Warum ich Kochen liebe. Vom ersten Menü, das ich ganz allein zubereitet hab, als ich elf war. Ich weiß noch genau, dass ich eine Kürbissuppe gemacht hab, danach Spaghetti mit Tomatensoße und hinterher eine Orangencreme. Ich schrieb von den Gewürzen und Gerüchen auf dem Schiff von meinem Opa. Auf eine Extraseite schrieb ich ein Rezept, das ich mir mal ausgedacht habe. Zimtapfel mit Maronencreme und kandierten Rosenblüten in Vanillesoße.

Paul machte, dass der Brief richtig gut aussah. Er steckte ihn sogar noch in einen Umschlag und klebte Briefmarken drauf.

Aber ich warf ihn dann doch nicht ein. Zu Hause pfefferte ich ihn ins Altpapier. Das war doch Schwachsinn. Wieso sollte die mich nehmen?

31

Paul und ich kletterten auf das Holzdeck von meinem Neckarkran. Wir wollten einmal hier oben übernachten. Auf eine der mitgebrachten Decken legten wir uns drauf, stopften uns unsere Taschen unter die Köpfe und breiteten die andere über uns aus. Es war nicht ganz so sommerwarm wie die letzten Nächte, aber warm genug. Wir schauten in den Himmel.

Dunkelblau wie das tiefe Meer, fast schon schwarz.

»Was denkst du?«, fragte Paul.

»Ich war noch nie am Meer.«

»Echt nicht?«

»Nein. Fiel mir nur grad ein. Ist nicht wichtig.«

»Ist es doch. Das Meer ist das Schönste, was es gibt. Weißt du, was wir machen?«

»Was?«

»Meine Oma, die wohnt in einem winzigen Haus direkt an der Ostsee. Fast am Strand. Du musst nur über die Straße gehen, dann bist du da. Es ist schön. In den Sommerferien fahren wir hin.«

»Echt?«

»Echt!«

»Wir können trampen oder so.«

»Ja, oder so.«

Die Stadt rauschte irgendwo ganz leise. Ein bisschen wie das Meer. So stellte ich mir das jedenfalls vor. Und wir waren die einzigen beiden Menschen auf diesem Planeten, der irgendwo in einem Affentempo im Universum rumflog.

Stern

Stern

Stern

Stern

WIR **Stern**

Stern

»Wir sind so winzig klein.«

Paul sagte nichts, aber ich spürte, wie er nickte.

Ich versuchte, mir die unzählbaren Sterne vorzustellen, die ununermessliche Weite. »Ich kann mir die Unendlichkeit einfach nicht vorstellen«, sagte ich leise.

»Nur wer unendlich ist, kann sich unendlich vorstellen, oder?«

»Da kann man verrückt werden.«

Paul nickte wieder.

Immer mehr Sterne leuchteten auf. »Als ob jemand da oben rumfliegt und jeden einzeln anzündet. Als ob jemand für uns Kerzen anmacht.«

»Da ist niemand«, sagte Paul. »Sie leuchten, weil sie so heiß sind. Sie leuchten auch, wenn es Tag ist. Da ist nur das Universum mit all seinen Galaxien, das sich um nichts sorgt. Es ist ihm egal, was wir tun. Es kümmert sich auch nicht um sich selbst, es ist ihm egal, was aus ihm wird. In Jahrmillionen wird es einfach in sich zusammenfallen.«

Pauls Stimme klang traurig. Ich suchte seine Hand unter der Decke und hielt sie fest.

»Als mein Opa gestorben war, da wusste ich … also nicht direkt in dem Moment, aber irgendwie doch, dass es Regeln gibt, die man nicht ändern kann. Verstehst du? Es gibt Naturgesetze. Wir müssen uns den Spielregeln des Universums beugen. Manchmal geht etwas kaputt und man kann es nicht mehr reparieren. Und davor hab ich Schiss.«

Das klang total dramatisch, als ob was ganz Schlimmes passiert wär.

»Is was mit deinen Eltern?«

»Nein, wie kommst du denn darauf?«

»Dachte nur, dass die sich vielleicht gestritten haben.«

»Das machen die doch ständig, und danach lachen sie sich kaputt. Ich meine was anderes.«

Es klang, als ob ihn echt was bedrückte. Und er war sogar beim Bedrücktsein paulvorsichtig.

»Aber irgendwo ist alles gut.« Ich war voll in Weichspülerstimmung und drückte seine Hand. Ich wollte für ihn da sein, so wie er immer für mich da war.

Er drückte nicht zurück, und das machte *mir* auf einmal Schiss.

»Sarah?«

»...«

»Ich muss dir was erzählen.«

Er schwieg ziemlich lange und mein Herz zog sich immer mehr zusammen. Ich drückte wieder seine Hand. »Was denn? Nun sag schon!«

»Ach, nur ...« Er beugte sich zu mir und küsste mich. »Ich liebe dich. Das darfst du nicht vergessen. Dreimal unendlich.«

»Okay«, sagte ich verdutzt.

»Okay oder okay?«

»Okay-okay.«

32

Es war ein Sommeranfang ohne Dixi und die anderen. Die waren dauernd im Schwimmbad oder an der Brücke, und ich war dauernd proben und lernen.

Am Wochenende war ich bei Paul. Oder Paul bei mir. Ich kochte manchmal für Paul und seine Eltern. Die taten jedes Mal so, als ob sie noch nie so was Tolles zu essen bekommen hätten. Was nett war. Wir lagen in Pauls Garten rum und er las mir aus den Büchern vor, die er am meisten mochte. Liebesgedichte von einem Rilke und Stellen aus dem Herrn der Ringe, die mit den üblen schwarzen Reitern. Das Buch nahm ich sogar mit nach Hause. War richtig gut.

Wir waren einmal im Bambule zusammen mit den andern kickern und einmal im Playhouse.

Aber das war's.

An einem heißen Tag luden Kathi und Sanne mich und Paul zu 'ner Neckarfahrt ein. Wir saßen an Deck, die Füße auf der Reling, und tranken Fanta, was unbedingt dazugehörte, fand Paul. Das Ufer zog langsam an uns vorbei.

»Gar nicht so spießig, wie ich immer dachte«, sagte Sanne.

»Zwar nicht gerade der Amazonas«, meinte Kathi, »aber trotzdem schön.«

»Und womit haben wir uns das bloß verdient?«, fragte ich mit einem breiten Grinsen.

Kathi stupste mich in die Seite.

Paul und ich hatten Armin mit der Bühne geholfen. Vor Wochen hatte Armin ja schon rumgeflucht, weil ein Sponsor seine Zusage für 'ne Menge Kohle zurückgezogen hatte. Damit konnte er seine Idee mit der riesigen Leinwand als Hintergrund für unsere Bühne erst mal in die Tonne hauen. Er wollte darauf Bilder und Filme zeigen. Aber dann hat's irgendwie doch noch geklappt und er konnte eine elendsteure Ausrüstung besorgen. Keine Ahnung, woher die Kohle dann doch noch kam.

Im Stück ist es so, dass man eine Menschenmenge hört, die will, dass die Hexe, also ich, verbrannt wird, und auf der Leinwand sieht man dann Leute, die vor einem Asylbewerberheim demonstrierten, weil die Ausländer da wegsollen. Es ist ja auch ein Stück über Vorurteile. Das war die Übersetzung in unsere Zeit, wie meine Sprache auch. Das Stück spielt die ganze Zeit drinnen in der Amtsstube von einem Bürgermeister. Auf der Bühne standen aber nur ein paar Stühle und ein alter Schreibtisch. Paul und ich hatten die schwarz angemalt.

Armin filmte uns, während wir spielten, und zeigte das dann gleichzeitig auf der Leinwand. Unsere Gesichter riesig vergrößert. Fast nur Münder waren zu sehen. Weil man ja nicht wusste, ob wir als Hexe und Soldat die Wahrheit sagten. Und so Sachen eben.

Einen Nachmittag waren wir im richtigen Theater unten in der Stadt und suchten uns unsere Kostüme aus. Ich total modern, die andern in altmodischen Sachen. Wir machten Fotos. Und daraus wurde ein Plakat gemacht zur Ankündigung vom Stück. Wir hatten uns echt Mühe gegeben. Aber das war nur die eine Sache. Den ganzen Sommer hatte ich das Gefühl, dass ich träume, dass ich aus Versehen in ein anderes Leben geraten war. Wenn ich zur Probe ging (und das mittlerweile dreimal die Woche!), dachte ich manchmal: *Hier stimmt was nicht, ich kann das doch gar nicht. Und ich will das doch gar nicht. Ich spiel doch nicht die Hauptrolle in einem total beknackten Stück und find das auch noch gut.*

Kurz vor den Schulprüfungen passierte es dann. Wir hatten Probe und am nächsten Tag sollte ich Deutsch schreiben. Ich war also sowieso schon genervt und konnte auf einmal meinen Text nicht mehr richtig, damit fing's schon mal an. Armin verbesserte mich dauernd. Wir probten eine Szene, und ich hatte mir ausgedacht, wie ich die mal anders spielen wollte. Ich stand vor Selim, wir beide waren dran, und ich fiel ihm um den Hals, weil ich fand, dass das gut zur Rolle passte.

Selim schob mich von sich weg, und Daniel rief sofort: »Was ist das denn für ein Mist. Das hast du doch sonst ganz anders gemacht. Das ist unglaubwürdig. Echt, das ist totaler Scheiß.«

»Ja und? Ich kann doch mal was ausprobieren.«

Kathi meinte: »Mir gefällt das auch überhaupt nicht.«

Armin sagte: »Sarah, danke fürs Angebot. Aber so kannst du das nicht spielen. Und wir müssen auch noch mal an deine Szene vorher ran. Da passt noch einiges nicht.«

Paul meinte: »Ich fand es okay.« (Was ja wohl nur paulnett gemeint war und nicht stimmte.)

Und als Pit sich dann so gespielt die Haare raufte und rief: »Und der haben wir die Hauptrolle gegeben«, hab ich meine Sachen gepackt und bin raus. Drauf geschissen. Die konnten mich alle, und zwar kreuzweise. Jetzt waren sie endlich ehrlich.

Ich war noch nicht halb über den Parkplatz gelaufen, da rief Armin hinter mir her, dass ich stehen bleiben sollte. Ich drehte mich um und wartete, bis er vor mir stand: »Dieses ganze Stück ist ein Riesenscheiß, und ich kann's nicht. Ich kann's einfach nicht. Such dir jemand anders. Ihr geht mir alle auf die Nerven.« Und so ging das bestimmt fünf Minuten. Er ließ mich rumschreien, bis ich fertig war und mir nichts mehr einfiel.

»Okay«, sagte er. »Ich versteh dich. Es ist nicht einfach, Kritik auszuhalten, aber sie ist nicht persönlich gemeint. Sieh es eher als Lob, auch wenn es rau war. Alle da drin glauben an dich, ich sowieso. Du kannst eine Rolle gestalten. Oder besser, du bist immer Sarah, du versteckst dich nicht hinter der Rolle. Kannst du gar nicht, sollst du auch nicht. Das ist das Besondere an dir. Und mit deiner Idee gerade, das warst eben *nicht* du, das war zu gewollt. Das hätte ich besser erklären müssen.« Er wedelte mit einer Hand durch die Luft, wie wenn er Worte von einer Tafel abwischen würde. »Also, ich kann's auch ganz kurz fassen: Ohne dich müssen wir gar nicht weitermachen.«

Ich schüttelte den Kopf. »Vergiss es! Niemand da drin will, dass ich weitermache, bis auf Paul vielleicht. Ich bin doch bloß dabei, weil dein Vater dich gezwungen hat, mich zu nehmen. Ich bin doch nicht blöd. Hauptschule und Hauptrolle klappt eben nicht. Das ist doch total bescheuert. Sei froh, dass du mich los bist. Ich brauch das nicht.«

Armin sah mich an und sagte: »Sag einfach: ›Werkrealschule.‹ Und: ›Wichtige Rolle.‹ Das klappt dann schon.«

Und da musste ich lachen, aber nur kurz. »Ja, toll. Klar, das heißt jetzt eben Werkrealschule. Aber das ist doch nur ein anderer Name für Hauptschule ... Schule für Doofe.«

»Du kommst da jetzt wieder mit rein, und wir fragen die anderen, wie sie das finden, dass du gehen willst.« Er packte mein Handgelenk und zog mich einfach mit sich.

Den ganzen Weg durch den Gang beschimpfte ich Armin. Dass ich keine Almosen will und dass er mich loslassen soll.

Und er redete gleichzeitig weiter: »Mein Vater hat gesagt, ich soll's mit dir versuchen, weil du klug bist und was kannst. Ich könnte dich jederzeit rausschmeißen. Ich hab mich drauf eingelassen, ich vertraue meinem Vater. Und er hat recht. Du bist klug.«

Ich rief immer bloß: »Das stimmt doch alles nicht«, bis wir wieder vor der Tür von der Halle waren. Und Armin sagte: »Doch. Und jetzt sei mal still.«

Die anderen saßen auf dem Bühnenrand, als wir reinkamen, hörten sofort auf zu reden und guckten uns an.

»Sarah möchte aussteigen«, sagte Armin. »Ich möchte, dass sie bleibt. Weil sie gut ist. Sie macht das Stück mit ihrer Sprache und ihrer Art zu spielen zu etwas Besonderem. Was sagt ihr?«

Wir standen direkt vor den anderen. Das war ja wie vor einem Gericht. Es war unangenehm.

Daniel hob als Erster die Hand. »Ich war vielleicht ein bisschen hart eben. Tut mir leid. Ich möchte, dass du bleibst.«

Selim hob die Hand. »Waren irgendwie anstrengend, die letzten Proben. Bleib.«

Kathi und Paul hoben die Hand.

Und dann passierte das Letzte, was ich erwartet hätte.

Pit hob die Hand und sagte: »Bleib.«

Die Prüfungen waren vorbei und ziemlich viele in meiner Klasse hatten es geschafft. Dixi nicht. Meine Noten waren tatsächlich gut genug, dass ich in die 10. Klasse konnte. Das hätte ich nie gedacht. Wegen Dixi konnte ich mich nicht so richtig freuen.

Aber sie sagte, ihr würde das nichts ausmachen. Sie hätte schon Pläne.

Wir verabredeten uns fürs Freibad.

Dixi und ich, Tabea und Nasser, Mirkan, Energy. Ahmed war auch da. Wir redeten seit der Schwul-Sache nicht mehr so richtig miteinander. Energy hatte schon wieder Artur mitgebracht. Die waren ja plötzlich ganz dicke. Mirkan war anscheinend abgeschrieben. Artur legte sich ziemlich nah neben mich, zu nah. Ich rückte ein Stück weg. Er hatte gehört, dass ich Theater spiele. Wollt ich doch mit dem nicht drüber reden. Ich wechselte das Thema. Wir redeten über Fußball, das war dann okay.

Abends war Generalprobe, aber bis dahin war noch ewig Zeit, und am Wochenende sollte dann die Premiere sein. An meinem Geburtstag. Das war ziemlich cool und total aufregend gleichzeitig.

Wir lagen noch nicht lange rum, da klingelte mein Handy. Mütze! Der hatte die ganze Zeit nicht angerufen. Ein paarmal hatten wir uns in meiner Currywurstbude gesehen, aber er hatte nie was gesagt wegen dealen. Aber jetzt wollte er was von mir. Da war ich mir sicher. Also ging ich erst mal nicht dran. Ich konnte den ja zurückrufen.

Wir gingen zum Becken. Energy machte Arschbomben. Seine Lieblingsbeschäftigung.

Es war eigentlich alles wie immer. Es war gut wie immer. Mirkan tunkte Dixi und sie knutschten rum, und ich freute mich echt für die beiden. Nur Energy tat mir leid. Er konnte gar nicht hingucken, wenn sie sich küssten. Mir war das früher nie aufgefallen, dass er Dixi auf die Art mochte. Aber er himmelte sie richtig an.

Die Jungs sprangen die ganze Zeit vom Beckenrand, bis es Ärger gab, also gingen wir zurück zu unserem Platz.

Wir tranken Bier und holten Pommes und lagen rum. Aber dann kam's. So drei Typen liefen an uns vorbei. Einer latschte über unsere Decke und fast auf Energys Pommes. Der sagte: »Alter, willst du eins aufs Maul?«

Der Typ so: »Was guckst du?«

Und Mirkan: »Geh scheißen.«

Einer von den anderen Typen: »Ich mach dich fertig, Alter. Meinen Kumpel pisst du nich an.«

Ich dachte, jetzt isses so weit. Die prügeln sich. War das erste Mal seit Langem, dass ich mir meinen Bruder herwünschte. Energy stand nur ein paar Zentimeter vor einem der Typen. Der war viel größer als er. Ich stand auf, guckte zum Becken, zu den Bademeistern, steckte zwei Finger in den Mund und pfiff. Die hörten das trotz dem ganzen Geschreie und kamen angelaufen. LKW und Muskel. Klar, Spitznamen, aber passten eben. Die beiden stellten sich einfach zwischen die Jungs. Muskel hielt Mirkan und Energy gleichzeitig fest. LKW hielt die anderen drei Jungs auf Abstand. »Ihr kommt jetzt erst mal mit mir zum Becken.« Es gab noch ein bisschen Geschubse. Die drei Jungs versuchten, sich an LKW vorbei zu uns zu drängen. Aber dann zogen sie doch mit ihm ab. Auf Schwimmbadverbot hatten die auch keine Lust.

Mirkan sagte, dass ich voll uncool bin. War mir aber egal. Muskel blieb bei uns stehen, bis er merkte, dass wir uns beruhigt hatten, und ging dann LKW hinterher.

Wir quatschten so rum und die Stimmung war eigentlich wieder okay, aber auf einmal steht Mirkan auf und geht rüber zu den Decken von den Typen, die noch nicht wieder da waren, holt sein Ding raus und pinkelt einfach drauf.

Das war richtig übel.

Mirkan kam zurück und die anderen lachten sich halbtot. »Ich piss dich an, hat der gesagt. Ich piss *den* an, würd ich mal sagen.«

Ich stand auf und packte meine Sachen zusammen.

Dixi rekelte sich auf der Decke. »Wo willst'n hin?«

»Ich geh. Auf 'ne Decke pinkeln. Wie scheiße ist das denn? Mit so 'nem Dreck will ich nichts zu tun haben. Bis morgen.«

Die anderen lachten über mich und blödelten weiter rum. Von mir aus. Würde bestimmt noch viel lustiger werden, wenn die Typen zurückkamen und die nasse Decke fanden.

Ich war noch nicht durch das Drehkreuz raus, da hörte ich hinter mir jemanden laufen. Dixi.

»Wir sind also Dreck?« Sie baute sich vor mir auf und stemmte die Arme in die Hüfte. Ihre Augen waren Wutschlitze.

»Hab ich nicht gesagt. Aber auf Decken pinkeln geht gar nicht.«

»Ach so, Frau Saubermann. Alles perfekt bei dir. Mit so Leuten wie uns gibst du dich doch gar nicht mehr ab. Du glaubst, du bist was Besseres.«

»Glaub ich nicht.«

»Du bist ein Riesenarsch. Von wegen wie früher! Am Arsch. Du hast mich verraten.«

Jetzt reichte es mir auch. »Du bist doch die Verräterin. Wer hat mich denn an die Polizei verpfiffen? Das hätt ich niemals gemacht.«

»Was denn für 'ne Scheißpolizei? Du bist ja voll durchgedreht.«

»Du bist durchgedreht. Ich helf dir mal eben auf die Sprünge. Ich war in der Stadt und hab was geklaut. Da ham die mich geschnappt und ich hab deine Adresse gesagt. Dann waren die Bullen bei dir und du hast sie zu mir geschickt. Genau so war's. Willst du mich total verarschen?«

Dixi schüttelte den Kopf. »Du merkst ja echt nix mehr. Dir ham se doch das Hirn amputiert. Lernen kannste jetzt, aber sonst nichts. Du bist nicht mehr für deine Freunde da. Und du merkst noch nicht mal, dass du reingefallen bist. Die haben dich doch geködert. Diese ganze Theaterkacke und Nachhilfe und Straubmann und so. Du bist für die doch nur die Vorzeige-Edelschlampe vom Hallschlag. Und übrigens, wenn du den Bullen meine Adresse sagst und mich noch nicht mal warnst, dann bist ja wohl du die Verräterin.«

Sie drehte sich um und lief mit großen Schritten weg.

Das war doch Scheiße. Und es stimmte nicht.

Ich hatte das alles selbst hingekriegt. *Ich* hatte meinen Text geschrieben, *ich* konnte Theaterspielen. *Ich* hatte alle Prüfungen bestanden.

Die war so neidisch.

Und ich war so

sauer

Ich lief zur Generalprobe. Überall auf dem Weg hingen Plakate für die Premiere am Samstag. Wir waren da alle drauf in unseren Kostümen, und hinter uns brannte ein Feuer.

So fühlte ich mich gerade jetzt. Wie im Feuer.

Ich war wie immer zu spät, aber Armin sagte diesmal nichts. Alle waren aufgeregt. Sogar er. Wir hatten unsere Kostüme vorher schon bei zwei Proben angehabt, aber heute fühlte es sich anders an. Es wurde ernst. Wir schminkten uns gegenseitig und gingen auf die Bühne. Es gab sogar jemanden vom Zauberlulli-Team, der uns das Licht machte.

Kathi ging bei der kleinsten Bemerkung von Armin in die Luft. Und ich konnte mich überhaupt nicht konzentrieren. Aber ich war nicht die Einzige. Alle konnten plötzlich ihren Text nicht mehr richtig. Bis auf Pit. »Kinder, strengt euch doch mal ein bisschen an. Kann doch nicht so schwer sein. Ist schließlich kein Hamlet.«

In der Pause wollten alle rausgehen, weil es noch so schön war.

Paul und ich waren die Letzten in der Halle. »Ist alles okay?«

Ich nickte. »Klar.«

»Okay oder okay?«

»Okay.«

Er nahm mich in den Arm und drückte mich fest an sich. Ich wollte das erst gar nicht. Es war nicht alles gut. Aber dann entspannte ich mich doch irgendwie. Nach einer Weile nahm er meine Hand und wir liefen los.

An der Tafel blieben wir kurz stehen. Es stand noch der Satz von letzter Woche da.

Paul wischte mit seinem Ärmel den Spruch weg. »Ganz vergessen.« Er nahm den Stift am Band und schrieb:

Für die Welt bist du irgendjemand, aber für irgendjemand bist du die Welt.

»DU schreibst da immer was drauf?«

»Na klar. Ich mag Sprüche. Weißt du doch.«

Paul legte seinen Arm um meine Schulter. Ich fühlte mich wie die Welt.

Die zweite Hälfte der Generalprobe war viel besser. Vielleicht konnte die Premiere ja doch was werden.

Am Ende standen wir alle noch rum und besprachen, wann wir uns morgen treffen sollten. Es ging um acht los, aber wir wollten mindestens eine Stunde früher da sein.

Die Luft war so aufgeladen, dass ich das Gefühl hatte, meine Haare fliegen wie elektrisiert, wie manchmal, wenn man einen Pullover auszieht. Jedenfalls knisterte jetzt die Luft auch so, als würde Strom durchfließen.

Paul und ich saßen noch auf dem Treppenabsatz vorm Eingang. Es war schon dunkel und auf der Terrasse vor der Schicki-Kneipe war ziemlich was los. Das Gerede klang wie Enten auf 'nem Teich, die aufgeregt schnattern.

Paul zog ein Päckchen aus seinem Rucksack und legte es mir auf den Schoß.

»Für morgen früh. Damit du gleich was von mir hast und du weißt, dass ich an dich denke.«

Dunkelblaues Papier mit aufgeklebten gelben Sternen

In der Nacht träumte ich, dass ich in einem großen Käfig sitze auf einer Schaukel wie ein Vogel. Vor dem Käfig standen Leute. Erst erkannte ich sie nicht, ich musste mich noch an meine Vogelaugen gewöhnen, aber dann sah ich, dass es Dixi und die anderen waren und auch alle aus dem Theater. Sie beobachteten mich dabei, wie ich schaukelte, und klatschten.

33

Beinah wär alles gut gegangen.

Beinah.

Aber es war eben nur ein Eimer voll Glück und kein See. Und drum herum war das Meer aus Herzscheiße. Und außerdem bin ich eben ich.

Es war nicht so, dass das Universum erst in Jahrmillionen zusammenfiel. Es passierte heute. Und es fiel auch nicht zusammen. Es explodierte.

Mein Geburtstag.

Ich wachte viel zu früh auf und setzte mich im Bett hin. Ich war jetzt schon aufgeregt wegen heute Abend.

Pauls Geschenk war weich und leicht. Ich riss das Papier auf. Es war das Kleid, das wir zusammen im Kaufhaus gesehen hatten, das mit den großen roten Blumen. Ich wusste sofort, was Paul meinte. Das Kleid war für Jennet. Die war viel mehr Mädchen als ich. Ich sollte es tragen, wenn ich auf die Bühne ging. Dann musste ich mich umziehen, weil sie mich ja ins Gefängnis werfen wollten und dann verbrennen. Und später zog ich dann wieder mein eigenes Kleid an, wenn ich freigelassen wurde.

Es lag eine Karte dabei. Klar war vorne ein Spruch drauf:

ES GIBT NUR ZWEI TAGE, AN DENEN DU NICHTS ÄNDERN KANNST. DER EINE WAR GESTERN UND DER ANDERE IST MORGEN. Dalai Lama

Hab den allerschönsten Tag. Paul

Meine Großeltern saßen schon beim Frühstück, als ich in die Küche kam. Wie jedes Jahr hatte mir Gropi einen Gugelhupf gebacken. Gromi zündete eine Kerze an. Sie schenkten mir das neue Album von eMMaM, was richtig cool war.

»War was im Briefkasten?«, fragte ich.

Gropi schüttelte den Kopf und verschwand wieder hinter seiner Zeitung. »Die haben die Halunken endlich erwischt.«

Meine Oma sagte: »Wünsch dir was, mein Mädchen!«

Ich blies die Kerze aus und wünschte mir was. Vielleicht kam ja heute Nachmittag noch mal Post. Vielleicht war dieses Jahr etwas anders als in den anderen Jahren, seit sie weg war.

Ich wünschte mir nur einen Brief oder eine Postkarte.

Könnte doch sein.

Ich schnitt mir ein Stück Kuchen ab.

»Wen haben sie erwischt?«, fragte Gromi.

»Die Einbrecherbande. Die Polizei war doch deswegen bei uns.«

Ich verschluckte mich fast am Kuchen. »Wo war die Polizei?«

»Ach, das hast du, glaube ich, gar nicht mitgekriegt, oder, Hans?«

Gropi las vor: »Dreizehn Einbrüche im Stuttgarter Hallschlag aufgeklärt. Die Polizei konnte nach wochenlangen Ermittlungen vier Verdächtige festnehmen. Die Männer im Alter zwischen achtzehn und fünfundzwanzig Jahren sind wegen des Verdachts des schweren Diebstahls in Untersuchungshaft genommen worden. Seit Januar dieses Jahres sollen sie Wertgegenstände und Bargeld im Wert von mindestens sechstausend Euro erbeutet haben. Bei Hausdurchsuchungen hatte die Polizei umfängliches Beweismaterial sichergestellt.«

Meine Oma schüttelte den Kopf und bekreuzigte sich. »Was haben wir für ein Glück! Die sind direkt nebenan eingebrochen.«

»Und die Polizei?«, fragte ich.

»Die Polizei hat alle Nachbarn befragt. Aber wir konnten ja nichts sagen. Haben nichts mitbekommen.«

Das konnte doch jetzt nicht wahr sein. Die waren gar nicht wegen mir da gewesen!!!! Gromi und Gropi hatten ja auch gar nichts mehr wegen der Polizei gesagt, als ich zurück war. Aber ... Da war doch die Visitenkarte von dem Polizisten und dann Najims Frage, ob ich ihm was zu sagen hätte. Da hatte ich natürlich gedacht ... So ein Mist. Eigentlich hätte ich doch merken müssen, dass was nicht stimmte an der Sache.

Ich versuchte sofort, Dixi anzurufen, aber sie schlief noch, sagte ihre Mutter. Ich überlegte, ob ich ihr eine Nachricht schreiben sollte, aber ich wollte ihr lieber selbst sagen, dass es mir total leidtat.

Nachmittags kamen Paul und Kathi vorbei. Kathi mit einem Riesenschokokuchen. »Hat Sanne für dich gebacken. *Tod durch Schokolade* hat sie den getauft. Sechs Tafeln sind drin.«

Mit M&Ms hatte sie eine 16 draufgeklebt.

Paul strahlte, als er mich im neuen Kleid sah. Ich zog es nur kurz an, um es zu zeigen. Sollte ja für heute Abend sein. Es fühlte sich gut an. Voll Mädchen, aber gut.

Kathi schenkte mir ein indisches Kochbuch.

Doch irgendwie konnte ich mich über das alles nicht so richtig freuen. Dixi rief nicht an und schrieb keine Nachricht. War ja klar. Aber es tat trotzdem weh.

Wir setzten uns draußen auf den Rasen und redeten über heute Abend.

Kathi gähnte. »Das hab ich immer, wenn ich aufgeregt bin. Seltsam. Aber es ist so.«

Ich probierte es noch mal bei Dixi, aber jetzt sagte ihre Mutter, sie wär nicht da.

Kathi und Paul fuhren beide noch mal nach Hause und ich ging sofort rüber zu Dixi. Ihre Mutter machte auf. Sie hielt sich am Türrahmen fest. »Die is nich da.«

Ich versuchte, ruhig zu bleiben. »Hat sie vielleicht gesagt, wo sie hin ist oder wann sie wiederkommt?«

»Nee, die erzählt doch nichts. Oder doch, sie geht heute ins Theater, hat sie gesagt.« Sie lachte blöd.

Mist. Ich wusste nicht, ob ich das gut finden sollte. Dann kamen die anderen bestimmt auch alle. Hatte ich die eingeladen, oder was?

Zu Hause legte ich mich aufs Bett, aber ich war total unruhig, also stand ich irgendwann auf, packte meine Sachen und machte mich schon mal auf den Weg.

Ich lief über den Parkplatz an der brechend vollen Schickimicki-Kneipe vorbei und setzte mich auf das Mäuerchen. Da hatte ich damals mit Dixi auf die erste Probe gewartet. Nur dass heute ein wunderschöner Sommerabend war.

Endlich ging's los.

Die anderen kamen, und plötzlich wuselten ewig viele Menschen durch die Gegend. Selim hatte zwei Tanten im Schlepptau und dazu noch seinen Vater, seine Mutter und seine zwei Schwestern.

Kathi spuckte mir dreimal über die Schulter und ich ihr. Sie ging, um ihre Leute zu suchen.

Paul kam mit seinen Eltern und wir gingen rein.

TOI, TOI, TOI!, schrieb Paul auf die Tafel.

Karl und Marie spuckten uns dreimal über die Schulter. Und Karl meinte, er würde Paul schminken und Selim und Daniel auch.

»Das macht er wirklich gut«, sagte Marie. »Er hat früher auch Theater gespielt. Und gesungen!«

»Ich war der schöne Bariton«, sang Karl.

Es war, als würden sogar die Wände und der Fußboden summen und vibrieren.

Die drei Jungs und Karl liefen zu den Garderoben.

Selims Familie ging mit Daniels Familie noch in die Schicki-Kneipe.

Und dann stand plötzlich der Straubmann neben mir. Ich freute mich richtig, ihn zu sehen. Auch wenn es seltsam war, denn eigentlich gehörte er doch in die Schule.

Er wünschte mir Glück und meinte dann: »Sarah, die Sache mit den Pornoheften ...«

Wieso kam der denn jetzt damit?

»Ich weiß, ich soll eine Zusammenfassung machen.«

»Euch hat niemand gesehen.«

»Aber Sie haben doch gesagt ...«

»Der Stenzel hat Geräusche gehört und sich im Gebäude umgeschaut, aber niemanden entdeckt.«

»Und mein Schal?«

»Lag auf dem Gang. Ich hatte ihn am Tag vorher an dir gesehen.«

»Sie haben also gelogen?«

»Sagen wir, ich habe geraten.« Er lächelte ziemlich nett. Um die Augen hatte er tausend kleine Falten. »Vergiss die Zusammenfassung. War ein Spaß. Obwohl mich schon interessiert hätte, was dabei rausgekommen wäre.«

Da kam Armin und wir redeten kurz zu dritt. Der Straubmann ging und ich zeigte Armin mein neues Kleid für heute Abend. Erst sagte er Nein, schließlich hatte er mit Absicht ein schwarzes, ganz schlichtes ausgesucht, weil es Jennets Einfachheit und ihre klare Art betonte.

»Ist doch mein Geburtstag«, bettelte ich. »Du sagst doch immer, ich soll meinen, was ich spiele. Und ich soll doch bestimmt auch meinen, was ich trage. Jennet ist auch fröhlich und leicht.«

Endlich nickte er und lächelte. »Gegen die Argumente kann ich kaum was sagen. Einverstanden.«

War aber auch wirklich kein Ding. Das Blumenkleid trug ich ja nur in der ersten Szene, und dann musste ich schon so eine Art grauen Gefängnisanzug anziehen, der aussah wie ein Schlafanzug, und erst fast zum Schluss, wenn ich freigelassen wurde, wechselte ich wieder zurück.

Er nahm mich in den Arm und drückte mir einen Kuss auf die Stirn. »Du wirst das gut machen!«

Sanne kam auf uns zugelaufen: »Hey, Geburtstagskind. Alles Gute. Dein großer Tag heute! Komm, ich schmink dich. Hab alles mitgebracht. Ist mit Armin abgesprochen.«

Er nickte. »Es wird Zeit. Wenn was ist, ich bin hinter der Bühne.«

Wir gingen zu den Garderoben. Sanne hielt einen Schminkkoffer hoch. »Ich bin so gespannt, das kannst du dir gar nicht vorstellen.«

Die sollte bloß aufhören. Das machte mich alles nur noch nervöser.

Ich sah mich nach Kathi um. Hätte ja gern mal ihren komischen Vater gesehen. Aber sie war nicht da.

Auf dem Gang liefen dauernd Leute hin und her. Was wollten die alle hier? Ich hatte die noch nie gesehen.

Sanne machte die Tür hinter uns zu und endlich war Ruhe. Wir hatten die Garderobe für uns allein. Ich setzte mich auf einen Drehstuhl und zeigte auf den Schminkkoffer. »Danke dafür und danke für den Kuchen.«

»Gern geschehen. Ich hatte leider keine Zeit nachmittags.« Sie stand hinter mir und zwinkerte mir im Spiegel zu. »Hab einen total süßen Typ am Schokoladenregal kennengelernt. Gestern, als ich für dich eingekauft hab. Und heute haben wir uns gleich getroffen. Ein echter Schnuckel. Alles wegen dir. Ich liiiiebe ihn! Wir sollten alle auf Knien vor dir rumrutschen.«

Sie verteilte Puder- und Cremedosen auf dem Tresen vor mir. »Und die Sache mit Kathi ist doch der Hammer. Dass das geklappt hat!«

»Was hat geklappt?«

»Sie hat sich noch nicht bei dir bedankt?«

»Nee, wofür denn?«

»Die ist ja blöd. Sie schuldet dir nun echt was. Wegen dir hat sie doch ihr Stipendium bekommen. Der Brief lag heute Morgen im Briefkasten. Also, nicht nur wegen dir, aber dein Anteil daran war ja nicht unwichtig. Und sie hat wirklich noch nichts gesagt?« Der Puderpinsel wedelte über mein Gesicht. Sanne war voll in Fahrt. Mir war heiß.

»Was für ein Stipendium?«

»Na, sie will doch unbedingt ein Jahr im Ausland studieren. Ist für mich natürlich doof, dann muss ich mir eine neue Mitbewohnerin suchen für die Zeit. Aber ist schon okay. Ihr Vater ist doch so ein Superknauser. Der gibt ihr keinen Cent mehr, als er muss. Also kam nur ein Stipendium infrage.«

Sie nahm die Kappe von ’nem Lippenstift ab. »Wie findest du die Farbe?«

»Super. Wie war das jetzt mit dem Stipendium?«

»Ach so. Sie hatte sich für dieses Stipendium bei so einer christlichen Organisation beworben und für die brauchte sie einen Sozialnachweis. Also, dass sie sich sozial engagiert. Und Armin konnte das dann ja auch noch nutzen. Man muss natürlich noch andere Bedingungen erfüllen, super Notendurchschnitt und so. Hat Kathi ja. Und ich hab dann dieses Tandemprojekt entdeckt und ihr habt euch getroffen. Perfekt, oder?«

Ich wollte aufstehen.

»Warte, wir sind noch nicht ganz fertig.«

Armin streckte den Kopf rein. »Alles klar, Sarah? Wir werden voll. Die Hütte brummt. Toi, toi, toi! Zehn Minuten noch.« Und weg war er.

»Was heißt, Armin konnte das auch noch nutzen?«

»Der brauchte doch Geld für die Bühne und die Videokamera. Ihr habt das doch beantragt bei dieser sozialen Stiftung. Weißt du doch. Weil du bist doch …« Der Puderpinsel hielt abrupt an. »Ist was, Sarah? Hab ich was Falsches gesagt?«

»Wer hat das beantragt?«

Sie breitete die Arme aus. »Na, ihr alle. Das konnte ich doch nicht wissen, dass du nicht …«

Ich rannte den Gang entlang nach draußen. Aber dort fand ich nicht Kathi oder Armin, sondern Pit. Und alles wurde noch schlimmer.

Er stand mit drei Typen zusammen. »Da darf man ja echt gespannt sein, was das Experiment heute so bringt. Jedenfalls hat es uns schon mal Kohle gebracht.«

Ich versuchte zu verstehen, was Pit da gerade gesagt hatte. Und was Sanne mir vor nicht mal 'ner Minute erzählt hatte. Eine Minute. Mehr Zeit braucht es nicht, um alles kaputt zu machen. Einfach alles.

Ich stellte mich vor Pit. »Wie meinst du das?«

»Ach, du ...«, sagte er und lächelte komisch.

»Ich bin ein Experiment? Ich bring Kohle?«

Mir war echt schwindelig. Alles war so weit weg und komplett verschwommen. Wie das manchmal im Fernsehen gezeigt wird bei Leuten, die auf 'nem Trip sind. Aber das hier war kein Trip. Jedenfalls kein guter.

Die Typen glotzten.

Und vor die Sonne schob sich eine dunkle Wolke.

»Was denn? Noch nie ein Experiment gesehen?«

»Jetzt mal langsam«, sagte Pit. »Du bekommst eine einmalige Chance und wir ein super Gewissen. Nein, mal im Ernst, macht ja auch Spaß.«

Die hatten mich die ganze Zeit verarscht.

Vor der Schicki-Kneipe spielte ein Kind mit einem Luftballon. Es drückte den Ballon ganz eng an sich.

PENG!

»Bist du eigentlich der Sohn vom Straubmann?«

Am liebsten hätte ich ihm eine gescheuert. Pit machte einen Schritt zurück, weil ich wahrscheinlich auch genau danach aussah.

»Er ist mein Stiefvater.«

»Alles andere hätt mich auch gewundert. Der Straubmann ist

nämlich ganz nett und du bist ein Riesenarschloch. Aber gut, gibt wohl auch Fälle, wo nette Menschen Arschlöcher auf die Welt bringen. Soll's alles schon gegeben haben.«

Armin streckte seinen Kopf aus der Tür und rief uns rein.

Ich fühlte mich hirntot. Keine Funktion mehr. Ich atmete, mehr war nicht drin.

Ich stolperte den Gang lang bis hinter die Bühne.

Paul wollte mich in den Arm nehmen.

Ich stieß ihn weg. »Was ist das mit dieser Stiftung und dem Geld für die Bühne?«

Er lief sofort rot an. »Ich ... Woher weißt du das denn?«

Paul wusste wirklich Bescheid. Das hatte ich nur wissen wollen. Alle, sogar Paul.

Das war's, was er mir auf dem Kran sagen wollte: *Sarah, wir haben dich ausgenutzt, aber wir haben dir nichts gesagt.*

Das war doch die letzte Scheiße.

DAS WAR VERRAT!

»Ich weiß es eben. Man muss halt schon allen Leuten sagen, dass sie dichthalten sollen.«

»Ich kann das erklären, Sarah. Wirklich!«

»Vergiss es!«

Selim und Daniel tauchten auf, und da war plötzlich auch Kathi. Sie grinste mich an. Ihr Mund war irre riesig. Die Verräterin.

Paul sah verzweifelt zu Armin. Aber der schaute nicht zurück.

Der tolle Armin hatte seine tolle Videokamera in der Hand.

Paul und Selim mussten auf die Bühne. Dann Kathi. Und ein bisschen später Pit und Daniel.

Ich stand allein am Bühnenrand.

Jennet war eigentlich erst in zehn Minuten dran.

Ich hatte hier nichts mehr zu schaffen.

Die konnten ihren Scheiß alleine spielen.

Ich wollte mich gerade umdrehen und gehen, als Armin das Publikum filmte und die Bilder auf der Leinwand erschienen. Da sah ich sie. Gleich in der ersten Reihe: der Straubmann, Gromi, Gropi und mein Bruder. Ihre Gesichter ganz groß. Meine Oma lächelte. Gropis erstauntes Gesicht, als er sich auf der Leinwand entdeckte.

Da konnte ich nicht mehr abhauen. Es ging einfach nicht.

Das Bild verschwand.

Armin filmte mich. »Du bist dran! Los geht's!« Mein Gesicht auf der Leinwand. Ich im Kleid mit den großen roten Blumen. Alle sahen das, noch bevor ich auf der Bühne war. Die Musik fing an. Ich stolperte nach vorne. Die Scheinwerfer blendeten. Ich sah nur eine Masse von Menschen in der Halle. Ich schwieg. Mein Text war weg.

Stille.

Überall totale Stille.

»Was denn ...«, flüsterte Armin hinter mir.

»Was denn«, sagte ich und machte die fünf Schritte zur Bühnenmitte. »Was denn? Sagt vielleicht mal einer: Komm rein? Oder: Hallo? Checkt jemand, dass ich nicht jeden Tag einfach so beim Mittagessen störe? Alter, ich hab was Wichtiges ...«

Es lief auf einmal wie von selbst. Worte kamen aus meinem Mund, die ich mal auswendig gelernt hatte. Mein Körper spielte, mein Mund redete. Alles war so elendsweit weg von mir.

Es wurde applaudiert.

Pause

Schulterklopfen hinterm Vorhang. Ich machte mich los, ging in den Vorraum von der Halle. Die Leute standen rum, schlürften Sekt. Der Straubmann winkte mir zu, ich winkte wie ferngesteuert zurück. Ich suchte Dixi und die anderen. Ich sah sie erst, als es schon wieder gongte.

Armin stand plötzlich neben mir. »Du bist ganz blass, Sarah. Alles gut mit dir? Ich hab dich hinten gesucht. Es läuft super. Weiter so.«

Ich nickte, obwohl ich ihm am liebsten die Kamera aus der Hand geschlagen hätte, und ließ mich mitziehen.

Es ging weiter, und trotz allem, was passiert war, fühlte ich mich, wie sich ein Wellenreiter fühlen muss. Eine riesige Welle trug mich immer weiter und weiter ...

Und dann kam das Ende. Das war Paul und mir bei den Proben erst total peinlich gewesen, und dann war es das Schönste, weil wir uns versprachen, ewig zusammen zu sein. Wir hatten das Gefühl, das Stück wär nur für uns geschrieben worden. Es fühlte sich an wie Wirklichkeit. Auf der riesigen Filmwand hinter uns verschwanden die Demonstranten gegen die Ausländer. Jetzt waren nur unsere Gesichter zu sehen, unsere Münder oder Arme. Was immer Armin gerade filmte, sah man gleichzeitig übergroß auf der Leinwand. Alles bekam so noch viel größere, unheimlichere Bedeutung.

Thomas/Paul: Oh Jennet, Jennet, was ließt Ihr mich nicht los, bevor ich ein Wort sagte von dem verdammten Wort Liebe. Ich will nicht Frieden schließen mit dieser finstern Welt, nur wegen einer halben Portion Flimmerlicht.

Niklas/Selim (kratzt sich am Kopf)**:** Ich werde gleich mein Hemd am Mastkorb hissen, wenn mich niemand aufliest. Was hat sich hier getan?

Humphrey/Pit: Ich hab's satt. Man weiß ja nicht mehr, woran man sich halten soll.

Jennet/ich zu Thomas/Paul: Das Leben ist süß. Das zeig ich dir schon die ganze Zeit. Aber deine Gedanken über die schlimme Welt sind stärker als ich. Das ist echt schade.

Thomas/Paul: Ich verlange nichts, nichts. Hört auf, mein Herz zu hetzen. Rettet Euch, wenn's sein muss, auf dem Weg über Humphrey. Unlöschbar bleibt Euer Augenblick des Zögerns, den kreide ich breit über alle Wände des Fegefeuers. Ist ja auch gleich, dass ich in Angst um Euch das Gras im Garten kahl trat, um einen Weg zu finden, Euch zu retten.

Jennet/ich: Das ist doch Mist. Wenn du dich nicht retten willst, dann musst du mich auch nicht retten. Die Mühe kannst du dir echt sparen. Vielen Dank auch.

Niklas/Selim: Humphrey, ich glaube, wir sind abgeschrieben. Ich geh jetzt ins Bett mit meinen eigenen Gedanken zwecks gegenseitiger Befruchtung. Komm, du Kind des Trübsinns. Uns bleibt das weite Meer.

Humphrey/Pit: Geh und ersäuf dich selbst und mich dazu.

Ich, ab von der Bühne. Musste mich schnell umziehen und kam zurück in meinem eigenen Kleid – Pauls Kleid mit den roten Blumen.

Tappercorn/Daniel: Der weibliche Häftling möge bemerken: Eine gewisse Milde waltet in dieser Nacht, eine Art schläfrige Unachtsamkeit. Aber ich will nichts gesagt haben. Wenn sie zurück in ihre Zelle will, niemand wird etwas dagegen haben. Andererseits – wie vollkommen leer müssen die Straßen im Augenblick sein. Freilich, der Mond ist voll. Um unbemerkt die Stadt zu verlassen, muss man mit Vorsicht zu Werke gehn. Nun ja, was mich betrifft, ich gehe jetzt und fall ins Bett. Gut Nacht.

Jennet/ich: Gute Nacht.

Thomas/Paul: Gut Nacht.

Tappercorn/Daniel (geht von der Bühne): Das wär wohl alles.

Ich und Paul waren allein auf der Bühne. Das war der schrecklichste Moment. Weil nichts mehr davon stimmte. Ich war nichts als ein Sozialnachweis. Paul hatte es gewusst und nichts gesagt. Er hatte sogar mitgemacht. Nur Pit war ehrlich. Arschlochmund tut Wahrheit kund.

Jennet/ich: Tom, fünfzig Jahre schenk ich dir mit mir und dann, das versprech ich dir, lass ich dich wieder los.

Thomas/Paul: Gier, Lust, Gemeinheit, Trug, leerer Schein und alle mögliche Beschränktheit – und davon weitere fünfzig Jahr bietest du mir?

Jennet/ich: Ja. Stell dir vor, Alter. Fünfzig Jahre von mir habe ich zu bieten. Die Welt sieht schöner aus, wenn du sie mit mir anguckst. Vertrau mir.

Thomas/Paul: Ich liebe dich, aber die Welt ist nicht verändert. Vielleicht könnte ich mir dich eine Weile über die Augen ziehen, aber die Welt bleibt weiter zum Speien.

Jennet/ich: Und was ändert das? Du spielst doch bloß mit dunklen Gedanken und auch mit dem Tod. Das ändert kein bisschen was. Na ja, außer für mich. Hallo? Bekomm ich eine Antwort?

Thomas/Paul steht da und sieht mich nur an.

Jennet/ich: Ich hab mein altes Kleid wieder angezogen. Das ist alles, was ich jetzt noch habe. Das bisschen, was mir gehört, und alles, was ich in dieser Stadt kenne, werd ich im Stich lassen. Die Welt sieht im Mondlicht aus, als wär sie eingefroren. Fühlt sich nicht gut an. Unheimlich. Aber es nützt ja nix. Ich muss vor morgen früh weg sein und irgendwo ganz neu anfangen. Eine andere Lösung gibt's nicht.

Thomas/Paul: Raffiniert! Die Finsternis soll helfen, mich zu besiegen. Du spekulierst auf die Möglichkeit, ich könnte aus guter Kinderstube sein. Und freilich, du hast recht. Ich muss dich heimbringen, wenn wir auch beide nicht wissen, wo auf der Welt dein Heim ist.

Jennet/ich: Echt? Tom! Das heißt, du bleibst bei mir? Und die Welt darf sich weiterdrehen?

Thomas/Paul: Ich kenne meine Grenzen. Wenn die Saat auf den Fluren reift, ist der Wind besessen vom Morgen.

Jennet/ich: Hör mal, ein Hahn kräht. Der Morgen kommt. Ich muss los. Du findest bestimmt, dass ich eine Last bin.

Thomas/Paul: So unentrinnbar wie die Erbsünde. Es soll mir schwerfallen, dich nur einen Tag zu entbehren, am Ende sogar meinem freundlichen Tod zuliebe.

Jennet/ich: Aber freundlich bin ich doch auch, oder etwa nicht?

Thomas/Paul: Dann wünsch ich uns beiden Guten Morgen. Und Gott erbarm sich unserer Seel.

Paul und ich standen da. Nebeneinander.

Die Bühne wurde dunkel.

Stille.

Und als das Licht wieder anging, kam der Applaus. Die Leute klatschten wie verrückt.

Paul streckte eine Hand nach mir aus.

Ich nahm sie nicht.

Die anderen kamen auf die Bühne. Kathi, Pit, Selim, Daniel. Sie hielten sich an den Händen, nahmen Paul und mich in die Mitte.

Wuhuuuu …

War das Dixi?

Bravopfiffe, Bravorufe.

Und noch mehr Beifall.

Wir gingen immer wieder auf die Bühne und verbeugten uns. Armin musste allein raus und dann wir alle mit ihm zusammen.

Es war wie eine Droge. Besser als Playhouse mit 'ner Flasche Sekt intus. Es fühlte sich an wie nach einer komplett durchgetanzten Nacht. Das schummrige Gefühl, die Aufregung im Magen. Wie eine irre Achterbahnfahrt.

Und es war der zweitschlimmste Tag meines Lebens.

34

Der Vorraum der Halle war rappelvoll. Ich war erst gar nicht mit den anderen nach hinten gegangen, sondern einfach von der Bühne gesprungen. Ich wollte die nicht sehen, mir nicht auf die Schulter klopfen lassen, nicht in Pauls bestürztes Gesicht gucken. Ich wollte keine Erklärungen von ihm. Von niemandem. Die Leute standen rum und holten sich Getränke an den beiden Bars. Vor der Tür standen sie auch. Es war ein warmer Abend.

Marie und Karl entdeckten mich und nahmen mich in den Arm. Die sahen genauso high aus wie ich's eben noch gewesen war.

Der Straubmann stand neben ihnen und drückte mich auch. Er sah mordsstolz aus. Ich machte mich los und suchte weiter, und endlich sah ich Dixi. Sie stand mit Energy, Artur, Tabea und Nasser da. Ich sofort hin.

»Es tut mir leid. Es tut mir richtig schlimm leid. Du hast mich nicht an die Polizei verraten. Und du hattest recht. Ich bin die Vorzeige-Edelschlampe. Wollen wir was trinken?«

Dixi guckte mich ganz ernst an. »Ich wollte echt sehen, wie du hier untergehst. Ich hab nicht geglaubt, dass du das hinkriegst. Und ich fand dich echt scheiße die letzten Monate.« Doch dann grinste sie, wie nur Dixi grinsen kann. »Aber das heute Abend ... Ich fand's voll cool, Baby! Party?«

»Party!«

Die anderen klopften mir auf die Schulter. Nasser sagte: »Durchgeknallt. Aber für Theater gar nicht mal oberscheiße.«

Energy strahlte mich an und dann küsste er Dixi!

»Echt?«, fragte ich. »Ihr beide?«

Dixi nickte. »Nach dem Schwimmbad, als du weg bist, hab ich mich mit Mirkan gestritten. Über die Pinkelsache. Und dann war's vorbei mit uns. Endgültig. Ich hab jetzt den besten Typ von der Welt.«

Das hatte sie über Mirkan auch gesagt. Und über jeden vorher. Aber ich freute mich echt für die beiden. Energy würde nie blöd zu Dixi sein.

Artur meinte: »Coole Nummer. Das Theater, mein ich. Also, du warst gut.«

Ich grinste ihn an. Jetzt war mir auch klar, warum Energy nicht mehr mit seinem besten Freund Mirkan abhing. Ging natürlich nicht, wenn er in Dixi verknallt war ...

»Ihr seid eingeladen. Bestellt, was ihr wollt. Sagt, es geht auf mich ...«

Ich hatte keine Ahnung, was das hier kostete, war mir aber egal. Wir konnten ja auch einfach abhauen.

In dem Moment sah ich meine Großeltern und meinen Bruder. Kathi stellte sich neben ihn. Und da hab ich's begriffen. Die Art, wie sie sich neben ihn stellte. Die kannten sich, und zwar mehr als nur ein bisschen! Mein Bruder nahm kurz ihre Hand, aber sie schüttelte ihn ab und guckte sich um. Ich sollte es nicht sehen.

»Nein. Sagt, es geht auf Katharina Weber.«

Die hatte ja jetzt das Geld von ihrem Stipendium.

Aber das Stipendium hatte ihr wohl nicht gereicht. Sie hatte sich auch noch meinen Bruder geschnappt und mir nichts gesagt. Natürlich nicht. Mir musste man ja nichts erzählen.

Und mein Bruder, der Arsch, hatte sich einfach in mein neues Leben eingemischt. Was sollte der Scheiß? Ich machte mich doch auch nicht an seine Kampfsportfreunde ran.

Wir gingen zur Bar, und ich machte dem Sekteinschenker klar, was hier Sache war. Ich nahm mir ein Glas und trank es auf ex. »Wartet ihr auf mich? Bin gleich wieder da.«

Ich rüber zu Kathi und meiner Familie.

Meine Omi: »Mein Mädchen, war das schön!«

Gropi nickte mir zu. Ich konnte sehen, wie stolz er war.

Mein Bruder lächelte mich an. Ich lächelte nicht zurück.

Ich zu meinen Großeltern: »Wir sehen uns zu Hause. Wir feiern noch. Ich und meine Freunde.« Ich packte Kathi am Arm und zog sie mit mir. »Und zu denen gehörst du nicht.«

»Lass mich los, Sarah. Was soll das? Paul hat gesagt, dass was nicht stimmt. Wegen Armin und der Stiftung? Das ist doch nicht so schlimm.«

»Nee, stimmt. Gar kein Problem. Deswegen habt ihr mir auch nichts gesagt. Und sonst? Hat dein Vater den Abend überlebt?«

»Was?«

»Lebt er oder lebt er nicht?«

»Natürlich lebt mein Vater.«

»So wie du den hasst, wundert mich das. Gibt er dir keine Kohle für dein tolles Studium im tollen Ausland? Musst du mich benutzen?« Ich leierte den Text vom Zettel runter, den kannte ich auswendig: »Ich hasse meinen Vater. Er ist ein Monster. Eines Tages bring ich ihn noch um.«

»Woher hast du das?«

»Ich weiß über alles Bescheid. Schönes Leben noch, du Ratte!«

Ich ließ sie stehen, stellte mich mitten zwischen meine echten Freunde.

Ich sah Paul, wie er rumlief und guckte. Er entdeckte mich und kam auf uns zu. Er versuchte zu lächeln und gleichzeitig sah er ängstlich aus. Gut so! Ich wollte ihm wehtun. Ich wollte allen einfach nur noch wehtun.

Ich flüsterte Artur zu: »Lust zu küssen?«

»Echt?«

»Klar!«

Ich legte meine Arme um seinen Hals und küsste ihn. Seine Zunge fühlte sich an wie ein nasser Schwamm in meinem Mund. Aber das war egal. Ich küsste ihn, bis meine Lippen taub waren.

Als ich meine Augen wieder aufmachte, war Paul verschwunden.

Ich machte einen Schritt von Artur weg.

Artur sah mich an: »Alles okay?« Er versuchte, meine Hand zu nehmen.

»Lass mal. Im Moment nicht.«

»Okay. Später vielleicht?«

Ich nickte.

Wir schnappten uns noch drei Flaschen Sekt auf Frau Weber und zogen ab. Dixi und Energy nahmen mich in die Mitte.

Kathi stand vor der Tür. Sie rief »Sarah!« hinter mir her.

»Verpiss dich!«, schrie ich.

Wir liefen zur Brücke. Die anderen ließen die Korken knallen. Ich rief Mütze an. Er ging sofort ran.

»In einer Stunde wie immer?«

»Klar, Sternchen, dachte schon, du lässt mich hängen.«

Ich trank, so viel ich abbekommen konnte, und als die Flaschen leer waren, machte ich mich mit den anderen auf den Weg. Die wollten ins Playhouse.

»Ich komm nach«, versprach ich.

»Diesmal aber wirklich«, sagte Dixi.

Am Spielplatz trennten wir uns. Das war Mützes und mein Treffpunkt. Er war schon da, saß auf der Rückenlehne von einer Bank. Als er mich sah, schnippte er seine Kippe weg. Er guckte sich noch mal um, bevor er das Zeug aus seiner Jacke zog. Ich steckte es in meine Tasche, und er sagte mir, was ich für ihn rausbekommen musste. »Rest ist wie immer für dich.« Er küsste mich auf die Stirn. Wie früher.

Ich war schon fast am Playhouse, da wusste ich plötzlich, dass ich da nicht mehr reinwollte.

Keine Ahnung warum.

Ich hatte gar nichts Besonderes gedacht, eigentlich hatte ich grad überhaupt nichts gedacht. Aber der Gedanke erschien auf einmal hell und klar in meinem Kopf.

Ich drehte um und ging langsam nach Hause. Ich musste die Stadt verlassen, wie Jennet in dem Stück. Ich hatte es gespielt und jetzt würde ich es auch machen. Alles musste anders werden. Ganz anders. Alles, was mir vertraut war, musste ich im Stich lassen und neu anfangen.

Wie Jennet.

Nur eben ohne Paul.

Und mein Bruder musste sich um unsere Großeltern kümmern. Er konnte ja mit Kathi auf Großfamilie machen.

Als ich nach Hause kam, war überall schon Licht aus. Ich schlich in mein Zimmer und stopfte ein paar Klamotten in den uralten Seesack von meinem Opa. Als Kind hatte ich mir immer vorgestellt, dass ich damit auch mal auf ein Schiff gehen würde. Gropi hatte mir so viele Geschichten erzählt. Ich wurde traurig, als ich an meine Großeltern dachte, die nebenan schliefen und nichts ahnten. Ich durfte auf keinen Fall ins Schlafzimmer gucken, sonst würde ich es nicht mehr schaffen zu gehen. Aber es war besser so für alle. Aus Gropis Geldbeutel holte ich mir noch die EC-Karte. Die Nummer hatte ich mir vorsichtshalber gemerkt, als ich mal mit ihm am Bankautomat war. Man konnte ja nie wissen. Ich schrieb einen Zettel, dass sie sich wirklich keine Sorgen machen müssen. Ich schnappte mir den Schlüssel von meiner Currywurstbude und lief wieder los.

Im Büro hinten stand der Schreibtisch mit der Kasse drin. Ich machte kein Licht – eine Straßenlaterne brannte direkt vorm Fenster und ich konnte genug sehen. Hardy hatte nicht mal einen Tresor. Die Kasse schob er einfach immer in die große Schublade. Ich hatte Glück, er war nicht bei der Bank gewesen, so faul, wie er war. Sechshundert Euro waren drin. Ich schrieb einen Zettel: *Das ist ein Notfall. Ich zahl's zurück, wenn ich kann.*

Ich nahm mir noch drei Bier und machte mich auf zum Bahnhof. Bevor es hell wurde, musste ich aus der Stadt raus sein – wie Jennet. Mein Bühnenkleid hatte ich anbehalten und nur eine Strickjacke drübergezogen, weil es nicht mehr so warm war mitten in der Nacht. Genau wie im Stück war Vollmond und die Welt sah krass aus. Wirklich wie eingefroren im Nachtlicht. Wie Tappercorn gesagt hatte, ging ich vorsichtig zu Werke und lief nah an den Häusern entlang, damit mich niemand sah. Wenn Autos kamen, stellte ich mich in Hauseingänge. Ich ging den ganzen Weg zum Bahnhof zu Fuß. Die U-Bahn zu nehmen traute ich mich nicht. Die Straßen waren leer. Es war kaum jemand unterwegs.

Als ich ankam, war es fast halb zwei. Um zwei Uhr zwanzig fuhr mein Zug ab. Ich hatte erst noch überlegt schwarzzufahren, aber das war mir dann doch zu unsicher und ich zog am Automaten eine Karte.

Berlin. Nur hin.

35

Ist leider ziemlich schiefgegangen, die Sache mit Berlin.

Ich sitze in einer Zelle. Polizeidirektion 5, Berlin-Kreuzberg, hat Hakan gesagt. Das ist der Polizist, der mich verhört hat.

Die Zelle ist natürlich nicht abgeschlossen, dürfen die ja gar nicht, und eigentlich sollte mich so ein Jugendnotdienst abholen, aber die kommen irgendwie nicht, wegen zu wenig Personal.

Ich hab Hakan nicht angelogen. Keine Ahnung, warum nicht. Er ist ziemlich süß und sexy, aber das kann's ja wohl nicht sein. Ich wollte einfach, dass mir jemand zuhört. Telefonnummern und Adressen musste ich ihm auch noch zur Wahrheit dazugeben.

Nachdem ich die drei Bier intus hatte, bin ich im Zug eingeschlafen. Blöderweise musste ich zweimal umsteigen und in Hannover hätt ich's beinah verpennt.

Den Tag über hab ich mich rumgetrieben. Als es schon wieder dunkel wurde, hab ich mich in einen Park gelegt. Ich konnte einfach nicht mehr. Ich muss wie im Vollkoma geschlafen haben, denn als ich wieder aufwachte, lagen alle meine Klamotten um mich rum verteilt und die Kohle war weg und die EC-Karte und alles andere auch. Da hab ich kurz mal einen Heulkrampf bekommen. Ich hatte den Seesack extra unter meinen Kopf gelegt und das Geld vorne in meine Jeanstasche gesteckt. Das ganze Gras von Mütze war natürlich auch weg. Das hätte ich doch merken müssen. Aber ich hab nix gemerkt. Absolut gar nichts. Deshalb hatte ich jetzt auch absolut gar nichts mehr, außer Hunger.

Und dann ist der Typ aus der Dönerbude auch noch schneller als ich. Wegen einem Döner! Ich hatte bestellt, und als er mir das Ding hinhielt und *drei fuffzig* sagte, hab ich's mir geschnappt und bin gerannt.

Neue Regel:

Niemals mit Flipflops klauen gehen!

Ich hab Hakan sogar erzählt, dass ich die Kasse von meiner Currywurstbude leer geräumt hab.

Hakan fand meine Geschichte ziemlich cool, und ich wollte alles, nur nicht allein sein. Hätt vielleicht auch geklappt, doch dann musste er sich um drei besoffene Typen kümmern und der Plan ging nicht auf. Da hab ich Hakan nach Papier gefragt zum bekritzeln. Er hat es mir gegeben.

Später kam er noch mal und sagte: »Deine Familie ist benachrichtigt.«

Sie kommen und holen mich – morgen Nachmittag oder Abend.

Bis morgen dauert es eine Ewigkeit.

Ich will nicht drüber nachdenken, wer mich abholt. Und ich hab auch nicht gefragt.

Gromi und Gropi ganz bestimmt nicht.

Meine Mutter mit ihrem Typ? Die könnte schon lange da sein, aber die würde niemals kommen, die hat nicht mal die Tür aufgemacht.

Wenn mein Bruder kommt, macht der mich fertig. Gut, damit könnte ich leben. Aber wenn er Kathi mitbringt ... das trau ich den beiden zu ...

Katharina. Ich will die nie wieder sehen.

Und Paul? Paul ist nicht Familie. Paul wird nicht kommen. Paul soll sich eine bessere Freundin suchen. Eine, die zu ihm passt.

Ich vermisse Paul.

Es fühlt sich an wie ein T-Shirt auf der Haut, das noch nicht ganz trocken ist. Klamm und kalt. Am besten ist es, nicht mehr an ihn zu denken. Aber Erinnerungen kann man nicht einfach zerreißen und in den Papierkorb werfen, auch wenn sie sich nicht mehr gut anfühlen.

Ich lege mich auf die Pritsche und starre an die Decke.

Mir fallen die Augen zu.

Hakan fasst mich am Arm. »Kaffee?«

Ich setze mich hin. »Wie spät?«

»Sieben Uhr morgens. Meine Schicht ist zu Ende.«

Ich nehme den Kaffeebecher. Heißer, dampfender Kaffee.

Frühstücken kann ich beim Jugendnotdienst, sagt er.

Die Tante, die mich abholt, sieht nett aus. Im Auto fragt sie, ob ich reden möchte. Ich schüttle den Kopf und wir fahren schweigend zu einem hellgrünen Gebäude irgendwo in Berlin. Ich bekomme ein Zimmer und muss wieder warten. Es gibt ein Bett und ich bin müde, aber ich will nicht schlafen. Die Wände sind hellblau gestrichen, vielleicht soll das beruhigend wirken. Eine Pflanze steht in der Ecke. Mittags gibt's Nudeln mit einer seltsamen Käsesoße. Keinen Hunger. Ich bringe das Tablett raus, setze mich an den Tisch am Fenster und schaue raus.

Grauer Himmel, graue Häuser.

Es klopft. Die Tür geht langsam auf.

Katharina.

Wieso die? Wie scheiße ist das denn? Wir sagen nichts.

Aber es ist krass. Nach all dem Warten ist die Wut weg.

Alles ist falsch in meinem Leben.

Kathi setzt sich an den Tisch. Sie legt ihre Hände auf die Platte und sieht mich an. Ihre Haare sind wie immer zum Pferdeschwanz gebunden. Sie wirkt müde. Geschieht ihr grad recht. Kann sich ja gleich wieder bei meinem Bruder anlehnen.

Sie fängt an zu reden: »Ich habe lange überlegt, was ich dir sagen soll. Es ist schwer, einen Anfang zu finden. Es tut mir leid. Ein paar Dinge tun mir wirklich leid. Es war blöd, dass Sanne dir das vom Stipendium erzählt hat. Ich wollte es dir selbst sagen, aber nicht am Theaterabend. Ich hatte Angst, dass es falsch ankommt bei dir. Und das versteh ich sogar. Obwohl sich die Dinge für mich ganz anders anfühlen. Ich habe dich von Anfang an gemocht, und ich habe das nicht nur gemacht, um an das Stipendium zu kommen. Ich habe mich schon immer sozial engagiert. Ich finde das wichtig. Sarah?«

Ich schaue weiter nach draußen. Am liebsten möchte ich mir wie als Kind die Ohren zuhalten.

»Und die Sache mit Armin und der Stiftung. Dass das dann auch noch so blöd rausgekommen ist …«

»…«

»Ich hätte es dir sagen müssen, nicht Sanne.«

»Is ja wohl kaum Sannes Schuld.« Ich stehe auf, schnappe mir die blöde Zimmerpflanze und stelle sie auf meinen Stuhl. »Ich bin kein Ding.«

»Natürlich nicht. Das meinte ich auch nicht.« Kathi steht auf und nimmt das Teil runter. »Bitte, Sarah, setz dich wieder. Hör mir zu.«

Ich schiebe den Topf mit dem Schuh ein Stück weg und hocke mich wieder hin. Aber ich schaue Kathi nicht an. Mein Blick geht aus dem Fenster.

»Es tut mir wirklich leid. Es ging bei dieser Sache nie darum, dich als soziales Vorzeigeprojekt zu behandeln. Du bist kein Experiment, kein Ding. Du bist toll. Du hast die Sache gemeistert, du hattest Erfolg auf der Bühne. Die Leute waren begeistert von *dir*. *Du* hast deinen Abschluss gemacht. Nicht ich. Dass Pit so einen Schwachsinn geredet hat, tut mir echt leid. Er hat's mir erzählt. Du weißt, dass der Typ ein Volltrottel ist.«

Mein Kopf fährt herum. »Mit dem du mal zusammen warst.«

»Ich hab mich lange Zeit in meinem Leben selbst als Sozialfall gefühlt. Als Experiment, das ich nie wirklich begriffen habe. Meine Eltern sind nicht meine richtigen Eltern. Sie haben mich adoptiert. Aber ich hatte nie das Gefühl, dass sie mich wirklich geliebt haben. Jedenfalls nicht mein Vater. Und ich habe mich immer gefragt, warum sie es dann gemacht haben, wenn sie mich gar nicht wirklich wollten. Um was Gutes zu tun? Ich bin ihnen dankbar auf eine gewisse Art. Aber es ist auch hart.«

»Du weißt nicht, wer deine Eltern sind?« Ich meine, meine Mutter ist scheiße, aber immerhin weiß ich, wer sie ist. Auch wenn sie Najim und mich einfach sitzen gelassen hat.

Sie schüttelt den Kopf. »Nein, weiß ich nicht. Ich hab mir oft erträumt, dass meine richtige Mutter irgendwann bei uns vor der Tür steht und sagt, sie habe einen großen Fehler gemacht. Dann habe ich mir vorgestellt, dass sie arm war und nicht weiterwusste, und dass sie mich nur deshalb weggegeben hat, damit ich es besser habe und eine Chance. Vielleicht wurde ich ihr aber auch weggenommen, weil sie Alkoholikerin war und sich nicht um mich gekümmert hat. Aber das will ich nicht denken. Ich hoffe, sie hat mich geliebt. Und ich wünschte, ich hätte bei ihr sein können. Aber so ist es eben nicht. Ich will was werden, ich will was besser machen, und niemals möchte ich mein Kind weggeben müssen.«

Eine Weile schauen wir beide schweigend aus dem Fenster. Der Himmel reißt auf, langsam kommt die Sonne raus. Eigentlich sind die Häuser gegenüber gar nicht grau, eher beige.

Kathi knetet nervös ihre Finger, als sie weiterredet. »Pit war der erste Mann, der sich wirklich für mich interessiert hat. Dachte ich jedenfalls, aber dann habe ich gemerkt, dass ich mir jemanden gesucht habe, der genauso ein Bestimmer und Rechthaber ist wie mein Vater. Ich dachte, er liebt mich. War aber nicht so. Es hat gedauert, bis ich mir das wirklich eingestehen konnte.«

Ich schaue Kathi in die Augen. Sie sind blau. Hellblau, nicht so dunkelmeerblau wie die von Paul.

»Und Armin und die Stiftung?«

Kathi stützt den Kopf in die Hände.

»Sag.«

»Du weißt doch, dass Armin der Sponsor weggebrochen ist. Und er wollte unbedingt dieses besondere Bühnenbild mit der tollen Technik. Er wusste das von mir und dem Stipendium, und dann hat er sich umgehört.« Wieder schweift ihr Blick aus dem Fenster, als ob sie mich gar nicht ansehen kann.

»Und weiter?«

Sie zuckt mit den Schultern. Ihre Stimme wird leise. »Er ist auf eine Stiftung gekommen, die Projekte mit integrativem Hintergrund fördert. Nächstes Jahr will er das wohl noch ausweiten, das ist Teil der Verabredung.«

»Das ist so was von mies! Ihr habt mich von vorn bis hinten ausgenutzt.«

»So war das doch nicht gemeint!«

»Ihr hättet es mir sagen müssen!« Ich haue mit der Hand auf den Tisch. Kathi zuckt zusammen, als hätte ich sie geschlagen, aber dann setzt sie sich ganz aufrecht hin.

»Ja. Du hast recht. Aber es war so: Paul fand es erst mal grundfalsch, das Geld überhaupt zu beantragen. Er meinte, du würdest dich herabgesetzt fühlen. Und die anderen meinten dann, du müsstest es ja nicht erfahren. Und sie haben ihn überstimmt. Ich habe, genau wie Paul, dagegen gestimmt. Aber das macht es jetzt auch nicht besser. Wir hätten es dir trotzdem sagen müssen. Das war ...«

»Das war so richtig scheiße!«

Kathi nickt. »Ja, das war es. Es tut mir schrecklich leid.«

»Und mein Bruder?«

Sie guckt auf den Tisch, als ob sie mit der Holzplatte spricht, und knetet wieder an ihren Fingern rum. »Ja, das hätte ich dir auch sagen müssen. Aber ich habe mich einfach nicht getraut. Das war so falsch wie alles andere. Najim wollte es von Anfang an. Aber ich wusste, dass du verletzt sein würdest.« Sie sieht mich an. »Selbst wenn du immer auf ihn schimpfst. Ich weiß, dass du ihn in Wirklichkeit liebst. Und er dich genauso. Und dass du ihn nicht verlieren willst. Aber das wirst du auch nicht.«

Ich merke, wie mir Tränen in die Augen steigen. Das ist doch Scheiße. Kann ich nicht leiden.

Wir sitzen einfach da, und ich überlege, was ich tun soll. Schaue die hellblauen Wände an, aber da steht auch keine Lösung. Ich weiß nicht, ob ich ihr verzeihen will, ihr und den anderen.

Aber ist ja nicht so, als ob ich noch nie was falsch gemacht hätte. Mache ich ständig.

Kathi sieht mich an und sagt: »Entschuldigung! Wirklich, Sarah, entschuldige.«

Es hört sich echt an.

Nach einer Weile grinse ich blöd und sage: »Am Ende hast du also doch deine Sozialbilanz mit mir gepimpt. Hab ich doch gleich gesagt.«

Kathi grinst auch. »Und es hat super geklappt. Vielen Dank für's Stipendium.«

Sie greift in ihren Nacken, nimmt ihre Kette ab und schiebt sie über den Tisch zu mir. »Ich habe viel von dir gelernt. Ich hoffe, dass wir befreundet sein können. Wir waren ein gutes Team.«

Ich nehme die Kette und lasse sie zwischen den Fingern baumeln. »Wie geht's Gromi und Gropi?«

»Sie sind okay. Wir haben ihnen eine beschönigte Version aufgetischt von dem, was passiert ist. Sie sind okay, wirklich. Darf ich dich was sehr Persönliches fragen?«

»Klar ... Ich muss ja nicht antworten.«

Sie lacht. »Eure Mutter lebt doch in Berlin. Najim hat es mir gestern erzählt. Bist du deswegen hierhergefahren? Willst du sie treffen?«

»Najim hat von unserer Mutter erzählt?«

»Na ja, nicht wirklich. Nur, dass sie nach Berlin abgehauen ist, als ihr klein wart, und er sie nie wieder sehen will. Und dass er auch nicht darüber sprechen will. Und zwar niemals.«

Niemals. Mein Bruder und ich haben auch niemals darüber geredet. Nur ganz am Anfang, da hab ich gefragt, ob sie bald wiederkommt. Aber sie kam nicht wieder, und seitdem schweigen wir drüber.

Ich weiß nicht, warum ich nach Berlin gefahren bin. War das Erste, was mir eingefallen ist.

Vielleicht echt wegen meiner Mutter. Vielleicht aber auch, weil's eine Stadt ist, in der alles geht. Keine Ahnung. Vielleicht hat sie sich damals auch gedacht, dass hier alles geht. Wer weiß das schon.

»Nein«, sage ich, »nicht wegen meiner Mutter.«

Nur dass ich, bevor ich gegangen bin, ihre Adresse aufgeschrieben hab, die schon seit Jahren ganz hinten im Adressbuch von Gromi und Gropi steht.

Wir sitzen noch ein bisschen in dem kahlen Zimmer an dem leeren Tisch, und dann sagt Kathi: »Lass uns gehen. Najim wartet.« Sie holt ihr Handy raus und redet mit meinem Bruder. »Wir kommen jetzt. Wo bist du?« Sie hört eine Weile zu, sagt »Bis gleich« und legt auf.

Najim wartet in einem Hotel ein paar Straßen weiter. Da hat er auch zwei Zimmer für uns reserviert.

Er nimmt mich einfach in den Arm und hält mich fest.

Bevor ich noch anfange zu heulen, mach ich mich los.

Wir setzen uns in die Lobby. Klar gibt's kein Bier. Wir trinken Tee. Wäre früher echt nicht drin gewesen.

Najim holt einen Brief aus der Jackentasche und gibt ihn mir. »Der kam heute Morgen an. Gropi hat mich angerufen, wir waren schon fast auf dem Weg und sind noch mal zurück.«

Es ist ein lila Umschlag. Ich gucke auf den Absender.

Sarah Wiener!

Mein Herz macht einen winzigen Hüpfer. »Ich hab meinen Brief doch gar nicht abgeschickt.«

»Du nicht, aber Gropi.«

»Ich hab den Brief weggeschmissen!«

»Er hat ihn im Altpapier gefunden. Es waren sogar schon Briefmarken drauf, sagt er, und er dachte wohl, dass das seltsam war. Er meinte, du hättest von Sarah Wiener erzählt, und dachte, dass es vielleicht wichtig wär. Da hat er den Brief abgeschickt.«

»Ohne es mir zu sagen.«

»Gropi kennt dich ganz gut ...«

Ich stecke den Brief ein. Ich will ihn erst lesen, wenn ich allein bin.

Und dann traue ich mich zu fragen.

»Was ist mit Paul?«

Die beiden sehen sich an und schütteln den Kopf.

»Wir haben nur noch an dich gedacht«, sagt mein Bruder.

Kathi nickt: »Paul haben wir einfach vergessen.«

Als ich abends allein auf meinem Hotelbett liege, mache ich den Brief auf.

Sarah Wiener will mich sehen. Sie will mich sehen! Ich soll sie anrufen und einen Termin ausmachen. »Wirklich ein gutes Zeichen, dass wir beide Sarah heißen«, schreibt sie.

Ich mache das erste Mal, seitdem ich abgehauen bin, mein Handy an und versuche Paul anzurufen, aber jetzt ist sein Handy abgestellt.

Der Abend auf dem Kran ist wieder da. Hätte Paul nur nicht so ein Riesendrama gemacht und es einfach gesagt. Klar, ich wär stinksauer gewesen. Aber na und ...? Er hatte Angst, dass was zerbricht, wenn er es erzählt.

Es ist auch echt was zerbrochen, aber das ist nicht seine Schuld. Wenn ich mir vorstelle, ich hätte gesehen, wie er einfach mit ’ner anderen knutscht ...

Er hat gesagt, dass er mich liebt, und er hatte Angst, dass ich ihn nicht mehr zurückliebe, wenn er mir die Wahrheit sagt.

Ich lieb ihn aber. Immer noch.

Große rote Buchstaben schwimmen plötzlich in meinem Kopf. Wie Treibholz im Meer. *Vertrauen ist Mut.* Wenn zwischen uns alles gut werden soll, muss ich ihm erzählen, was damals passiert ist. Irgendwann. Damit er weiß, warum ich so bin.

Ich geh nach nebenan und klopfe. Najim und Kathi sitzen nebeneinander auf dem Bett. Sie haben zwei Flaschen Bier in der Hand.

»Katharina«, sage ich streng. »Du trinkst doch nicht etwa Bier?«

Sie lacht. »Alkoholfrei.«

Ihre Kette hängt um meinen Hals.

Kathi jubelt, als sie hört, dass Sarah Wiener mich treffen will.

Mein Bruder nickt nur. Typisch, nicht geschimpft ist schon genug gelobt.

Ich muss mich erst dran gewöhnen, dass die beiden zusammen sind, darum geh ich gleich wieder.

Ich stehe vor der Tür, die Klinke in der Hand. Sie wirken so vertraut. Wie ein altes Ehepaar. Ein gutes altes Ehepaar.

Ich klopfe noch mal und stecke meinen Kopf rein. »Wollt nur sagen, wenn euch die Liebe wirklich erwischt hat, dann bleibt ihr treu und lasst sie nicht mehr los. Das ist der ganze Sinn. Auch wenn es manchmal anstrengend ist.«

Kathi lacht und wirft mir eine Kusshand zu. »Du hast recht, Sarah. Danke!«

Mein Bruder lacht auch, obwohl er nichts checkt. Verliebt eben. Halbdebil.

Zurück in meinem Zimmer, rufe ich bei Pauls Eltern an. Marie geht dran. »Sarah! Was macht ihr denn für Sachen?«

Warum müssen Erwachsene immer fragen, was wir für Sachen machen?

»Paul ist gestern nach Travemünde. Zu seiner Oma.«

Sie gibt mir die Adresse. Ich schreibe sie auf so 'nen Notizblock vom Hotel.

Morgens sitzen wir zu dritt beim Frühstück. Najim und Kathi wollen noch ein paar Tage bleiben, wenn sie schon mal in Berlin sind.

»Tja, das habt ihr mir zu verdanken«, sage ich.

Mein Bruder guckt, als ob ich in seinen Kaffee gespuckt hätte.

Kathi lacht. »Ist doch alles für was gut.«

Ich gehe in die Lobby und rufe Sarah Wiener an. Sie ist wirklich nett. Übermorgen bin ich mit ihr verabredet.

Übermorgen!

Aber bis übermorgen ist noch viel Zeit. Ich verabschiede mich von meinem Bruder und Kathi und fahre zum Bahnhof. Diesmal laufe ich nicht weg. Diesmal laufe ich hin. Das heißt, ich fahre hin, zu Paul nach Travemünde. Er weiß nicht, dass ich komme. Ich wünsche mir, dass nicht alles kaputt ist zwischen uns. Ich weiß, dass nicht alles kaputt ist zwischen uns. Es darf einfach nicht sein.

Im Zug drücke ich mein Gesicht an die warme Scheibe und sehe die flache Landschaft vorbeiziehen. Alles ist anders als bei uns. Nur Felder und Bäume und Weite.

Es ist hell und warm.

Der blaue Himmel

Ich weiß, dass die Sterne immer leuchten, auch wenn wir's nicht sehen. Ich weiß, um uns herum ist nur das Universum mit all den Sternen und Planeten, das sich um nichts kümmert.

Aber es gibt jemanden, für den ich die Welt bin.

36

Wir sind die einzigen beiden Menschen. Es ist Nacht. Sarah und ich haben die nackten Füße im kühlen Sand vergraben und sehen zu, wie helle Sternschnuppen auf das dunkle Meer zustürzen. Als gäbe es hier unten etwas unendlich Kostbares, wofür es sich lohnt zu verbrennen. Gibt es auch. Aber ich trau mich nicht, es mir zu wünschen.

Sie nimmt den letzten Schluck Bier und wirft die Dose in Richtung Wasser. Sie schlingt die Arme um sich. »Kalt«, sagt sie. »Lass uns gehen.«

Ich ziehe die Kapuzenjacke mit dem Totenkopf aus, die sie für mich geklaut hat, und lege sie ihr um die Schultern. Ich trage sie gerne. Sie gehört zu unserer Geschichte. Ich nehme ihre Hand, halte sie einfach fest.

Sarah wird ganz steif und still, und ich spüre, sie würde am liebsten wieder weglaufen. Aber sie bleibt sitzen und irgendwann sagt sie: »Es tut mir leid. Wirklich.«

»Schon gut«, sage ich.

Und dann küsst sie mich. Helle, salzige Küsse.

SCHLUSS

Die Geschichte ist zwar zu Ende, aber ich wollte noch ein paar Sachen sagen. Es ist nicht alles hundertprozentig wahr, was ich erzählt habe.

Es waren, zum Beispiel, nicht 600 Euro, die ich Hardy geklaut habe. Es waren nur 450. Er sagt, ich kann sie ihm zurückzahlen, wenn ich mein eigenes Restaurant habe.

Es war auch kein Döner, den ich geklaut habe, sondern ein Börek. Mag ich viel lieber als Döner.

Und Mütze hatte mir diesmal kein Gras gegeben, sondern Piece. Ist aber derselbe Grundstoff sozusagen. Er ist wieder verschwunden, und es gibt das Gerücht, dass er im Gefängnis ist. Ich werde jedenfalls nie im Leben wieder was mit Drogen machen. Wenn die mich mit dem Zeug erwischt hätten, würd ich jetzt bestimmt auch sitzen. Oder mindestens vorbestraft sein und auf Bewährung, oder so. Schrecklich.

Ich wollte die Geschichte eigentlich ganz wahrheitsgemäß erzählen. Aber so bin ich eben nicht. Und es waren ja nur Kleinigkeiten. Ist ja eigentlich auch nicht wirklich wichtig.

Nur eine Sache. An diesem ersten Tag in Berlin, da bin ich nachmittags zu meiner Mutter. Hatte ich ja gesagt, dass ich da war. Aber es stimmt nicht, dass niemand aufgemacht hat. Das heißt, zuerst ja. Ich stand ewig da, bis ich mich getraut hab zu klingeln. Erst kam niemand, also klingelte ich noch mal. Die Tür ging auf und ein kleines Mädchen sah mich an. Vielleicht so sechs Jahre. Mit langen Haaren wie Kupfer. Aus der Wohnung rief meine Mutter ziemlich genervt: »Luisa, wer ist denn da?«

Die Kleine sah mich mit großen Augen an.

Ich legte den Finger auf die Lippen und flüsterte: »Niemand.«

Die Kleine rief: »Niemand, Mami!« Und machte die Tür zu.

Ich hab mich umgedreht und bin die Treppe wieder runter und dann in den Park.

Das Geheimnis der Freiheit ist der Mut

Stehen bleiben: es wäre der Tod.
Nachahmen: es ist schon eine Art von Knechtschaft.
Eigne Ausbildung und Entwicklung: das ist Leben und Freiheit.

Halt, Moment, bevor ich's vergesse. Herr Straubmann, Sie hatten uns doch diese Aufgabe gegeben: Über Knechtschaft und Freiheit sollten wir so zwei, drei Seiten schreiben. Als Abschlussarbeit. Ich hab bis jetzt nichts abgegeben. Haben Sie ja bestimmt gemerkt. Weil, es ist eben eine längere Geschichte geworden. Aber ich denke, in dem Buch sind 'ne Menge Antworten drin.

LESEPROBE

»Wir waren hier«

von Nana Rademacher

ISBN 978-3-473-40139-0

13. Oktober – Zurück auf dem Dach

Seit ein paar Tagen funktioniert mein NetBoard wieder. In einem Trümmerhaus, grad die Straße runter, hab ich einen alten Festplattenchip gefunden und ausgetauscht.

Wir waren schon mal in dem Haus – Luki, Santje und ich. Damals haben wir ein altes Radio entdeckt, in dem noch funktionierende Batterien waren. Diesmal sind wir bis ganz nach oben geklettert. Und in einem Zimmer voller Schutt von der Decke, mit umgekippten Regalen und einem zertrümmerten Schreibtisch, schiebe ich Steine zur Seite, und, bloß von einem Brett geschützt, liegt da ein ziemlich altes, aber noch richtig gutes Board, als hätte es nur auf mich gewartet. Zu Hause hab ich's auseinandergebaut, und da ist er, der Chip.

Ewig hab ich nach so was gesucht. Platinsolar! Ich musste noch warten, bis wir wieder Strom hatten, damit ich mein Board aufladen konnte. Der Akku ist noch ziemlich gut. Wie riesig die früher waren!

Dann bin ich sofort rauf aufs Dach und hab ausprobiert, ob der Chip funktioniert und man nicht doch noch irgendwie online kommt.

Eigentlich ist es das Uralt-Board meines Vaters, aber es interessiert ihn nicht mehr. Er denkt ja, es sei kaputt. Und er weiß, dass ich dauernd an irgendwas rumbastle. Deswegen fragt er auch nicht nach.

Bei meinem Roll-Up hat sich die Bildschirmfolie gelöst, das kann man nicht mehr reparieren. Das Board ist alt, es ist sogar noch so eins zum Aufklappen. Noch nicht mal den Bildschirm kann man abnehmen. Ist nichts mit einfach aufrollen und in die Tasche stecken. Aber unter den Pullover bekomm ich's locker geschoben, ohne dass jemand was sieht.

Zwei Jahre lang konnte ich nicht schreiben und nicht ins Netz. Fühlt sich ein bisschen an wie nach Hause kommen. Ich kenn niemanden, der noch reinkommt. Würde allerdings auch niemand zugeben.

In der Wohnung kann ich's nicht tun. Meine Eltern dürfen auf keinen Fall erfahren, was ich mache. Die drehen durch, weil Ich Uns Noch Alle In Gefahr Bringe. Und außerdem würden sie dann wissen wollen, was in der Welt los ist. Alle wollen immer Infos. Wollen wissen, was vor sich geht.

Das Netz für unsere Smart-Eyes gibt es nicht mehr und damit sind sie eigentlich Schrott. Aber die Soldaten benutzen ihre Smart-Eyes, jedenfalls manche. Es heißt, sie haben ein eigenes Netz.

Das All-Net funktioniert noch. Nicht besonders stabil, aber es geht, bis jetzt jedenfalls. Es ist fast ein bisschen unheimlich. Ich hab's mir so gewünscht, aber auch gedacht, dass die Web-Polizei es einfach abgestellt hat.

Oder nutzen die das auch? Ich hab keine Ahnung. Viele Seiten sind nicht mehr zu erreichen oder gesperrt, und ich soll mich anmelden. Wie früher eben. Aber immerhin ist meine Lieblingsmangaseite noch da, auch wenn es dort nichts Neues gibt. Und mein Blog ist nicht beschlagnahmt! Die WePo kann eben doch nicht alles kontrollieren.

Ich hab den Blog von Anfang an auf einem ziemlich abseitigen Offshore-Server versteckt, und ich frage mich, wieso haben die wohl noch Strom? Aber es gibt ihn tatsächlich immer noch. Ich habe ein paar ZPL-Channels gekoppelt und benutze elite-proxy. So entwische ich dem WePo-Radar. Hoffe ich jedenfalls. Das Board ist manchmal ganz schön langsam dadurch. Aber ich kann schreiben (stellt euch vor: Ich tippe! Die Voice-Box ist kaputt), und vielleicht ist ja doch irgendwo irgendjemand, der das lesen kann. Und manchmal denke ich, wie es wohl wäre, wenn das hier jemand in hundert Jahren oder so liest. Und ich hoffe, dass dieser Jemand glücklich ist und satt und sagt: »Da bin ich aber froh, dass die dunkle Zeit vorbei ist und alle Menschen frei sind und genug zu essen haben.« Aber vielleicht ist in hundert Jahren auch überhaupt niemand mehr auf dieser Welt. Wenn Das So Weiter Geht ..., wie Frau Weber von unten immer sagt.

Wirklich niemandem hab ich erzählt, dass das Board repariert ist und ich wieder im Netz bin. Nicht mal Luki, meiner besten Freundin. Sind schon Menschen für weniger getötet worden. Viel weniger.

Von hier oben kann ich über ganz Berlin sehen. Es ist ruhig in der Stadt und es fallen nur noch selten Schüsse. Bis gestern dauerten die Aufstände. Vor einer Woche oder so ging es auf einmal wieder los. Wie ein Vulkan unter Druck, der plötzlich ausbricht. Aber nie ändert sich was. Alles wird immer nur schlimmer. Wir rennen von Ecke zu Ecke. Springen, so schnell es geht, über die Schuttberge. Immer wieder wird geschossen, auch wenn es gerade eine ruhige Zeit ist. Und meine Mutter Kommt Fast Um Vor Sorge, wenn ich aus dem Haus gehe.

Aber immerhin ist es auf dem Dach sicherer geworden. Als ich klein war, flogen jeden Tag Drohnen über die Stadt und Hubschrauber donnerten ganz dicht über die Häuser. Dann kamen die Luftangriffe. Das alles hat fast ganz aufgehört. Ob die keinen Treibstoff mehr haben? Für die Jeeps und Panzer gibt's jedenfalls noch genug.

Mein Vater ist nie mit auf der Straße, wenn gekämpft wird, weil er zu viel Angst hat.

Ich Weiß Nicht Ob Es Gut Ist Die Hand Zu Schlagen Die Uns Ernährt.

Ernährt? Meine Mutter ist nur noch ein Strich.

Wir Brauchen Nicht Noch Mehr Tote.

Wenn er nicht will, dass wir sterben, sollte er besser kämpfen, und nicht darauf hoffen, dass Stillhalten was ändert. Aber wir können froh sein, dass er bei uns ist. Sein rechtes Bein ist etwas kürzer als sein linkes und deswegen ist er als Soldat nicht zu gebrauchen.

Wir haben jetzt wohl so was wie eine Militärregierung, nur falls es jemand wissen möchte.

Es heißt, es würden Aufständische in den U-Bahn-Tunneln unter der Stadt leben und sich von Ratten und Asseln ernähren. Kann ich mir aber nicht vorstellen. Ratten. Ekelhaft. Asseln gehen ja noch. Ich möchte jedenfalls nicht nachschauen, ob da jemand ist.

Wie immer zum Ende des Sommers gibt es nur noch ganz wenig Wasser. Die Rationen werden immer kleiner. Aus den Leitungen kommt fast gar nichts mehr, und wenn, dann ist es eine warme braune Brühe, mit der man sich nicht mal waschen mag. Die Soldaten fahren Wasser mit Tanklastern heran und wir füllen unsere Kanister. Die Transporte sind schwer bewacht. Am Abend schreiben sie mit Lasern die Zeit an den Himmel und welche Sektion an der Reihe ist und natürlich die Versorgungsstelle. Und als Letztes AUSGANGSSPERRE BIS SONNENAUFGANG. Damit sich niemand mehr sofort anstellt. Meine Mutter ist zu schwach, um die Kanister zu tragen, also gehe ich mit meinem Vater, sobald es hell wird.

Wenn wir rausgehen, schauen wir als Erstes nach oben, wie früher, als die Drohnen noch flogen. Als ob sie jeden Moment wieder auftauchen könnten. Und andererseits natürlich, um zu schauen, ob etwas in den Himmel gelasert wird. Aber davor heulen eigentlich immer die Sirenen. Jedenfalls fast immer. Ein paarmal war es nicht so. Beinahe hätten wir da nicht mitbekommen, dass die Versorgungsstationen offen hatten. Mein Vater meinte dann, Das Machen Die Mit Absicht. Die Hungern Uns Aus.

Wenn er neben mir läuft, spüre ich, dass er Angst hat.

Angst um mich. Ich weiß, dass er am liebsten seinen Arm um mich legen und mich dicht an sich ziehen möchte, aber er lässt es dann doch, weil er weiß, dass ich nicht mehr wie ein Kleinkind behandelt werden will.

Erst letztens gab's wieder einen Tumult, als das Wasser ausging, bevor alle in der Schlange was bekommen hatten. Plötzlich wurde gedrängelt und geschubst. Neben mir stolperte ein alter Mann und fiel hin. Ich wollte ihm helfen, aber mein Vater zog mich weg. Dann hörten wir auch schon die ersten Schüsse. Und ich schrie und schrie und schrie die ganze Zeit: »Wir müssen ihm helfen!«, doch mein Vater packte mich an den Schultern und schüttelte mich, bis ich still war.

Wir schleppten die Kanister nach Hause. Schweigend. Ich hatte Watte in den Ohren und im Kopf. Am liebsten hätte ich auch noch die Augen geschlossen und mich ins Vergessen hinabsinken lassen, auf den weichen Sandboden eines tiefen, tiefen Meeres. Aber ich musste auf den Weg achten.

Es ist heiß, mein Hals ist staubtrocken, aber gleich geht die Sonne unter, dann wird es endlich kühler. Glutrot. Es sieht aus, als würden die zerbombten Häuser bluten. Zickzackig ragen Spitzen und Ecken in den Himmel. Wie ein Gebirge. Es gibt nicht mehr viele Häuser mit heilen Dächern. Wir haben eins. Früher konnte ich von hier aus den Fernsehturm sehen. Schade, dass der nicht mehr steht. Ich habe ihn irgendwie gemocht.

Eigentlich bin ich froh, wenn der Sommer vorbei ist.

Ich sehe schon aus wie ein roter, vertrockneter Einzeller. Aber nach dem Durst kommt meistens das Frieren. Was ist besser? Wird es ein milder oder ein eisiger Winter?

Eben hat mein Vater meine Mutter an den Schultern gepackt und gesagt: »Wir werden auch diesen Winter überleben, verstehst du? Wir werden nicht sterben. Keiner von uns.«

Sie hat nur dagestanden und nichts gesagt.

Alle fürchten sich vor der Kälte. Die Angst trippelt herum wie eine panische Maus, die weiß, dass überall Katzen lauern.

Das Board hat sich auf den 13. Oktober 2039 eingestellt. Ob das stimmt? Samstag. Da fällt mir meine Mutter ein. Immer redet sie von früher. Früher hat sie sich immer gefreut, wenn Wochenende war. Jetzt weiß man nicht mal mehr, was für ein Tag ist. Sie haben BRÖTCHEN geholt bei einem BÄCKER und ROSINENSCHNECKEN und überlegt, wohin sie einen AUSFLUG machen. Heute freut sie sich über nichts mehr. Früher, als es noch Arbeit gab, früher, als es noch grasgrünen Frühling gab und blätterbunten Herbst, früher, als es noch Frieden gab. Früher ist tot. Genauso wie morgen schon heute tot ist.

Ben (14. Oktober, 06:23)
du bist NICHT die einzige online. hast du keinen schiss, dass die wepo dich schnappt? einen meiner brüder haben sie abgeholt. der hat auch geschrieben, was er wollte. über den krieg und die soldaten und den hun-

ger. du kannst deinen blog sonstwo verstecken, du musst trotzdem höllisch aufpassen. irgendwann finden sie dich doch. und bis dahin benutz lieber die ARS-leitungen statt ZPL.
in hamburg haben wir auch einen fernsehturm. den hat mein bruder jeden tag angestarrt, als wär er eine rakete, die ihn wegbringen würde von diesem planeten. wir können ihn vom küchenfenster aus sehen. ich wünschte, unser fernsehturm wäre auch nicht mehr da.
anna klingt ziemlich altmodisch. heißt du wirklich so?

Anna (16. Oktober, 08:40)
Bist du finalbescheuert, oder was? Willst du mir Angst machen? Ich bin keine Maus! Ich schreib, was ich will. Außerdem ist Ben ja wohl auch nicht gerade modern. Wie hast du mich überhaupt gefunden? Sag's einfach, wenn du von der WePo bist!

Ben (18. Oktober, 12:01)
anna, hast du schöne haare?
Anna (18. Oktober, 12:07)
WePo oder nicht?
Ben (18. Oktober, 12:09)
wäre ich von der wepo, hätte ich dich schon längst verhaftet.
Anna (18. Oktober, 12:10)
Du müsstest erst mal rauskriegen, wo ich bin.
Ben (18. Oktober, 12:11)
hast du nun schöne haare?

Anna (18. Oktober, 12:12)

Flirtest du?

Ben (18. Oktober, 12:13)

so wie du schreibst, musst du einzigartig sein. natürlich flirte ich.

Anna (18. Oktober, 12:14)

Lass den Quatsch!

Ben (18. Oktober, 12:14)

niemals, anna! ich mag deinen namen.

Anna (18. Oktober, 12:15)

Du bist ganz schön frech.

Ben (18. Oktober, 12:15)

nur hier. eigentlich bin ich schüchtern.

Anna (18. Oktober, 12:16)

Glaub ich dir nicht. Wollen wir aufhören?

Ben (18. Oktober, 12:16)

warum?

Anna (18. Oktober, 12:17)

Mir ist kalt. Und es fängt an zu regnen.

Anna (20. Oktober, 10:40)

Ich würde auch gern wegfliegen. In ein anderes Universum. Ich stelle mir eine grüne Wiese vor, mit bunten Blumen und einem Baum in der Mitte. Ich lasse mich ins hohe, weiche Gras fallen. Die Sonne scheint mir ins Gesicht und kitzelt meine Sommersprossen. Es ist nie zu warm oder zu kalt. Ich greife in den Himmel und pflücke mir einen Apfel.